文 / 叶聪灵　图 / 阿拉蕾

有一天夜里，有一只神奇的蝴蝶告诉我，它会赐予我一双透明的翅膀，这双翅膀会让我记住每一个我曾经爱过的男生的脸。于是，我的背部出现了一双神奇的翅膀。从此以后，每当遇到心仪的男孩，每当我在瞬间遗忘他们的脸，我的隐形翅膀就会显现出我和他们彼此相爱过的影像。多么美好，蝴蝶之神给了我一双爱的翅膀。最重要的是，这双翅膀让我记住了在所有男生中，我最爱的一个：安君矢。

Chapter 2 杀・幻觉

安君矢篇

爱丁堡的古堡，是我向往的梦想之旅。在出发的前一天夜里，我做了一个奇怪的梦。在我的梦里，我遇到了爱的精灵。她有倾城之姿，也有神秘之影。在她的透明翅膀上，我看到了我们将相爱的影像。于是，在冥冥之中，我期待着与爱的精灵的邂逅。

著名的鬼堡总是让进入其中的人产生幻觉，但我知道，遇到Angulia的那一刻，并不是我的幻觉。我看着她美丽温柔的脸，

文 / 叶聪灵　图 / 阿拉蕾

默默地问自己：为什么最爱的人总是要经历百转千回才会相遇？也许上天对一个人最大的恩惠就是在梦里提示他最爱的人是谁。几日的快乐时光终于到了别离的时刻，就在我与她亲吻的瞬间，我看到她背后展开了一双巨大的翅膀，那翅膀上闪现着一幕幕可怕的嗜血狂杀。原来，她通过梦境，接近他们、接近我，制造爱的幻影，不过是为了把尖刀刺入他们的胸膛，然后把肝脏搅碎吞咽。在黑暗中，她眼神迷离，嘴唇鲜红，她对我的吻是我死前最后的礼物。

踮起脚尖就成鬼

文 / 小妖 UU　图 /Somnus

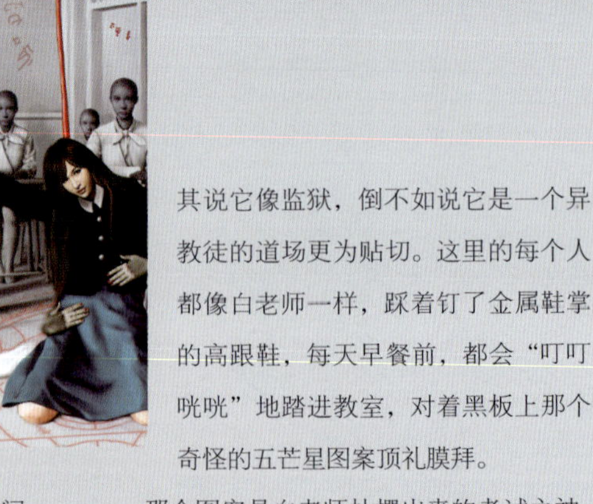

1

白老师严肃地在我的转学申请书上签了字，她身后的墙壁上，那两排鲜红的大字尤其刺眼——生时何须久睡，死后自然长眠。

“你知道百分之百是什么意思吗？”她问。

“百分之百，就是除数和被除数是相同的。”她自答，似乎并未指望我给出满意的答案。

我明白她的意思，在百分百复读班，考入大学的人数和参加高考的人数永远是相同的，这也是我被父母送到这里的原因。

“不努力的学生，就要消失在被除数里。”白老师扬了扬烟灰色的眉毛，以一种夸张的文艺式姿势转过身，扭着并不丰满的臀部摇摆而去。她的鞋跟细而高，鞋底还加钉了金属鞋掌，每一步都铿锵有力，落地有声。

2

“百分百复读班”只有一栋精致的小楼，坐落在偏远的城郊，全封闭式管理，没有网络、没有电话，只有一群不要命的学生。这里的“不要命”不是抽象的形容词，而是实实在在的不要命。“悬梁刺股”和“卧薪尝胆”这类自虐式进取方式已经过时，通宵自习室里那些用电击棒驱赶瞌睡虫的学子才是百分百的楷模。

说实话，我完全无法适应这里的生活，与其说它像监狱，倒不如说它是一个异教徒的道场更为贴切。这里的每个人都像白老师一样，踩着钉了金属鞋掌的高跟鞋，每天早餐前，都会“叮叮咣咣”地踏进教室，对着黑板上那个奇怪的五芒星图案顶礼膜拜。

那个图案是白老师杜撰出来的考试之神，我的同桌小璐坚信它会保佑自己考入北大。

而我，在高考落榜前只信自己；落榜后，我什么都不信。因此，每次不情愿地混在队伍里做祷告时，我都会忍不住睡着。对于一个连自己都不信的人，还能指望她相信什么荒诞的神灵？

“别在神前睡觉，”小璐轻轻推醒我，“否则你永远都没机会穿上高跟鞋。”

“你不觉得穿着这种高跟鞋走路会让人烦躁吗？”

“因为你是转校生，所以还不知道吧？鬼是踮着脚走路的，就像穿着高跟鞋一样。”小璐轻轻用鞋跟蹭着地板。

“你的意思是……你是鬼？！”

“不，”小璐笑笑，“只是被考试之神的鬼使附身而已，它会保佑我考出好成绩的。”

3

小璐的话点醒了我。

确实，除了我之外的所有人，即便脱掉高跟鞋，也是踮着脚走路，他们的脚跟永远不会着地，而那金属鞋掌，似乎是为了增加脚部重量而专门设计的。为了考入大学，她们把身体完全交付给不知名的鬼魂，以非人的状态、采用自虐的方式刻苦学习。面对付出如此代价的他们，我这个正常人竟显得那么可耻。

于是，不知从什么时候开始，我也开始信仰考试之神。

信仰本身就很奇妙，无论你信的是什么，只要虔诚，就能获得巨大的精神力量。

只不过，我获得了力量，却没有获得铁掌高跟鞋——白老师说，转校生只有在模拟考试中拿第一名才有资格被鬼使附身，因为鬼使的数量少一个。

4

我终于穿上了高跟鞋，踏进了铿锵有力的行列，成了被鬼使附身的幸运儿。鬼使的存在感很低，除了脚跟着地时会有奇怪的心理不适之外，并没有其他特殊的感觉。

而我的这双鞋，正是小璐曾经穿过的。

这个可怜的女孩因为成绩下降了一点就失去了鬼使，她整个人变得委靡绝望，每天跪在五芒星前默默流泪。

高考前的一个月，她终于被白老师从“被除数”里剔除，直到这时我才知道，“从被除数里消失”并不是取消高考资格，而是成为考试之神的祭品。

那天，小璐跪坐在地板上的五芒星图中，茫然地张开双臂，在白老师奇怪的咒语声里，我恍然看到三道血柱从她的两腕和后颈喷涌而出，整个天花板好像都变成了怪物，贪婪地吸食着她的血液和灵魂。

那时，竟没有一个人意识到献祭仪式的残忍，我们脱了鞋，茫然而端正地坐在课桌前，好像一切都是理所当然的。

小璐眼中的光芒慢慢消失，最终，她变得如行尸走肉一般，不会说话，不能思考，痴痴傻傻，就像一副被抽干了灵魂的皮囊。

而我们，则在仪式中获得了某种强大的精神力量，那种力量让我们坚信自己一定会考出好成绩。

5

很多年后，我从某重点大学的心理系毕业，再次回到了百分百复读班。我穿上铁掌高跟鞋，成了白老师的同事——这栋全封闭式的小楼，这群长期处于高压状态的孩子，正是我研究“集体癔症”的好地方。

6

在百分百复读班，鬼使的数量永远比学生的数量少一个。

拒绝坑爹，继续加油

上期《悬疑志》相信大家都已经看完了吧，我的邮箱中收到了一些大大们的来信，针对上期的内容和封面给予了一些评价和建议，基本上对于本次改版大大们还是比较认可的，但是作为一次新的改版，相当于重新在做一本新的《悬疑志》，现在这是刚刚起步，前面的路还很远，我们将会更加努力，以更好的方式和更精彩的故事犒劳一路陪伴着的你们！

本期主要看点有苏醒的《石塔》、蜘蛛的《十宗罪3：怪癖》、夜先生的《时光之书》，以及花布的《一日》。

关于苏醒这个名字估计很多人都有些生疏，然而提到大名鼎鼎的“夜不语诡秘档案”，相信只要喜欢看悬疑惊悚故事的人都应该知道这本书，对，没错，苏大就是“夜不语”的本尊！苏大的“夜不语”这个笔名被台湾鲜网出版公司收购了，除了鲜网授权之外，就连苏大自己都不能堂而皇之地用这个笔名，悲催，所以不得已，苏大只好用自己的本名来做笔名。这次苏大给我们带来了一个新的系列，名为“纸上怪谈”，与“夜不语诡秘档案”有得一拼！《石塔》是开篇之作，古怪的石塔、离奇的死亡、瘟疫般疯传的病毒，还有古里古怪的解说，一定会让你大呼过瘾，走过路过千万不要错过（小双你要闹哪样，卖起膏药来啦）！

喜欢重口味的大大们，你们有福啦！蜘蛛他老人家的《十宗罪3》正式在《悬疑志》开播，重口味绝对不是我们的目的，而是通过这些恐怖的真实凶杀案来进行人性的剖析，他们为什么会如此凶残、如此变态，是什么原因造成了他们心理的扭曲和人性的泯灭！

夜先生这次给我们带来了一个非常玄乎的故事，老实交代，第一次看完这个故事的时候，我竟然没有看懂，我就跟先生说，我水平有限看不懂呀，先生淡然地要我继续看，于是我又看了一遍，呜呼，这次终于看懂了，立刻对先生来了一个飞吻！真的非常棒啊！奇特的故事构架，神奇的时光之书，看完后，你会有一种顿悟的感觉！

说实在的，我非常佩服花布的想象力，你们说吧，“一日”这两个字有啥奇特之处嘛，再平常不过了嘛，但是在他手上就成了一个活灵活现的妖怪了，本文依然是很花布、很悲伤，一个让你看了又心疼又纠结的故事。对了，我们的小玉（玉烟先生），上次跟我说，那个花布肯定是个女的吧，我问他为什么这么说，他说这个“破布”行文细腻，描写女性的心理心态都很传神，并且总是站在女性的角度来讲故事！同志们啊，很遗憾地告诉你们，这个“破布”是个爷们儿！至于为啥行文调调那么像女性，这个，那个……从小他家就当他是女的养的吧，久而久之，就比较女性化了吧（老布，你不要打我啊，我是冤枉的）！以上纯属捏造，请大家自动忽略！

好了，不说废话啦，大家赶紧看书吧，老规矩，如若对本期有何想法和看法，欢迎随时发邮件到 hsq@booky.com.cn 与我联系，我们一起来探讨！

戚小双

CONTENTS 目录

出 版 人：刘清华

责任编辑：丁丽丹　刘诗哲

监　　制：蔡明菲　潘　良

主　　编：柳　易　戚小双

特约编辑：小　雅　狂海龙少　冷谚明

封面设计：八牛书装

封面绘图：Somnus

QQ 交流：562922056

新浪微博：http://weibo.com/xuanyizhi

投　　稿：xuanyi@booky.com.cn

博集天卷淘宝商城店：http://bjtjts.tmall.com

出版发行：湖南文艺出版社

合作网站：网易读书频道

印　　刷：三河市鑫金马印装有限公司

经　　销：新华书店

定　　价：15.00 元

稿件授权声明：

凡向《悬疑志》系列图书投稿获得刊出的稿件，均视为稿件作者自愿同意下述“稿件授权声明”之全部内容。

1. 稿件文责自负：作者保证拥有该作品的完全著作权（版权），该作品无侵犯其他任何人的权益；

2. 全权许可：《悬疑志》系列图书有权以任何形式，包括但不限于纸媒体、网络、光盘等介质，编辑、修改、出版和使用该作品，而无须另行支付版权费；

3. 独家使用权：未经《悬疑志》系列图书书面同意，任何单位及个人不得以任何形式转载、张贴、出版和使用该作品，著作权法另有规定的除外。

4. 凡《悬疑志》系列图书转载作品时未能联系到原作者的，敬请作者见书后及时与《悬疑志》系列图书编辑部联系，以便奉寄样刊和稿酬。

名家作坊

座上客：鬼古女/周德东/温瑞安

http://t.163.com/xuanyizhi

关注9 | 被关注 2230578 | 微博115

+加关注　对他说　更多

他的微博　他的收藏

全部　原创　图片　视频　音乐 | 跟贴　话题

鬼古女：**钟辉已经工作十年了，置房的梦想仍遥远，终日郁郁寡欢，几近崩溃。偶遇一位自称严翁的房产中介，通过他购买了一套经适房，价廉而且地段好。微瑕之处是楼前台阶上经常放着散乱花束。钟辉倾囊而出付了首期，成了房奴。日久天长，感觉按揭如山，通胀如狼，压力日增。有一天他忽然被解雇，没了生活来源，绝望跳楼自杀，不料身悬半空却不落地。钟辉惊叹："天不亡我，一定要振奋做人！"有了重新生活的勇气，他捡起楼前被扔掉的那些花束装饰蜗居，见花下一张两年前的旧报纸，标题是：钟姓男子买房无望跳楼身亡。**

来自网易微博　删除 | 转发 | 收藏 | 评论

鬼古女：**路边小饭店里，进来一对挽手的夫妻，男的俊朗壮硕，女的身姿婀娜，但围巾遮面，隐隐现秀色。店里只有泼皮数人，涎言亵语，夫妻俩惘若不闻。酒菜上，男子豪饮纵食，女子却不动箸。菜过五味，男子起身如厕，告诫众泼皮说："你们千万不要去揭我太太的围巾，否则后悔不已。"男子离开后，一个素来胆大的泼皮凑到女子面前调笑，问："美女怎么不吃饭？围巾下是什么，为何如此保密？"女子说："国色天姿，但不是给你们这些浊物看的。"有人欲赌一饭局，让胆大者动手。胆大泼皮凛然出手揭围巾，果见绝色，但嬉笑声顿止。男子如厕返回，问妻："饱了？"妻欣然点头。二人离去，饭店里空荡荡的。**

来自网易微博　删除 | 转发 | 收藏 | 评论

周德东：**当兵的时候，我听过一个发生在老兵身上的传闻，挺瘆人的——这个人同屋的战友探家走了，他一人在郊区管理信号台，那些日子他总做一个怪梦，梦见他半夜穿着胶鞋给人踩背，看不清那个人的脸。他越来越怀疑自己梦游。同屋的战友回来后，他说了这件事，那个战友帮他看了看，发现他的后背又红又肿，确实都是他自己那双胶鞋的印记。**

来自网易微博　删除 | 转发 | 收藏 | 评论

网易认证

他的个人资料：

男　北京市　朝阳区

i媒体

《悬疑志》，打造最好看、最惊悚、最悬疑、最离奇的短篇故事集

他的标签：

原创　恐怖小说　悬疑

推荐达人：

汪国真　温瑞安　何　马

刘慈欣　天下霸唱　西岭雪

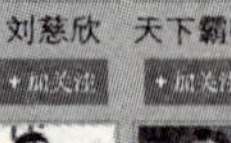

麦　家　慕容雪村　桐　华

他关注的人：

孔二狗　柯云路　余秋雨

周国平　七堇年　沧　月

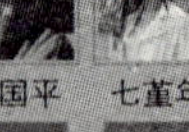
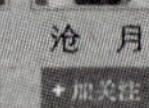

毕淑敏　蔡　骏　苏　芩

我的首页 | 找人 | 地点 | 微生活 | 搜话题/人名/标签/地点

周德东：小兰跟三个女孩在一座老屋里玩碟仙。四根手指戳到碟子上，它缓缓地移动了。一个女孩说："它动了！"一个女孩说："真的呀！"另一个女孩说："嘘……"小兰自始至终没说一句话。问了几个问题，碟子都滑到了答案上。最后，一个女孩问："你是怎么死的？"这是忌讳，小兰哆嗦了一下，碟子就停了。回家的路上，一个女孩说："为啥咱三个问它怎么死的，它就不动了呢？"

来自网易微博　删除 | 转发 | 收藏 | 评论

周德东：我十几岁就离开了故乡小镇。近来，分别接到五个在各大城市发展的老乡的婚讯，问他们娶的是哪里的女孩，回答竟然是一模一样：老家的，乔万禄的女儿！我不明白了，难道乔家有五个女儿？偶尔回到故乡小镇，问及乔万禄，才知道他家无儿无女，乔妻多年前就疯了，没事就在垃圾场转悠，抱回数个被遗弃的塑料娃娃，放置家中，当女儿养。

来自网易微博　删除 | 转发 | 收藏 | 评论

温瑞安：听说学校女厕闹鬼，孙水月自恃练过武功，要半夜去找鬼算账。蝴蝶说："那鬼很恐怖！"水月豪笑："鬼？翻眼的吧？伸舌的吧？血盆大口的吧？不都是人扮的！给姑娘见着，一拳打个脸开花。"夤夜，水月伏于茅厕，果见一长发女子飘过，水月一个箭步，拍其肩，待她回头，就给一拳。那女的缓缓回头，脸上竟没有眼眉鼻嘴耳：那一张脸，空无一物。

来自网易微博　删除 | 转发 | 收藏 | 评论

温瑞安：余勇天赋异禀，只要他集中注意力，便能听到距离他五六十米外哪怕是掉落一根针的声音，不过，他却常常听不到附近的声音，包括身边有人跟他说话也听不清楚，大家都以为他是个聋子。他决心要证明他不是。这天，他听到五六十米外巷子里女子喊救命，他立刻飞奔过去，但没听到汽车的喇叭声，被车撞飞了，溅起一抹血虹，他的悲哀尤甚于他的痛楚。

来自网易微博　删除 | 转发 | 收藏 | 评论

温瑞安：冯双双一直不解，那作家怎能同时应付十八家报纸杂志的专栏、连载，而又能照样天天去看戏习武、旅游玩乐，还能兼顾生意、家庭。他是怎样及时交稿的？某夜，双双偷匿于作家厨房，偷窥发现——作家施施然走到微波炉前，拔了一根头发，放在碟上，关起炉门，叮叮几声，出来时，碟上满是字，用手一扫，全掉到稿纸上，自行组合成文！

来自网易微博　删除 | 转发 | 收藏 | 评论

温瑞安：罗白乃一向喜欢扮鬼吓人，蔡水泽被他吓得回老家孔雀楼，何小河被他吓得泪流成河。这次，他一心去吓唬最胆小的温柔，他溜到她背后，哗地猛叫一声，温柔徐徐回身，只见罗白乃没有了头！罗心忖：这回可吓惨她了吧！于是自领口伸出头来，只见眼前温柔，两只眼珠，一在额上，一在颔下，口如血盆，对他咧出尖齿一笑："我终于找到同类了！"

来自网易微博　删除 | 转发 | 收藏 | 评论

Shi Ta

石塔

文/苏醒　图/玉烟先生

引　子

今年的气候很奇怪，明明已是深秋了，蚊子还在夜晚不断地发出高频的尖叫声，让人难以入睡。周宇带着妻子和三岁的儿子去郊区露营。说起来，人类真的是很奇怪的生物，明明喜欢群居，但群居久了就会厌烦，叫嚣着回归大自然。找块绿水青山的地方搭帐篷，吃着简单的平时不屑一顾的食物，享受着所谓山水拥抱的感觉。

所以说，其实人类多多少少都有些自虐倾向。

周宇找到的这块露营地不算偏僻，就在距离分水镇两公里的地方，不远处有一条很宽的无名河，河边长满了芦苇。深秋的芦苇叶子已经开始变得枯黄了，地上的草也不再油绿，显得有些萧索。

他将车开到土路的尽头，把后备厢里的野营用具全都搬到了河旁一块平整的草地上，然后舒服地伸了个懒腰。

儿子蹦蹦跳跳地在地上打滚，一直住在钢筋水泥的世界里，今天能如此亲近大自

然、享受清新的空气显得非常舒服，就像肺部被灌入了润滑剂，舒畅得很想呻吟几声。

妻子坐在折叠凳上贤惠地整理野餐用的菜品。周宇搭起帐篷，揉了揉酸痛的脖子。太阳开始斜着向下落，夕阳的余晖像燃烧殆尽的火焰，显得十分无力。就在这时，跑到河边玩耍的儿子突然发出一声刺耳的尖叫。

那叫声吓得妻子和周宇心里直发抖，他们丢下手里的东西连忙朝着声音的来源跑去。只见儿子好好地待在河边，既没有落水，也没有跌倒受伤。

“怎么了？”周宇问儿子。

三岁的儿子还不会流畅地说话，只是气愤地用脚踹着脚边的一些石头，眼泪在眼眶里转个不停：“坏东西，咬我！咬我！”

周宇这才发现，儿子脚边的东西是一座不知道谁堆起来的石塔，大约有五十厘米高，现在已经塌掉了。

“啊，这些是什么？”妻子捂着自己的嘴，惊讶地叫道。

周宇抬起头，不由得打了个寒战。只见石塔——密密麻麻的石塔耸立在河岸沿途，那些石塔明明只有五十厘米高，可偏偏给人一种高大的错觉。无数的石塔，绵延向视线尽头，根本没办法数清楚有多少座。这些石塔全都是用河边随处可见的鹅卵石堆砌而成，在火红的夕阳照耀下，显得无比诡异。

“奇怪了，石塔明明就在城市近郊的地方，可是我从来没有听说过有这种奇景。”周宇挠挠头疑惑不已，“按理说现在的驴友如此强大，再离奇、再偏僻的地方都被他们挖掘出来了，怎么会有人放过这里？”

妻子有些不安：“怪吓人的，我们别在这里露营了。”

“有什么好怕的，石头堆的东西，底下又没有埋尸体。”周宇笑了几声，却发现自己的笑意很生硬。

妻子狠狠地瞪了他一眼：“你还吓我！”

周宇吓得连忙蹲下身子检查儿子的身体：“乖儿子，什么东西咬到你了？”

“坏虫，‘噗噗’地飞起来。”儿子比画着，小脸气得通红，“咬我的手。”

他看了看儿子的手臂，有几个红色的斑点，很小，像被本地一种叫“飞尘”的小虫子咬了，便没有在意，只是从便携药箱里拿出碘酒给儿子擦了一下。

妻子还是很不安，不断地劝周宇离开。周宇有些郁闷，他为这次露营准备了近一个月，自然不愿意半途而废。几经劝说都无效后，妻子总算认命了，打开野营气罐做起了晚饭。

夜色渐渐变浓，儿子仿佛也忘记了被虫子咬过的事情，在附近玩得不亦乐乎。

黑暗笼罩了视线可及的范围，这是在城市里很难遇到的风景，如果黑暗也算是一种风景的话。周宇点亮野营灯，微弱的光芒仿佛风中的烛光照亮了四周。天幕上无星无月，只剩下漆黑的苍穹。

吃完简单而又别有风味的晚餐，妻子拿着平板电脑哄儿子睡觉。周宇则坐在帐篷里，将帐篷门敞开，呆呆地看着黑魆魆的外界。不远处的河边被密密麻麻的野草和枯黄的芦苇掩盖得严严实实，不过水流畅通的流动声还是能清晰地传入耳中。大自然的一切都令人觉得新奇，周宇感觉自己因工作而劳累不堪了一整年的身心都仿佛练过《洗髓经》般，化为一撮水流淌开了。

晚上九点半，妻子扯着他去睡觉，本来习惯晚睡的他居然在水流声的催眠下很快就睡着了。不知睡了多久，他突然被一声刺耳的尖叫惊醒。

心脏狂跳个不停。

周宇撑起身体，将睡意甩开，努力辨识尖叫声的来源。可是薄薄的帐篷外安静得一塌糊涂，哪有什么尖叫。这令他不禁怀疑起自己究竟是不是在做梦。可那尖叫声依旧萦绕在耳边，让周宇一闭眼就不断地回忆起那声尖叫。

实在睡不着了，他掏出手机看了看，凌晨三点十五分。他看着依旧熟睡的妻子和儿子，蹑手蹑脚地拉开帐篷门走了出去。不知何时，密密麻麻的繁星已经遍布了天幕，星星将整个河岸照得犹如银色铺就般美丽。

周宇伸了个懒腰，呼吸着周围冰冷而又清新的空气，徐步来到了河边。那些无法计数的石塔仍然耸立在河岸，老实说，他对这些东西有些好奇。很明显石塔是人为的，估计是镇上的人因为某些原因堆砌起来的。回家前可以去镇上问问，说不定能挖掘出一个离奇的故事呢。

周宇一边想，一边拉开裤子拉链，对着附近的一座小石塔撒尿。解除了尿意后，他正准备回帐篷。突然，有个奇怪的声音传入了他的耳中。

那怪声很细微，像女人的尖叫，又像无数虫子高频扇动翅膀的声音，难以描述。

周宇下意识地转头，竟然看到自己浇灌过尿的那座石塔不停地在颤抖，而且抖动的幅度越来越大。还没等他反应过来，石塔轰然倒塌。一群黑色的生物发出尖锐的声音全部飞了出来，周宇吓得一屁股坐倒在地上。

黑色生物很快就飞得无影无踪，他连滚带爬地逃回帐篷里，急忙推醒妻子。

妻子揉了揉眼睛，问："怎么了？"

"这个河岸有些古怪。"周宇越想越觉得不对劲儿。

"我早就说这里古怪了。"妻子咕哝着拧开帐篷里的灯，光芒照亮这个狭小的空间，照射到周宇身上时，妻子不由得被吓得惊叫起来，"你，你怎么回事？"

"什么怎么回事？"周宇疑惑地问。

"你自己看。"妻子用惊恐的眼神看着他，手不停地发抖，好不容易才掏出化妆镜。

周宇接过镜子只看了一眼，整个人都呆住了。只见他裸露在外的皮肤上，甚至脸上，都出现了许多红色的小点儿，密密麻麻。那些红点跟下午儿子手臂上的一模一样，这不禁令他想起了石塔倒掉后飞出来的那些怪东西。

"我们快些回去吧，现在就走。"周宇很不安，走出帐篷收拾东西。当晚，他们一家就回到了熟悉的城市，温馨的家里。

只不过，这一家三口都没有想到，真正恐怖的事情，才刚刚开始而已。

1

这是个离奇古怪的世界，寄生在世界上的是一群怪异莫名的人。每天，这个世界都会发生许许多多稀奇难解的故事，有的故事让人绝望，而有的故事，恰恰给人带来了希望。

正如美国的社会学者布鲁范德曾经为都市传说下过的定义，他说许多恐怖的故事往往都是从某人口中所谓的"朋友的朋友"开始的。

事实上仔细一想，确实是如此。

朋友的朋友说某个地铁站台前的存放柜会带来厄运；朋友的朋友说如果不关好门就会有空隙女钻进来割断你的脖子；朋友给了你一封信，说是朋友的朋友给她的，如果你不在一个礼拜之内将同样的信件寄出去十份，就会死掉。

总之，人们在传播某种对自己有利、对别人不利，甚至根本就损人不利己的事情时，开端的借口往往是从"我的朋友的朋友"嘴里听来、身上知道的。

石 塔

很有趣的是，这件事的起因，也是从朋友的朋友那里听来的。

我叫纸亦声，是一个无良作家。跟我的名字一样古怪的地方，恐怕就要数我的经历了吧。我很喜欢奇怪的事件，只要听说哪个地方发生了难以解释的诡异状况，必定会如同闻到腥臭的苍蝇般追过去调查。

三天前，那位朋友的朋友给我来了一通电话，说他的家乡最近发生了一些可怕的事，他不知道该怎么办。其实事情并没有想象中那么复杂，我听完后，觉得更像一种传染病。感染源姑且不论，但是感染过程倒有些难以理解。首先被感染者身上会出现红色的小点儿，然后便头痛发烧，连医院也找不出症结究竟在哪里。

本来我并不是太感兴趣，但当那位朋友将大量照片打包发到我的邮箱后，我迅速改变了主意。总觉得所谓的传染病透着一股古怪，令自己有些在意。

当晚，我就乘坐了飞机，飞往那个叫做积水市的小城。

积水市位于中国的内陆腹地，颇为偏僻，本地没有机场。据说四面环山，因为山外流入的一条大河在附近汇集，形成了一个大湖因而得名。人口三十来万，相对封闭，而且奇怪传染病的范围比较小，所以这件事就算是在本地也还没有传开。

我下了飞机，租车驶往目的地，本来那位朋友留了一个地址给我，但是我去的时候却怎么也找不到他，连联系电话也无法打通。无奈只好在积水市内闲逛，可这一逛居然碰到了料想不到的事！

深秋的落叶飘得遍地都是，给人极为萧索的感觉。我一边顺着河边的绿道散步，一边想着下一步该怎么办。突然，对面不远处一个壮硕的男性捂着肚子倒在了地上。周围本来还很正常的行人纷纷躲避，隔着老远看热闹。

我观察了一会儿，小心翼翼地走上前去。那名男子大约三十岁，躺倒的他整个人都在不停地发抖，嘴角还冒出黑色的泡沫，散发着恶心的腥臭味。

“打急救电话。”我冲附近的人吼了一声，微微皱了皱眉，迅速蹲下身检查起他的身体。男子的脉搏凌乱，心脏跳动频率乱七八糟。他拼命想要张开嘴，可是全身的肌肉仿佛都不听使唤。这种情况我从来没遇到过，实在不知道该采取哪种急救方式。

男子抽搐得更厉害了，癫痫似的呻吟着、挣扎着。从他嘴缝中传来的腥臭味越发浓烈，近在咫尺的我只能屏住呼吸，心中疑窦丛生，这到底是什么病?

我的视线猛地扫过男子因为挣扎而裸露出来的手臂，只看了一眼，我整个人都呆住了——只见男子的手臂上密密麻麻地长满了红色的小点儿，像被什么小虫子咬过似的。就算不是密集恐惧症患者的我，都看得毛骨悚然。

我的脸色煞白，猛地向后退了几步，心里完全清楚自己遇到了什么。从症状上看，不正跟那位朋友提及的传染病一模一样吗？还好自己没有过多触摸那位患者的身体。

附近围观的人越来越多，里三层外三层地将倒下的男子围得水泄不通。大多数人都对别人的不幸指指点点、幸灾乐祸。就在这时，患病男子痛苦地尖叫起来，他在地上使劲地打着滚，仿佛想将身上的什么东西甩掉。

离他最近的我头皮发麻地又看到了一件可怕的事——患者皮肤下似乎有什么东西在乱窜，从这边游到那边，从手腕游到了指尖，甚至连脖子下也聚集起了一些线状物。那些玩意儿如有生命一般，看得我背脊一阵恶寒。

还没等我反应过来，男子的皮肤已经溃烂，被皮下的活物咬得千疮百孔。一阵尖锐的振翅声在耳畔响起，根本不需要犹豫，对未知事物充满戒心的我拔腿就往人群里逃。惊叫声从四面八方传来，是围观市民的惊讶。我远远地向后望了一眼，这时患病男子已经变成了一具残破不堪的尸体。他的身上无论皮肤、皮下肌肉还是包裹着身体的衣服都已经被某种酸性物质腐蚀得惨不忍睹，一丝一片破布似的挂在身上。

可明明身体被损坏得如此严重，男子的尸身中却没有流出一滴血。

周围的人也被眼前的诡异状况吓得不轻，呆愣在原地。一些女性甚至双腿发软瘫倒在地上。不知为何，我心里却有一股难以言喻的危机感，总觉得有什么致命的东西在附近徘徊。我从来都很相信自己的直觉，一边在人群里抬头向四周望，一边暗暗远离这块令我不舒服的地方。

耳朵努力捕捉着特别的声音，只是周围噪声实在太多，我没办法辨识每种噪声的出处。就在这时，我眼角的余光猛地看到了天空中似乎有群黑色的虫子在乱窜。

虫子？在深秋的积水市，基本上蚊虫都已经绝迹了，哪来的虫子？我的眉头皱得更紧了，快速向远处躲避。视线里，那群振翅的蚊虫飞进了人群中，然后便再也没有出来过。围观人群并没有发现异状，只是在大呼小叫，直到救护车和警车到来。

我什么话都没有说，脑子很乱。眼看着男子的尸体被抬上救护车，人群逐渐散去。但我的脑子却更乱了。如果说那个患者确实是得了朋友嘴里提及的传染病，那为什么会死得那么快？他的身体究竟是被什么咬得破破烂烂，就算是在我的眼皮子底下，我也没有观察清楚。难道是跟那群黑色飞虫有关？

如果虫子真和感染源有联系，那么飞进人群中后，那些围观者会不会被传染？疑惑一个接着一个跳入脑海，我无从回答。再也没有闲逛的打算，我去市中心找了一家酒店入住，全身无力地倒在床上发呆。我的视线飘向窗外，夕阳已经西下了，火红的余晖将远处的街道染得乱七八糟。火烧云遍布天际，似乎在预示着某种灾难的降临。

我喝了些热水后，开始不断拨打那位邀我来积水市的朋友的联络电话。始终没人接听，等我快要放弃时，一个陌生的号码打了过来。

我愣了愣，接通。

“喂，是纸亦声先生吗，我是张宁的妹妹张穆雨。哥哥给我留了一个电话，让我今天打给您。”

陌生的女声，声音有些怯，但下一句话却让我一整天积累的不满全都烟消云散了。

“很抱歉现在才联络您。一整天我都在忙着处理丧事，因为哥哥，昨晚死了！”

2

周宇自从那次露营回来后，身体就一直不舒服。本以为是心理原因，但等了好几天身上的红点不但没有收敛，甚至还多了几个。妻子让他请假去医院，他去了，但是医生检查后也没有发现什么特别的地方，只开了一些抗生素的药膏给他擦。

值得欣慰的是儿子身上的红点倒是消失得一个不剩。周宇最近总觉得肚子里有什么东西在不停地蠕动，仿佛有许多虫子将自己的身体当做了游泳场。放心不下的他最近又去做了一次彩超，还是什么异常也没有发现。

他这才放心不少，一边在皮肤上擦药膏，有事没事还跟妻子讨论下一次露营去个人多的地方。就这么又过了几天，早晨起床，妻子被他的模样吓了一跳。

只见本来还集中在手臂和脖子上的红点，居然已经蔓延到了脸部皮肤上，密密麻麻的仿佛被虫子咬过，甚至有些地方凹凸不平起来。周宇又害怕了，他觉得自己的病在越变越严重。

医生对他皮肤的变化也很吃惊，让他抽了血，又弄了个细胞培养，准备仔细看看是否有病变因素。

“怪可怕的。”晚上，妻子吃饭时看了他的脸一眼，忍不住移开了视线。儿子没心没肺地嬉笑着，用小手指戳了戳他的皮肤，问：“爸爸，痛不痛？”

“不痛。”周宇抱起儿子狠狠亲了一口。他的皮肤不但不痛，这几天甚至有些麻木，貌似感觉神经也不怎么灵敏了。

“别把儿子传染了。”妻子瞪了他一眼，将儿子抢过来，问，“医生怎么说？”

“也就是些陈词滥调，检查不到问题，让我挂皮肤科。连续换了几个医生，那些家伙都说活了几十年，还是第一次遇到我这种情况，怪得很。”周宇有些无奈。

“儿子身体比你好，你看你，红疙瘩越来越多。”妻子也很无奈。

儿子看着爸爸，得意地大叫：“抵抗力！抵抗力！”

“臭小子！”周宇作势要打他，儿子连忙蹦蹦跳跳地逃掉了。

吃完晚饭在客厅里看了一会儿电视，妻子走进卧室的卫生间里洗澡。听到一阵阵“哗啦啦”的水流声传递过来，周宇突然觉得这股声音带着某种难以抗拒的魔力，耳中妻子冲水的声音被无限放大。听得周宇口干舌燥，全身都有一股难以压抑的躁动。那种感觉令他很陌生也很害怕，可偏偏没办法阻止。

周宇满脑子充满了低等生物交配的本能，他轻轻推开浴室门走了进去。妻子惊讶地问：“你进来干吗？”

他一声不吭地走过去抱住了赤裸而又湿润的妻子，死死地抱着。妻子挣扎了一会儿，终于放弃了抵抗。整个浴室都响起了暧昧的声音。

周宇仿佛虚脱了似的躺在床上，他脑袋一片空白，心里的躁动却丝毫没有减弱。他来到厨房倒了满满一杯水喝下去，干渴感稍微缓解了一些。于是他不停地倒水喝水，直到整整一饮水机的水被他喝完，他才停住。

妻子被他的怪异行为吓住了。

“要不，明天你再去看看医生，我总觉得你不正常！”妻子小心翼翼地建议。

周宇挠了挠头：“知道了，过几天先等细胞培养的结果出来后再说。”

“可是我怕……”

“怕什么，我命大，死不了。”他的心痒得厉害，心脏跳动频率毫无规律地时快时慢，心情不由得烦躁起来，扯过被子罩在身上，“睡吧。”

妻子叹了口气，躺在他的身旁。

一整晚，周宇都睡不踏实。他老是听到耳边有昆虫扇翅膀的声音，但是开灯在房间里找，却什么东西也找不到。可是只要他半梦半醒，翅膀的扇动声就肯定会响起。他实在受不了了，跑到浴室去冲了个冷水澡。

他擦干身体，却听见儿子的房间也传来了奇怪的声响。周宇蹑手蹑脚地走过去，用耳朵贴着房门仔细听，儿子似乎在说梦话。不断重复着“虫子”什么的词汇。周宇打开门摸了摸儿子的头，将他踢掉的被子盖好，这才摇头离开。

时间开始缓缓流动，如同一杯没有味道的水。周宇感觉自己的人生越来越难熬了，身上未知的病在逐渐恶化，连医生也不得不承认这一点。红色小点儿蔓延到了所有皮肤上，就连脚底板和腋窝也没有逃脱。现在他已经完全不敢再出门了。不要说去公司，只要一离开家，别人都会对他指指点点，像躲瘟神般离他远远的。

他的脾气也变得越来越暴躁。不安和惊慌的情绪蔓延在家中，感染了每一个人。妻子的精神最近也有些恍惚，她有时候会莫名其妙地头晕恶心，肚子也稍微胀大了一些。

“我可能怀孕了。”一天晚上，妻子突然这么说。

“用了验孕纸没有？”

“还没，但八九不离十了。说起来，这次怀的肯定是多胞胎，你看，才没几天，肚子都已经鼓起来了。”妻子很有些愁眉不展。

“算了，怀了你就生下来吧。”周宇没太在意，他一寸一寸地在皮肤上仔细地擦着药膏，虽然完全没用，但他还能怎么做？什么都不干的话，他估计会疯掉。现在的他，就连照镜子的勇气也失去了。

妻子没有说话。被家中怪异的气氛感染的儿子也沉默寡言起来，安静地吃完饭，一家三口各干各的，早早上床睡觉。

第二天早上，妻子突然痛醒过来，她使劲儿地拽着周宇的手。周宇拉开灯，被妻子的脸色吓坏了。只见妻子满脸惨白，冷汗像自来水般往外流。她的表情扭曲，打湿的头发死死贴在脸颊上，额头居然因为超高的体温而散发出白色的水蒸气。

周宇轻轻摸了摸妻子的额头，烫得可怕。

“你忍一忍，我马上打电话叫救护车。”他全身都在发抖，用颤抖的手拨了几次才拨对医院的号码。救护车很快就到了，周宇跟去医院，嘴里不断地喃喃说："怎么回事？怎么回事？"

医院给他的妻子作了检查，却并没有找到病因。但是妻子的病情严重恶化，体温居然超过了45℃。这简直是难以置信，在场所有医生都清楚，如果持续发烧，哪怕温度只有39℃，都会致死，更不要说发烧到45℃了。没人遇到过这种情况。

"我妻子说她怀孕了。"周宇抓着医生说。

"先去做个彩超吧。"医生让护士将他的妻子推进彩超室，在她的子宫位置，确实发现了异样情况。妻子的子宫里有一团奇怪的东西，但绝对不是人类的早期胚胎或者绒毛物质。

"你的妻子没有怀孕。"医生对周宇说，"但我怀疑她得了某种病变性质的子宫肌瘤，必须马上做手术切除。"

"怎么可能？！我老婆的身体一直都很好。"周宇不敢相信。

"身体好的人一旦生病，会比身体不好常常生病的人病情更重。"医生拿出手术单给他签字。

本以为这只是一次简单的手术，但在场所有人都没有想到，等他们划开子宫时，究竟会看到什么恐怖的东西。

恐惧在积累，只等那轻轻的一刀，就会以意想不到的方式迅速感染开来。

3

张宁确实是写信向我求助的朋友，他给我的那些传染者照片很令人感兴趣。我这个人还算比较博学，什么都知道一些，虽然谈不上精，但也足够理解许多领域的东西了。就我所知，从有记载以来所有的传染病特征，没有一个案例跟那些照片上的状况相同。

但让我意外的是，张宁居然毫无征兆地死了。前不久还活蹦乱跳地用激动的语气跟我说话，现在却冰冷地躺在棺材里，这种感觉差真的令人非常不舒服。

第二天一早，张穆雨就赶到了我租住的酒店餐厅里。早晨八点半，我从房间下来，一眼就认出了她。这个女孩大约二十岁，还在本地读大二，高挑清秀，紧绷的牛仔裤将她纤细的腿部线条勾勒得很美。女孩的脸上有一丝愁容，或许是累了一整晚，还隐隐挂着黑眼圈。

“你好，我就是纸亦声。”我坐到她对面。

“啊，您好，纸亦声先生。”她跟我握了握手，脸上划过一丝惊讶。

“没想到我那么年轻吧？”我耸了耸肩膀。

“确实没想到，听哥哥提过您，我还以为是个小老头呢，结果您看起来比我大不了多少！”张穆雨想要笑，却没办法将颜面神经刺激到足以露出笑容的程度。

我挠了挠头：“关于你哥哥的死，我很遗憾。”

“没什么，他的工作很危险，我早就有心理准备了。”女孩眼睛里含着泪，努力没哭出来。张宇虽然是朋友的朋友，但我来的时候还是稍微调查过他。这家伙挂在一家报社下边，写一些奇怪的花边新闻，干着非常危险的工作。可以说他为了找到新奇的题材，绝对能不要命。

“能问问他是怎么死的吗？”我踌躇了一会儿才问。

女孩摇头：“具体情况我也不知道。昨天一早哥哥回到家里，就冲我大吼大叫，让我快滚，不要再回来了。我被吓了一跳，正莫名其妙的时候已经被哥哥推出了门。他将自己牢牢地锁在家中。等我中午找来开锁匠把房门打开时，哥哥已经没气了。”

“警方怎么说？”我又问。

“他们什么都没有说。”张穆雨突然气愤起来，“那些警察跑到哥哥的房间搜查了一番，连尸体都禁止我领回去。要不是想起了哥哥几天前曾经吩咐过我，如果他有什么不测，就打您的电话的话，我死的心都有了。”

我皱了皱眉。张宁的死和整个事情中都透着怪异。警察之所以不放尸体，肯定是因为他的尸体有问题。既然他正在调查传染病的线索，那么他的死亡原因，估计也跟这条线有很密切的关系。

“去你家看看吧。”我拍了拍女孩的肩膀。

“嗯。”张穆雨点头，坐上了我租来的车。她家离这里并不远，处于积水市的东区，很普通的老公寓，两室一厅。看得出主人很有心，许多小家具都布置得颇为精致，但也偏向女性化。

“父母在我们十五岁的时候就因为车祸去世了，只剩我和哥哥相依为命。家里都是我在打理，哥哥是个邋遢鬼，工作一忙就经常不回家。”见我在打量她的家，张穆雨主动解释起来。

“辛苦你了。”我由衷地感叹。

女孩苦笑地摇摇头：“不辛苦。可惜哥哥死得莫名其妙，纸亦声先生，求您一定要把哥哥的死因查清楚。”

“嗯，我会尽力的。”我用暧昧的词语答复了她。世上有许多东西，说清楚了，反而更痛苦。有时候善意的谎言，比真相怡口得多。

张宁的房间跟客厅的布置完全不搭调，乱得连对摆设没有讲究的我都汗颜。许多资料文件层层叠叠地无序摆放在柜子和书桌上，床对面的整个墙壁都贴满了各种各样的照片。警方已经对这间屋子彻底检查过了，我并没有找到任何有用的信息。

正准备离开时，我的视线突然瞟到了一张照片。那张照片贴在所有照片的最上层，时间显示为 11 月 16 日。照片不大，照的是一条不窄的大河，河岸上密密麻麻地布满用鹅卵石堆砌起来的石塔。

我将照片拿了下来仔细打量，不知为何，我对这张照片非常在意。

“这是什么？”张穆雨看了一眼，好奇地问。

我解释道：“河边用鹅卵石堆砌石塔对每个民族和宗教都有不同的意义。例如日本，就曾提及夭折的小孩会在三途川沿岸用鹅卵石堆积石塔，每次要成功的时候便有恶鬼冲出来将石塔踢倒，用以惩罚他们死亡后带给父母的痛苦。”

“而中国也有许多关于河边石塔的传说。不过大多是为了祭祀或者纪念。但你哥哥这张照片上的石塔，有些奇怪。”我辨识了一会儿，更加疑惑了。

“奇怪在哪儿？”张穆雨撇撇嘴，“不过是很普通的石塔而已，堆的手法也普通，像小孩子的恶作剧。”

我笑起来：“有什么恶作剧能有如此多的数量，这些石塔多到数都数不清楚。而且有一些明显都有几百年历史了。应该是当地人的一种风俗。不过最令我奇怪的是，有关这种风俗我居然闻所未闻。”

女孩眨巴着眼睛，突然问：“您的意思是，这些石塔跟哥哥的死有关？”

“你从哪里听出来的？”我有些惊讶，这女孩的直觉可真灵敏。

张穆雨摇头：“猜的。”

“别乱猜了。你知道这些石塔是在什么地方照的吗？”我问。

“不知道。关于工作的事，哥哥从来不会跟我提。”女孩神情低落下来。

“算了，慢慢查总会查到些东西。”我将照片揣进了兜里，“现在当务之急，还是先想办法将你哥哥的尸体从警察局弄出来，给他好好办个葬礼，入土为安。”

“真的？”张穆雨顿时抬起头。

“嗯，看我的吧。”我说完这番话便准备离开，心里沉甸甸的，总觉得掩盖在乌云下的积水市无比阴霾，仿佛有大事会发生一般。那石塔的残像依然留在我的视网膜上，久久难以散去。

张宁究竟为什么会猝死？那些石塔究竟是些什么东西，有什么用途？还有，警局恐怕已经注意到了城里逐渐滋生的怪异传染病，只不过为了避免民众恐慌而隐瞒着。

纸包不住火，事情总有一天会暴露出来。

看来，对所谓传染病的调查，应该更进一步了。

4

人活了多少年，就会积攒多少社会关系。随着成长，社会关系也会根深蒂固。于是本人也有了许多很有能耐的朋友。通过那些朋友，我能拿到一些就算有特殊渠道也很难得到的东西。例如昨天死在我跟前的那个壮硕男子究竟是谁，以及张宁的验尸报告。

看完发到电子邮箱中的两份报告，我久久难以平静。本来不想将张穆雨牵涉进事件当中的，可这看似柔弱，却比我想象中更坚强的女孩怎么赶都赶不走。我只好让她留了下来。

第一份报告有些诡异。昨天遇到的那个人叫做周宇，不但死在我眼皮子底下的模样有些可怕，就连他最近发生的事也令人惊悚。

这个周宇表面上死于失血过多，可早在他失血前就已经因为大面积内部创伤而丢了命。很有趣的是，张宁最后采访的人，正是他。

“你哥哥的死，或许跟他有关。”我指着周宇的照片说。

张穆雨赖在我的房间里，凑过头来看照片：“哥哥临死前出门过几天，那之前确实有听说想要采访一个人，还满脸兴奋地说找到了大新闻，说不定能得奖。他是谁？”

“这人叫周宇，很巧的是，我昨天还遇到过他。他就死在我跟前。或许是冥冥中注定了要让我掺和进这件事中。”我苦笑了一下，“这家伙本来有个普通的家庭，贤惠的妻子，活泼的三岁儿子。但是他最近的经历可不简单，他能活到昨天，实在是个奇迹！”

“怎么了？”张穆雨疑惑地问。

“先来说说他妻子吧。”我翻了下档案，“十多天前，周宇的妻子死在了积水市第一人民医院。死因非常奇怪。周宇本人一直声称妻子怀孕了，可是值班医生做手术，划开了他妻子的子宫后，居然发现了让人头皮发麻的东西。”

“什么东西？”张穆雨好奇起来。

“很恶心的东西。”我点开图片，一张十分写真的医用照片显示出来。张穆雨只看了一眼，险些将午餐全吐出来。

只见照片上清楚地呈现出解剖开的子宫，里边充满了光看就觉得会散发恶臭味的黑色液体。液体里明显有无数细长的东西在游来游去。

“呕……这些是什么？”张穆雨使劲儿捂住自己的嘴，撇过头再也不敢看。

“这些东西有个学名叫做孑孓，库蚊亚科种类。生活在水中，脏水是它们的最佳生活地。许多偏僻的、没有人理的破缸中也有许多。有些地方俗称为大脑壳虫、跟头虫，是蚊子的幼虫形态。”我解释道。

“可这些东西明明生活在脏水里，怎么会跑进了那个女人的子宫中？”张穆雨一副难以置信的模样。

“既然是跑进了子宫，那肯定是通过阴道传播过去的。”我脸不红心不跳地说出这番话，听得身边的女孩十分尴尬。

“据资料上说，周宇曾经提及不久前和妻子有过一次无措施的性行为。孑孓的卵应该就是那一次进入了他妻子的子宫。”

“可是！”张穆雨增大了声音，“可是蚊子幼虫怎么可能在人类的身体里孵化而且生长？”

“这就是最令我疑惑的地方。普通的孑孓当然不可能，但如果蚊子因为某种原因产生了变异呢？”我用手指有规律地敲着桌面，“周宇肯定在某个地点第一个被传染，变异蚊子已经在他的身体里产了卵。他又通过性交将卵送入了妻子的体内，造就了第二个传染者。”

“再来说说他的儿子吧。妻子死后，周宇的儿子也不正常起来。就在三天前，在幼儿园里有个男同学为了抢玩具，两人争吵起来。男同学狠狠扇了周宇儿子一巴掌。根据幼儿园的老师讲，那一巴掌也没用太大的力气。可恐怖的事情发生了，就是那三岁小孩子的一巴掌，居然将周宇儿子的头给扇了下来。法医尸检后才发现，周宇儿子脖子上的肉早已经被某种虫子啃食得干干净净，只剩下一些脆弱的神经和骨头以及表皮了。他还活着，简直是科学无法解释的事。"

"然后是昨天，周宇也死了。这个原本应该幸福普通的三口之家，不到二十天的时间死得干干净净。"我看了张穆雨一眼，"所以这件事怎么看都有些超出科学能够解释的范畴，我觉得你还是离远一些好，不然说不定会没命！"

张穆雨对我的劝解充耳不闻，她道："那些杀了周宇一家的怪蚊子究竟是些什么玩意儿？"

"不知道。资料上没写，估计警方也没有调查出结果来。"我暗自叹了口气，这女孩还真不是一般的倔，"据你哥哥蛊惑我来的信件上提及的，他从十多天前就在跟进积水市的神秘传染病事件。我通过关系网调查了一下，他采访过的人，也就是感染者，全都是医院里的医生、护士和病人。而那些人，要么参与过周宇妻子的手术，要么就是住在离停尸间不远的病房。发病症状也基本相同，先是像虫子咬了似的，全身长红点，然后猝死、全身血液消失。死亡率百分之百，至今找不到解决办法！"

张穆雨有些害怕了："您的意思是，周宇其实是感染源？"

"不错。最初的感染源正是他，你哥哥估计是发现了这一点，所以才跑去调查他，或许还得到了很重要的一手信息！"

"可现在周宇已经死了，那些怪蚊子还会传播下去吗？"女孩问。

"这个我也无法确定。或许会，或许不会。我不知道那些怪蚊子为什么会变异，但如果这种生物灾难继续传播的话，会比你想象的更恐怖。很多东西都不是一加一等于二那么简单，而是以几何数字增长。说不定用不了多长时间就会绵延开，变成毁灭人类的罪魁祸首。"我顿了顿，笑得更苦涩了。

"那我们该怎么办？"张穆雨缩了缩脖子，她感觉全身都不舒服。明明没有被感染，却仿佛有千百只虫子在自己身体里咬来咬去似的难受。

"当然是查这里究竟是什么地方！"我掏出石塔的照片，缓缓道，"我总觉得这片石塔林立的河岸透着种诡异。说不定这地方就是关键。蚊子的变异，甚至周宇的感染也跟它有关。"

“你为什么会那么确定？”张穆雨诧异地问。

“经验。”我伸手摸了摸她的头，张穆雨的头发很柔软，像丝绸般舒服，“别看本人年龄不大，但是神秘、奇怪、超自然的事情也遇到不少了。这个世界很大、很奇妙，也十分的不可思议。所以，欢迎来到我的世界！”

5

要确定一个人最近几天甚至十几天的行踪和精确轨迹究竟有多难？如果放在以前肯定难得不可想象。但在科技日益进步的现在，倒并非是不能实现的事情。因为手机都配备了 GPS。

我让张穆雨以亲属的关系去警察局要回了张宁的手机，警方没有拒绝。估计也是因为对张宁的尸体一筹莫展吧。奇怪传染病果然没有因为周宇的死而停歇下去，甚至以成倍的速度在增加受害者，连敏感程度一向都不高的本地报纸也开始陆续报道起来。事件在以最糟糕的方式发展着！

张宁的验尸报告结果我一直都避重就轻，没有将一切都告诉张穆雨。因为真相的确会令她难受。法医检查后，判断张宁死于自杀。他吃了大量的三唑仑，这种迷药没有任何味道，见效迅速，药效比普通安定强 45 ~ 100 倍。口服后可以迅速使人昏迷，可溶于水及各种饮料中，也可以伴随酒精类共同服用。大量服用后，致死率比安眠药更高、更快速，没有任何痛苦。

或许张宁早就知道自己必死无疑，为了不连累自己的妹妹，不贻害世界，所以才通过某些特殊渠道搞来三唑仑自杀。他成功了，三唑仑不但杀了他，也杀死了他体内蠢蠢欲动的孑孓。

我找高人从张宁手机上弄出了 GPS 的轨迹记录，不负所望，GPS 果然指示出了最近他去过的地方。大多数时候他都没有出积水市。只是五天前，也就是跟我联络的前夜，去了积水市郊外的一个小镇上，GPS 路径显示他曾经在那里停留过。而那个停留地点，刚巧有一条偏僻的、不窄的河。

来到积水市的第四天，我准备好必需品，朝那个位置开去。而张穆雨理所当然地坐在了副驾驶的位子。对这个小妮子，我是真的没办法。

那条河位于积水市郊外三十七公里处，积水市由于地处内地深山，发展得却并不好，所以连带它郊外的小镇也偏僻落后到无人问津。小镇里人不多，年轻人全都外出打工了。我掏出石塔的照片找了几个老人家问了问，他们基本上说不出个所以然来。虽然确实知道这些石塔的存在，但从祖上流传的戒律就明文警告过，让本地镇民少去河岸，免得引来灾难。

石塔的来源，我也问到了一些。据说附近从前有三个小镇，每当有新的人口降临，父母就会带着孩子去河边捡鹅卵石堆砌一座石塔。这个习俗至少延续了上千年。千年来积累的石塔密密麻麻，无法计数。

“如果有人将石塔推倒了，会发生什么事？”张穆雨突然好奇地问。

老人纷纷满脸惊悚，大吼道：“这怎么能行，那是会带来灾祸的，大灾祸！”

我挠了挠头。当地人对石塔明显有种恐惧感，那些石塔究竟隐藏着什么秘密？千年的风俗能够延续到现在，肯定不会空穴来风。或许，夹杂在石塔中的真相比自己想象的更加惊人！

正当我俩准备离开镇上时，有几个老人扇了扇手中的扇子。我微微有些皱眉，深秋了，附近的天气明显转凉，为什么每个村民都拿着扇子，这实在有些古怪。

我停下脚步，好奇地问：“老人家，你们人手一把扇子，不会现在还觉得热吧？”

“哪会热。”老人纷纷嘀咕着，“最近的天太反常了，往年一到秋天蚊虫就跑得无影无踪。可这几天蚊子不知为什么又飞出来了，满镇子地到处乱窜。一不用扇子扇它们，这些死东西就乱咬，睡觉都让人不踏实。我们很多人都把刚收起来的蚊帐翻出来挂上了！”

我和张穆雨对视一眼，同时从对方眼中看出了惊恐的神色。蚊子？反常的蚊子？难道跟那种生物传染病有关？被镇上的蚊子咬一口会发生什么事，光是想想都觉得恐怖。

“回车上去。”我当机立断地拉着张穆雨的手就逃往车中，从行李箱里翻了些衣物出来，丢了一部分给她，剩下的全往身上套，“穿厚一点儿，尽量不要露出任何皮肤，戴墨镜和口罩，将脑袋捂严实！”

我一边吩咐着，一边将车门和车窗关牢，又仔细地检查了车内。确定没有蚊虫后，这才开车向镇外的河岸驶去。

顺着那条简陋而且狭窄的土路，汽车颠簸艰难地往前挪动。好不容易来到土路的尽头，我停下车，确定两人的装备足以抵御蚊子叮咬后，这才示意张穆雨跟着自己下车。

刚开启车门，一股阴冷的风就吹拂了过来。深秋的天气，总是给人阴森森的错觉，仿佛全世界都笼罩在毁灭当中似的萧索无比。路边的杂草像失去了生命力般有气无力地在风中摇摆，芦苇一片枯黄。我扫视了四周几眼，不过是普通的河岸风景而已。但自己不知为何心里直发悸，总觉得河岸的厚厚土壤下埋藏着某种神秘的洪荒猛兽，正一眨不眨地窥视着我俩。

或许，不过是因为自己的紧张而滋生的错觉罢了。

我摇摇头，想将不安甩掉。

一旁的张穆雨很害怕，死死地拽着我的衣角不放手。

我们小心翼翼地走过荒草地，终于来到了河岸边。顿时，比照片上更有冲击力的一幕出现在视网膜上。无数的石塔，虽然低矮，但是却给人高高耸立的感觉。那股视觉差让我非常不适应。

小石塔明明就在城市附近，却一直不为人所知，这很不可思议。现代人总是很无聊，随便一座深山庙宇都会有无数驴友争先恐后地跑去游玩。石塔的存在却被深深隐藏，无人所知。这可能跟一直以来附近人的封闭与缄默有关。

张穆雨看着石塔，哑口无言了许久。我也震惊地沉默着，直到看到脚边不远处倒掉的二座石塔。

“你刚才为什么会问当地人，如果将石塔推倒后会怎样?”我看了一眼石塔，问身旁的女孩。

张穆雨愣了愣，回答道：“那时候突然记起哥哥临死前，似乎说过将石塔什么的弄倒了。”

“这样啊。”我摸着下巴，低头仔细观察着那些石塔。

“我们现在怎么办?”张穆雨轻轻咬住嘴唇。

“不知道。”我的视线没有移动，“要不，弄倒一些石塔看看会发生什么?!”

“啊!”张穆雨听完我的话，顿时惊呆了。

没等她反应过来，我判断着衣服的厚度，一脚将附近的石塔踢倒。张穆雨尖叫了几声，使劲儿用手抱住头，看她的模样完全以为会发生天崩地裂的事情。

可我俩等了一会儿，却什么也没有发生。倒下的石塔中也没有跑出任何东西!

与期待之间的反差感让我们愣了许久。

“怎么，什么事也没有？”张穆雨反应不过来。

我又将石塔弄倒了几个，依旧没看出任何异常。

“奇怪！”用力皱紧眉头，我一筹莫展，“回城里吧。我去联络一个挖掘队，将地下挖开看看。”

我无奈地叹了口气，带着张穆雨离开了。

深秋的风刮个不停，蚊子刺耳的振翅声仍旧在小镇上，甚至在整个积水市都响个不停。随着寒冷气候的来临，一夜之间，吵吵闹闹烦人的蚊子消失殆尽，再也找不出一只。

只剩下一头雾水的我，跟同样迷惑不解的张穆雨。

尾　声

我在积水市足足待了一个月，从深秋到初冬。那可怕的传染病像突然之间便没有了，随着已经被感染的人的死亡，不再有新的人被传染。蚊子也消失了，还给了积水市一个宁静的冬天。

联络到的挖掘队在那片堆满石塔的河滩挖了许久，河岸中的沙石足足被挖开了三十米深。可是我却一无所获。石塔下仿佛除了普通的沙石，还是普通的沙石。最终我无奈地停止了挖掘工作，毕竟再挖下去，估计也得不到答案。

怪蚊事件很古怪。它带来的传染病来得快，去得更快，令我完全摸不着头脑。

我想来想去，终究只有一个猜测。河岸下肯定埋藏着某种未知的东西，那股神秘力量被河边小镇上的居民在数千年前就已经察觉到了，而石塔，就是当地先人以某种原理设计出来，镇压那股力量的。可如同能量潮汐一般，无论如何镇压，总有潮涨潮落的时候。周宇露营的那天，正好是神秘能量最旺盛的时期，他不小心推倒了石塔，也无意间将灾难泄露了一部分出来。

张宁的死，大概也类似。石塔的被破坏让神秘能量一直在泄露，他去了河岸，又破坏了一个石塔。于是也付出了死亡的代价。而我跟张穆雨去河岸的时间，恐怕已经到了神秘能量退潮时。能量退去后，变异的怪蚊也失去了传播能力。灾难在无形中便消失殆尽了。

当然，这也仅仅只是我的猜测而已。最近费力查了许多民族关于河边石塔的风俗以及宗教习惯，总觉得自己的解释有些牵强。

离开前，张穆雨想要跟我走，被我毫不犹豫地拒绝了。我的生活充满了危险，实在不适合有女孩跟着。这个漂亮文静的女孩十分倔犟，她含着泪，看着我开车离去。她脸上的表情让我的心情非常复杂。

谁也没想到，当我再次听到积水市的消息时，却是五年后。国内所有大型报纸都报道了关于它的消息。

积水市以及周边地区发生了未知瘟疫，波及面极广。至今瘟疫来源未知，死亡率百分之百……

这也是我最后一次听到积水市的消息。而至于张穆雨，我再也没见到过她。直到那时我才惊然发觉，对于石塔秘密的猜测，我竟然大错特错了。不过，那又是另外的一个故事了！**悬疑志**

作者的话：

每到春暖花开的时候，去郊外露营，总能在河边看到黑压压一群又一群的蚊子，它们悬浮在空中，成群结队地飞舞，直往人脸上扑。一看到这种场景，我就会想说不定哪天我睡着了，会被这些蚊子吸成人干。

说实话，习惯了成都蚊子的叮咬，去年去了三亚一趟，没想到那里的蚊子对我而言特别毒。被那里的蚊子咬了一口，免疫系统起了反应，全身都长满了红色的疙瘩，恶心得要命。一不小心，就有了这篇文章的诞生。

至于小说里描述的河岸石塔，嘿嘿，来源于四川一个古老的传说，以后再慢慢揭露这个秘密。

十宗罪 3

GuaiPi

怪癖

文/蜘蛛　图/花葬

给你的鲜花以野草的恶臭。——莎士比亚

在一个下雨的夜里，一个女孩回家时，发现家里的防盗门开着，她感到很害怕，立刻把门反锁，跑回自己房间，惊魂未定的她打开电脑发了一条微博。

柯柯：难道是我忘记锁门了吗？回家时门是开着的，现在会不会有杀人犯已经藏在家里了，还是有什么东西进来了？我没敢检查其他房间，我躲在卧室，不敢出去了啊，我擦！

这个叫柯柯的女孩平时喜欢看恐怖小说，她的想象力很丰富，担心床下有具死尸，怀疑衣柜里藏着一个人，或者天花板滴漏下血水。她战战兢兢地坐在电脑前，不敢回头，不敢去厕所，微博上的朋友还在不断地吓唬她。

暗影悲歌：你把你那出门打酱油的老娘锁在门外了。

柯柯回复：我是单身，自己住，我擦！

苏兔子：肯定有什么东西进来了，有可能在你家哪个没开灯的房间里。

柯柯回复：兔子，我要拔了你的毛，不要吓我好不好。

馒头：矮油，看看门缝里是不是有影子，窗帘后好像站着一个人，看见那人的鞋子了没？听见什么声音了没？

柯柯回复：啊，楼上有玻璃珠落地的声音，嗒嗒地响，我要上厕所，救命啊！

那个狐：亲，尿瓶子里吧，或者就地解决，然后拿拖把拖地。

柯柯回复：……

晚风：坐等明天的新闻。

门窗紧闭，房间里很安静，电子钟滴答滴答的声音令人不安，柯柯坐不住了，想离开房间，但是外面下着雨，她也实在没有勇气走出房间。也许家中某个角落真的躲藏着一个杀人凶手，她想打电话给男朋友，拿起电话又放下了——男友上个星期刚刚和她分手。

一小时过去了，柯柯没有再回复微博上的网友。

又一小时过去了，微博上的朋友开始真的担心起她，大家七嘴八舌议论纷纷。

柯柯发布了最后一条微博，还配上了照片。照片上的女孩侧躺在床上，穿着低腰牛仔裤，上身是一件白色紧身背心，她的胸部插着一把螺丝刀，鲜血浸红了床单。女孩的头耷拉到床下，秀发低垂，她还翻着骇人的白眼。

最后一条微博写着：这是我的尸体。

第一章　闻屁识人

2010年五一期间，燕京市立水桥附近的柏立方小区发生一起入室杀人案。

死者是一名25岁的女孩，名叫鲍柯柯。凶手将其杀害之后将尸体照片发布到她的微博上，引发轰动，微博尸照被网友转发数万次。这起案件因网络传播而被公众广泛关注，影响极大，辖区公安分局向特案组简单汇报了案情，请求协助。

梁教授在电话中对分局长说："你们刑侦支队有警界精英218人，其中不乏国内侦查破案的高手，'燕京十大优秀刑警'有三名就在你们局，为何还要我们特案组帮忙呢？"

分局长说："我们的压力非常大，案发当晚，几百人拨打过我们的报警电话，都是全国各地的网友，到今天为止，我们分局的电话被打爆了，现在，分局门前还蹲守着几十家新闻媒体的记者……"

画龙按下电话的免提键，说道："那你们就把这个烫手山芋扔给我们？"

分局长："这起案件性质恶劣，影响极大，全国的网友都盯着我们呢，要是破不了案，咱们警察的脸往哪儿搁？那可就丢人丢大发了，你见过哪起案子，有全国各地成百上千的人同时报案？"

画龙说道："我看就是一起普通的入室杀人案，顶多再加上抢劫的性质。"

包斩说："那女孩死前应该被强奸过。"

分局长拍马屁说："还是你们特案组牛，只看了一眼凶杀现场的照片就知道死者被强奸过。"

苏眉看着死者的照片说："这么漂亮的女孩，不被强奸才怪呢。"

画龙说："对不起，我们特案组只接变态重口味的特大凶杀案。"

分局长急了，说出一个保密性质的案情细节："凶手咬掉了那女孩的半个屁股！"

梁教授眼睛一亮，说道："恋臀癖！"

世界各地的变态案例中，不少凶手都有恋臀的变态嗜好。

香港有个凶犯，在公共场所，用硫酸泼美女的屁股，他选择的受害人的共同点是都穿着紧身裤子，臀部丰满。

美国弗吉尼亚州曾接连发生女性遭割臀事件，一名狂徒手持刀具流连于商场，专向妙龄女郎下手，用美工刀或剃须刀割伤她们的翘臀，即使穿牛仔裤也被割破。受害者都是到商店购物的年轻少女。割臀狂徒犯案时会先分散受害者注意力，再用美工刀或剃须刀横向割破受害者的臀部。该事件闹得人心惶惶，少女们上街购物也不得不小心翼翼，四处张望，担心自己成为下一个目标。

公安部派了一名司机送特案组前往分局，车辆从长安街驶向安定门大街，再经过安慧桥，即可到达立水桥。正值下班高峰期，车辆拥堵，苏眉百无聊赖，打开电脑搜索恋臀癖的相关信息，然而大部分网络信息被屏蔽掉了。

到达立水桥后，特案组再次勘察了凶杀现场，分局长在现场作了详细的案情汇报。

在公安的专业分类中，杀人、绑架、强奸、劫持、纵火、爆炸案合称六类案件，占刑事案件总量的不到1%；抢劫、抢夺、盗窃，合称"两抢一盗"，占刑事案件总量的近九成。入室杀人案在凶杀案中占据很大的比重。

家，本是温暖的小窝，遮风挡雨的港口，然而也是大量凶杀案件的现场。

经过警方初步调查，柯柯人际关系简单，曾担任某外资化妆品公司区域代理，是一位职场女强人，因感情问题辞职，在柏立方小区附近的一家外国语幼儿园当教师，上班不到一个星期即遇害。然而柯柯的前男友向警方证实，柯柯不是因为感情问题丢失工作，而是受到上司骚扰，被迫辞职。

柯柯是一个长发齐刘海大眼睛美女，时尚高雅，靓丽挺拔。这位白领丽人喜欢穿长裤，不喜欢穿裙子，平时爱发布微博，内容包括各种隐私，从衣食住行到性格嗜好，甚至和男友的约会地点，无所不有。只需要看她的微博，即可了解她的一切。

柯柯买的房子位于柏立方小区四号公寓 18 层，物业设施还不完善，柯柯在微博上抱怨过小区的保安、装修工人以及送快递和外卖的人。用她发布在微博上的话来说：我擦，在这里买房子，什么都不方便，伦家倒血霉啦。

案发当晚，柯柯七点多去健身房，九点左右回家。这些她都发布在了微博上，其中还有一张她和瑜伽教练的上半身合影照。健身房瑜伽教练文嘉向警方声称，柯柯是她的朋友，因为长得漂亮，在健身房里常常被搭讪，有个花花公子一直在追求她，案发当晚要求开车送她回家，被柯柯拒绝。

文嘉向警方提供了一则消息：柯柯走的时候，穿的并不是牛仔裤，而是一条运动短裤。

柯柯回家后，发现防盗门开着，她也照例把这件事发布到微博上。粉丝讨论的两小时里，柯柯在家中被强奸杀害，凶手咬烂了她的半个屁股，还将尸体照片发布到微博上。

这中间经历了怎样一个被凌辱摧残的过程呢？

想想就让人不寒而栗！

燕京十大刑警，有三名在这个公安分局。他们分别是：刑侦重案队王队长、现案队刘队长、法医鉴定中心病理室副主任法医师。

特案组认真听取了三位办案高手的意见。

重案队王队长认为，柯柯回家时，凶手就已经潜伏在她家里，有可能是用钥匙开门，然而，在调查中，尚未发现有人持有她家防盗门的钥匙。窗户和阳台安装有铝合金防护栏，都完好无损。

画龙问道："会不会是凶手自制的钥匙？"

重案队王队长:“防盗门的锁没有破坏痕迹,只有专业的开锁匠才能做到。”

刘队长说,“凶手要进入死者所在的18楼,必然要乘坐电梯,根据电梯的监控录像,几名可疑人员也在初步排查中被否决了。”

苏眉说:“小区其他监控点呢?”

刘队长说:“监控设施并不完善,小区有很多监控盲点。”

入室杀人案,往往伴随着抢劫。

凶手入室方法千奇百怪,常常令人防不胜防,有的手里拿着个EMS邮件,敲门冒充送快递的;有的关掉楼道里的电闸吸引受害人出门查看;还有的冒充物业管理人员,声称楼上卫生间漏水,要受害人开门以进去检查。笨一点儿的小偷趁家中无人时溜门撬锁,技艺高超的歹徒能够打开防盗门和保险柜。

防范措施很简单,提高警惕,不要轻易给陌生人开门,发现异常时,即使不报警,也要立即通知亲友邻居。

法医师结合凶杀现场以及验尸结果大胆重建了凶杀过程。凶手入室之后,应该潜伏了一段时间。死者卧室进门有一个电脑桌,电脑桌后面是一张双人床,床的一侧是窗户,外面是阳台,床头挂着艺术照。床和电脑桌之间,靠墙放着一个很大的衣橱,凶手很可能潜伏在衣橱里,伺机行凶。

包斩问道:“凶杀现场,是不是和微博上的照片一致?”

法医师回答:“我们到现场时,死者身体的姿势和照片上是一样的,凶手拍照时就站在衣橱的位置。整个行凶过程中,死者没有搏斗迹象。现场一片狼藉,这是凶手翻箱倒柜寻找财物留下的。凶手用手机的数据线将受害人的双手绑在床头,用胶带封嘴,看上去没有明显的性侵犯迹象,但是死者下体分泌物中提取到了避孕套润滑液,说明凶手强奸时戴着避孕套,事后,凶手带走了避孕套,留下了凶器——一把磨尖了的螺丝刀。”

画龙说:“你们觉得凶手有几人?”

重案队王队长说:“现场没有指纹和鞋印,目前还不能确定,我推测,凶手一直关注死者的微博,可能是她微博的粉丝之一。”

梁教授说:“我比较关心,凶手是隔着牛仔裤还是脱下牛仔裤咬的死者的屁股?”

法医师说:“那女孩的牛仔裤和臀部都有咬痕,凶手先是隔着牛仔裤咬她屁股,后来又脱下裤子直接咬，最后又给她穿上了裤子。紧身牛仔裤上还提取到了臭腐乳，应该是凶手留下的。凶手吃过臭腐乳，残留在牙缝里，但是牛仔裤上的臭豆腐很多，遍布臀部，这个不好解释。”

包斩说：“还有一种可能，凶手故意将臭腐乳抹到柯柯的牛仔裤上。”

苏眉说：“变态，为什么要这么做，目的是什么呢？”

梁教授回答：“闻屁！”

梁教授见多识广，他说国外的警局有专门的性变态心理分析专家。专家认为，恋臀心理，其实每个男人都有。爱美之心，人皆有之。男人看到赏心悦目的美女时，会根据自己的喜好选择第一视线焦点，有的男人喜欢看美腿丝足，有的男人对美女胸部特别注意，还有的男人会将视线停留在女性的手或者脖子的位置。

“楚王好细腰，宫女多饿死”，楚灵王喜欢美女的小蛮腰，于是，楚国流行细腰文化。

唐代以丰腴为美，杨贵妃的屁股艳惊天下；明清流行缠足，男人觉得三寸金莲性感无比。

当一个男人的恋臀情结越来越严重时，他会跟踪偷拍翘臀美女的背影，在公交车或者地铁上顶撞美女屁股，从而升级为性变态心理，性冲动就会化为行动。

咬痕是奸杀案中出现最多的，除了受害人反抗之外，撕咬是凶手丧心病狂的特点之一。

特案组分析认为：柯柯离开健身房时穿着运动短裤，回到家后，在凶手的逼迫之下，换上了性感的紧身低腰牛仔裤，被迫坐在凶手的脸上，凶手贪婪地亲吻她的屁股，凌辱过程中，凶手要求柯柯放屁，因为柯柯放不出来，凶手把自己带来的臭豆腐抹在牛仔裤臀部，用来代替屁味加强刺激。恋臀癖者往往伴有逐臭的嗜好，对于普通人来说，臭屁是难以忍受的。对于恋臀癖者来说，闻到一个紧身牛仔裤美女的屁，是梦寐以求的事。

她放的臭屁，就像美丽的云朵一样，在脸上绽开。

第二章 微博杀人

凶手是一个恋臀癖者。

特案组以前接触过各种各样的变态行为，恋臀癖还是一个很新鲜的词汇。这个群体更隐蔽，也许连他们都不知道自己有这种癖好。街头漫不经心地一瞥，一个职场丽人的背影，从而聚焦视线，引发深度呼吸，内心里潜伏的小兽蠢蠢欲动。

那些美丽性感的屁股，可远观而不可亵玩。得不到的东西，就要毁灭吗?

苏眉换上了警服，不再穿 OL 白领制服，也不再穿丝袜高跟鞋。分局里一些爱美的警花，平时喜欢穿紧身翘臀的长裤，现在也全部换上了宽松的警服。

分局长说："我强调过多少次，警察上班必须穿警服，我的话还不如一个变态凶手有效? "

梁教授安排分配任务，苏眉负责对死者女孩的每一条微博进行分析，从中找出蛛丝马迹。凶手用死者的手机拍照，发布尸体照片，说明他对微博的功能很熟悉，有可能长期关注死者，评论柯柯的照片，转发她的日常琐事。尤其是涉及住址、作息时间的微博，应该格外注意。

警方清点死者财物时，发现银行卡和信用卡并未丢失，金银首饰、手机、现金以及名牌包和高档礼品被席卷一空。

梁教授要求画龙联合电信部门，追查死者手机下落，查访市区金店，确认是否有人销赃。

重案队王队长负责对凶器——那把磨尖的螺丝刀，进行全面的调查。搞清楚规格、型号、销售网点，以及加工、打磨的方式。

法医病理室与痕迹学专家负责做出凶手咬痕模型和报告，咬痕如同指纹一样，每个人都具有不同的特征。女尸屁股上的牙齿排列、齿间距离、牙齿磨损程度、咬合力、咬合动作，这些对于识别凶手的身份信息至关重要。

现案队刘队长召集所有警力，在死者小区内进行大范围细致摸排，凡是案发前后三天出现在小区里的人员，都作齿痕对比，从中发现与凶手相似的咬痕。派出警员，对柯柯的前男友以及骚扰过她的上司，还有近期追求她的男人，进行全面的调查。

包斩重新检查死者房间，掌握凶手入室的方法。

现实生活中，我们常常感到恐惧的是：在睡梦之中，被闯入家中的凶手杀害。

面对入室的歹徒，女人比男人还要多一层恐惧，除了担心被杀，还害怕被强奸。

入室杀人案案犯杨新海，流窜四省，残杀67人。这个杀人恶魔选择的是农村偏僻简陋的房屋，没有围墙，或者围墙很低。他采用拨门或撬锁的方式，在夜深人静时潜入住户家中，用锤子、刀或者绳子作为凶器，杀死家里的每一个人，制造多起灭门惨案，有的一家人是在睡梦中被杀死。抢劫完毕后，这个恶魔对幼女尸体进行性侵害，有时也包括男孩。

雷国民作案时间长达十年，专抢银行或信用社的金库，这些地点防范严密，他使用电气切割设备进入夜间值班室，用锤头杀死保安和看守人员。十年间，实施抢劫作案15起，共杀死20人，劫得港币10万元、人民币353万余元。为了练习犯罪本领，此人曾每天坚持长跑三四十里，还特意学会驾驶汽车以及切割技术。

警方刑侦工作全面展开，只需要找到凶手入室的方法，这个案子也就突破了瓶颈。

包斩人手不够，他对苏眉说："小眉姐，能不能耽误一下你的工作，请你帮个忙？"

苏眉："什么？"

包斩："我们进行犯罪模拟，我扮演入室凶手，你扮演死去的那女孩。"

苏眉："可以，这还不简单嘛。"

苏眉答应帮忙后，就开始后悔了。包斩为了让一切都接近真实情景，为了让犯罪过程更逼真，并没有安排其他民警，模拟时间也和案发时间一致。苏眉要在晚上九点回到死者女孩的住处，一个人待在刚刚死过人的房间里，等待着"凶手"的出现。苏眉是特案组成员，但她也是一个女人，有着女人所有的弱点：胆小、怕黑、怕鬼、怕杀人凶手。

晚上九点，苏眉一个人重回凶杀现场，防盗门虚掩着，和案发当晚一样。

苏眉心中叫苦，极力假装镇定，立刻关上防盗门，跑进卧室，经过黑暗的客厅时，她用眼角的余光看到卫生间里隐隐约约站着一个人，这使她头皮发麻，一阵凉意从脊背升起。她反锁卧室房门，摸索着打开灯，卧室里的血腥味还未完全消散。

苏眉拿出手机给包斩发短信："你在哪儿？小包，我不玩了，卫生间里好像有个人。"

包斩没有回复。

苏眉壮着胆子，坐在电脑桌前，电脑已经搬回分局检验，桌上空空如也。苏眉想到那个遇害女孩柯柯当时也是坐在这桌前，和她一样胆战心惊。苏眉偶然一瞥，梳妆台上有一面镜子，苏眉想起恐怖片里常有的画面：从镜子里看到，一个男人突然出现在身后。

苏眉坐不住了，她站起来，惊慌失措。墙上挂着柯柯的艺术照，照片中，这个女孩的眼神显得非常恐怖。苏眉觉得房间里的东西都透着诡异，独自待在刚死过人的凶杀现场，确实需要很大的勇气。她索性躺到床上，闭上眼睛，不敢去看靠墙的衣柜，不去看房间里的任何东西。

如果凶手藏在房间里，那么只有两个地方：床下和衣柜。

连日来的工作让苏眉感到很疲惫，她闭着眼睛，暂作休息，心里又突然想到，那女孩就是死在她此刻躺着的这张床上，血液染红床单，凶手还拍下了尸体照片。

床单已经被警方拿走取证了，苏眉仍然觉得身下黏糊糊的，她意识到这是自己的错觉。

卧室门传来轻微的声响，苏眉觉得一个人悄悄走进来了，还轻轻地关上了门。

苏眉怀疑自己是不是听错了，房间里没有了声音，她猛地睁开眼睛，赫然看到一个人正站在床前，低头看着她。那人面无表情，脸色蜡黄，眼睛中布满血丝，目光呆滞。

那是一个陌生男人！

苏眉大叫着坐起来，那陌生男人说了句：“你别怕。”

他伸手想按住惊慌的苏眉，苏眉吓得惊叫：“救命，小包救我！”

那人说道：“我不是坏人。”

陌生男人解释说自己是公安部门备案的开锁公司的锁匠，是包斩请他来作开锁测试，苏眉半信半疑，那人出示了自己的证件，打消了她的疑虑。

这时，卫生间里竟然传来一阵声响，侧耳倾听，是马桶抽水的声音。

苏眉问开锁匠：“你有同伙？”话音刚落，又觉得不妥，改口说，“你和同事一起来的？”

开锁匠回答：“我自己来的，刚才没注意卫生间里有人啊，真是怪事！”

如果卫生间里空无一人，怎么会有声响，难道是一只看不见的鬼手按下了抽水阀门？苏眉和开锁匠准备去看看，刚打开卧室门，一个黑洞洞的枪管伸了进来，苏眉和开锁匠都吓了一跳，一个声音威胁道："不许动！"

苏眉和开锁匠惊骇万分，呆立不动。

一个人闪身闯了进来，此人正是重案队王队长，他笑着收起枪说道："和你们开个玩笑。"

重案队王队长也是包斩叫来协助犯罪模拟的，看来，包斩认为，凶手应为两人或以上。

苏眉吓得不轻，正欲发作，阳台外突然传来"当当当"的声音，外面有人敲窗，那是指关节敲击玻璃发出的声响。

苏眉下意识地问道："谁？"

大家突然想到，这是在18楼啊，怎么可能有人在窗外敲玻璃？

又一阵敲窗的声音传来，大家感到毛骨悚然。重案队王队长拔出枪向阳台走去，苏眉和开锁匠跟在身后，打开通往阳台的门，大家清晰地看到玻璃后有一张脸，一个人正悬空吊在18楼的阳台外。

此人正是包斩。

包斩敲击玻璃，对开锁匠喊道："打开逃生窗的锁。"

阳台铝合金防护栏上有一个小窗户，挂着一把小锁。自从国内接连发生两场大地震之后，很多人家封阳台时，都会选择这种带有逃生窗的防护栏。一些装修公司也极力推荐住户预留逃生出口，发生火灾或者地震时，可以多一条逃生途径。

开锁匠轻松打开逃生窗上的小锁，包斩踩着阳台外的空调外机，从逃生窗毛腰进来，跳到阳台上。

苏眉瞪着眼睛说："小包，你和外人合伙骗我？"

包斩急忙说道："小眉姐，你听我解释。"

苏眉气得扭头就走，边走边说："发短信你也不回，你故意吓我，你是王八蛋！"

包斩在后面追，一个劲儿地解释："小眉姐，对不起，原谅我，我这不是为了破案嘛，为了犯罪模拟更真实，所以才找了他们俩，没有告诉你，你可千万别生我气，我错了，以后再也不会骗你，我已经找到了凶手入室的方法……"

苏眉一个人不敢回去，走到客厅门口又返回，重案队王队长笑起来，模仿苏眉刚才呼救的声音说道："救命啊，小包救我！"

苏眉又羞又恼，气得跺脚想哭。

如果坏人闯入家中，呼救时不要喊救命，应该喊救火。如今，道德败坏，人人明哲保身，老太太摔倒，无人敢扶；听到邻居家呼救，第一件事就是关紧自家房门；即使救落水儿童，还挟尸要价，给的钱少都不救。家中遇险，喊救火比救人更有效，左邻右舍担心火势凶猛殃及自家，会争先恐后前来相救。

重案队王队长问开锁匠："你倒是挺专业的。"

开锁匠说："你可别怀疑我，我是第一次来这个小区。你知道一套开锁工具在网上卖多少钱吗？便宜的几百元，能开 80% 的防盗门的锁，还有开锁教程说明，十分钟就能学会。"

包斩哄好苏眉，和重案队王队长一起回分局。

分局门前警灯闪烁，辖区刚刚又发生了一起入室奸杀案。

这次遇害的是一名空姐，名叫李亚。案发当晚，她过生日，YY 里的网友为她举办生日歌会。YY 是一款语音聊天软件，聚集了很多喜欢唱歌和玩游戏的网友。这名空姐开自由麦唱歌时，凶手闯入了她的家中，当时有 59 个网友在语音中听到了凶手行凶的过程。

一个细心的网友将整个过程的声音录制了下来，提供给了警方。其他网友陆续报警。

从凶手和这名空姐的对话中，可以想象到当时的情景是多么变态残忍。凶手先是威胁逼迫空姐乖乖就范，否则就要杀死她。空姐为了求生，为了拖住凶手赢取时间，被迫按照凶手的要求换上空姐制服，表演了空姐礼仪。

空姐："先生，您需要点什么，咖啡还是茶？"

凶手的语气有些不好意思，他说："我想闻闻你的腚。"

第三章 奸杀空姐

警方远程连线了YY房间的管理员，询问了每一个当时在场的人，据一个叫陈皮兔子的网友说，李亚空姐可能被一个富商包养，平时并不住在空乘楼公寓，而是独自居住在富商给她买的房子里。案发当晚，李亚过生日，正在语音聊天室唱歌，陈皮兔子负责录音，唱到一半的时候，李亚的歌声突然停止，大家听到她那边传来尖叫声，还有两个男人威胁辱骂的声音，接着是殴打哭泣声……

从录音中可以听出，凶手有两个人。对话摘录如下：

凶手说："你好好想想，得罪啥仇人没。你得听话，要是不按照我说的做，我就杀了你。实话和你说，我不是没杀过人，再多一个，也没事。你站起来，我不揍你。"

空姐说："有话好好说，把枪收起来好吗？我老公一会儿就回来了，你们是来找他的吗？"

凶手说："吓唬谁，你家男人出国了，我不是不知道，都摸清你的情况了。"

另一名凶手说："嘿嘿，你是二奶。"

空姐说："我老公已经出国回来了，因为今天我生日啊，我给他打电话让他现在就来。"

凶手说："放下，别乱动，把手机放一边，想报警是吧？"

空姐说："我也没办法报警啊，也没人替我报警，我就是想给我老公打电话，让他给你们钱。"

凶手说："别再乱动，动就开枪！"

空姐说："拜托，你们要钱是吗？还是我老公得罪你们了，你们到底想干什么？"

另一名凶手说："干你，你个小婊子。"

凶手说："脱衣服。"

空姐说："拜托，你们饶过我吧，好，别打我……我脱。"

凶手说："脱完了，再把空姐的衣服换上，换衣服，快点。"

空姐说："好，我听你们的。"

凶手："你最恨谁？"

空姐："机长。"

凶手："为啥恨他？"

空姐："新来的空姐，都被他带出去参加富豪酒会，空姐都是交钱进来的，每个人要交 30 万，空姐越丑，后台越硬，那些丑空姐都不用交钱，也不用参加选拔，都是有关系进来的。"

另一名凶手说："我俩就是机长派来的，来教训你。"

凶手说："空姐都挺有礼貌，那个叫啥，你给俺表演表演，就当是现在就在飞机上。兄弟，你坐下，让她伺候伺候你。"

空姐说："你说空姐礼仪？"

凶手说："对，你给咱表演表演，伺候我兄弟俩。"

另一名凶手说："大哥，让她走模特步。"

凶手说："接着来，你鞠躬可真好看。"

空姐："先生，您需要点什么，咖啡还是茶？"

另一名凶手说："我想闻闻你的腚。"

空姐说："啊，你们闯到我家里，到底想干吗呀？"

凶手说："我想干死你。"

另一名凶手说："大哥，让她先跳舞吧？"

另一名凶手说："你家有牙签吗？"

空姐说："没有。"

另一名凶手说："你先跳舞，再走模特步，我找个东西剔剔牙，一会儿，我亲死你……"

警方在现场发现了折断的玫瑰花枝，上面沾有菜叶，凶手曾用玫瑰花枝剔过牙。花瓶摔碎在地上，房间里一片凌乱，空姐衣衫不整，躺在血泊之中，嘴巴上贴着胶带，凶手用空姐的丝巾将她的眼睛蒙上，双手用胶带反绑，将其强奸杀害之后，仓皇逃走。警方在阳台上找到了凶手遗落的凶器：一把磨尖的螺丝刀。空姐的臀部有一些泛红发紫的牙印，死前曾遭受凶手的残忍噬咬。也许是逃跑时太匆忙，除了手机、iPad 平板电脑和现金外，凶手没有劫走空姐的其他财物。

两起入室奸杀案，作案手法类似，使用的凶器一致，特案组决定并案侦查。

包斩在第一时间搞清楚了凶手入室的途径，经过犯罪模拟，凶手入室只能有三种办法：

1. 死者出门时忘记锁门，凶手潜伏在家中。衣柜或者卫生间都是凶手藏身之所。

2. 凶手用开锁工具打开防盗门，闯入死者家中。

3. 凶手从楼顶使用绳索下降到受害人阳台位置，打开防护栏上的救生窗，进入室内。

低层的住户往往担心小偷攀爬护栏，潜入家中行窃，靠近顶楼的住户却忽略了歹人也有可能从楼顶吊下来，高空作业，突破防护栏，进入家中。上海某高档居民社区发生过多起入室盗窃案件，一个住在顶楼的女孩半夜里看到窗外吊下来一个人，报案后，犯罪嫌疑人被抓获，女孩也被吓得神经衰弱。

阳台是凶手入室的途径。

柯柯所在的楼层接近顶楼，凶手很容易吊着绳索进入她家，李亚却住在 13 楼，楼层中间的位置，这说明凶手色胆包天，从楼顶下降到 13 楼，绳索的长度足有几十米，借着夜色的掩护，凶手小心翼翼地滑落，经过了十几家住户的窗口，最终降到空姐家的阳台外面。

在案情分析会议上，梁教授给案件定性为：这是两起有预谋、有准备，以强奸为主要犯罪动机的入室杀人案！

重案队王队长说：“凶手为两个人，作案工具包括枪、螺丝刀、绳索、胶带，还有一把大绞钳，以及简易开锁工具。凶手用开锁工具打开柯柯家阳台的救生窗上的锁，用大绞钳绞断了李亚住处阳台上的防护栏。”

法医师说：“玫瑰花上提取到的食物残渣说明凶手的生活水平不高，两名凶手说话粗俗，文化程度一般，应该有过犯罪前科，还有过高空作业的工作经历。”

包斩说：“我们应该重点排查这几种人：楼体粉刷工、油漆工、太阳能热水器安装人员、封阳台的民工、空调安装工。这些人都擅长高空作业，凶手应该就在其中。”

画龙说：“凶手有枪，却没有开枪，这两个家伙有一定的反侦查能力，他们知道弹壳会留下线索，开枪也会惊动四邻。枪是用来胁迫受害人的，杀人用的是螺丝刀，说真的，我还是第一次见到这种简单又有效的凶器。磨尖的螺丝刀比匕首更能一击毙命。”

分局长说：“涉枪案件都会被高度重视，这两名凶手要是抓不到，整个城市都会陷入恐慌，不知道还会不会发生第三起入室奸杀案件？”

现案队刘队长说：“我们也派出了很多警力，调查两名死者的关系人，根据我们目前掌握的信息，熟人作案的可能性不大。柯柯在燕京交际不广泛，她是外地辞职后来到这里的，房子刚买没多久。李亚确实被一名富商包养，对空姐来说，这种情况并不奇怪，刚刚工作的空姐，月薪五千元，多飞多得，她们是富商猎艳的目标。两名女孩都有着共同的特点：喜欢上网、喜欢发微博、喜欢在微博上发自己照片。”

苏眉说：“两个女孩都不懂得保护自己的隐私，几乎是在微博上直播自己的生活，例如柯柯发布的这条微博‘我擦，18楼也有蚊子？’这条微博就透露了她住在18楼，另外几张照片拍摄了楼下小区停放的名车，凶手很容易从拍摄角度了解她家的位置。李亚每次出行都通过足迹分享网站实时发布到微博上，任何人都可以掌握她的行踪，炫富自拍也是将她自己的隐私公开，普通网友都能推测出她被包养。她微博上一张网购投诉的截图，无意中将自己的住址告诉了所有人。”

梁教授说：“凶手应该是利用微博选择同城的受害人，他潜伏、观察很长时间，前期经过精心的准备，通过微博了解受害人的生活，掌握两名女孩的地理位置，然后实施作案。”

画龙说：“我也看了她们的微博，两个女孩，不厌其烦地发自己的小破事，今天吃了什么，买了什么，一会儿要去干吗，什么时候回家，鸡毛蒜皮的小事都要发布出来。在凶手眼里，这些都是提供给他们的作案信息。”

几天后，第一个犯罪嫌疑人浮出水面，苏眉详细调查了两名死者的微博，有个叫做“肖无水”的人进入警方的视线，他是唯一一个同时关注两名死者的人，不仅如此，他还转发了柯柯和李亚的每一张照片，评头论足时语言猥琐，下流不堪。

此人关注的都是同城的美女，没有关注一个男性。

微博上，每个人都有自己的粉丝，尤其是喜欢发布自拍照片的美女，粉丝众多。

美女知道自己的粉丝中有不少色狼，但是意识不到，也许有一个粉丝在悄悄地记录下她的所有行踪，掌握她的作息时间，了解她的生活方式，然后要实施的就是去强奸和杀害她。

入室强奸和野外强奸的共同点是：暴力和凌辱。

第四章 泥球胖子

通过电信部门的协助，犯罪嫌疑人肖无水的地理位置锁定在一家医院，这家医院也是国内顶尖的卫生科研机构，吸引了全国各地的一些怪病患者。

重案队王队长陪同苏眉一起去怪病医院调查，画龙有点不放心，也一同前往。三个人在路上谈笑风生，随意闲聊。

重案队王队长："苏小姐，你是哪儿人啊？"

苏眉："上海人。"

重案队王队长："特案组其他几位呢？"

画龙："我是河北的，小包是山东人。"

重案队王队长："我是燕京土著，苏小姐，等案子结束后，我想请你帮个忙，我爸刚给我买了套房子，三环以内，我对装修一窍不通，你能不能和我一起去看看，给我出出主意什么的，你们上海人都挺有品位的，帮我看看怎么装修房子。"

画龙："靠，套磁呢，是吧，我就知道你小子不怀好意。"

重案队王队长："画龙，你不觉得你特多余吗？呵呵。"

画龙："告诉你，小眉是我媳妇，我们都订婚了，你别打她的主意。"

苏眉："呸，想得美，别听他胡说八道。"

重案队王队长："哎哟喂，你还没结婚吗，画龙，一直找不着媳妇？"

画龙："离异，老婆跟人跑了。"

苏眉："我要是你老婆，我以后也跟人跑。"

重案队王队长："苏小姐，你觉得我买什么车好呢？"

画龙："想打架是怎么着，我揍过的警察多了去了。"

苏眉："你们俩决斗吧，一起拔枪，看谁先倒下，最后站着的那位，我就嫁给他。"

医院保卫科接待了画龙三人，保卫科长介绍说："这里的病人大多患有难以治愈的怪病，从全国各地来到这里求医，肖无水在重症病房，患有一种罕见的疑难杂症。保卫科长找来一名护士，带着画龙三人前往重症病房。"

护士提醒道："别刺激这个病人，他会出汗的。"

苏眉说道："出汗有什么可怕的？"

护士回答："你们看见就知道了。"

湖北一名男子患有奇怪的色汗症，他出的汗是蓝色的，在云南还有个出绿色汗液的病人。

世界各地都有"毛孩"，身上的汗毛又长又黑，全身覆盖着浓密的黑毛，就像野兽。

国外一个女人患有一种怪异的疾病，她的身体能够长出铁丝，一长就是 20 年。

有些怪病，科学上至今无法解释。重症区的病房就像牢房一样，每个都是封闭而独立的，走廊上有道铁门，病房窗户也安装了防护网。肖无水是个皮肤很白的中年胖子，有着油油的头发，他只穿了一条内裤，坐在一个塑料板凳上。画龙、苏眉、重案队王队长三人在会诊室对他进行了询问。

重案队王队长："5 月 1 日，晚上九点，你在哪里？"

肖无水："我一直在医院，哪儿也去不了，医生不让我出去。"

苏眉："你是不是常常上网，有个微博？"

肖无水："以前是的。"

苏眉："现在呢？"

肖无水："我的笔记本电脑前些天被人偷了，带有无线上网卡。"

苏眉："还丢了什么？"

肖无水："手机也没了。"

苏眉："手机是和微博绑定的吗？"

肖无水："我想想，是的，我怀疑是安装窗户防护网的民工偷的，可是医院不管。"

画龙："认识这两个人吗？"

画龙拿出柯柯和李亚的照片给肖无水看，这个胖子仔细地看了一下，随即低下了头，他认出了这两个女孩，自己以前常常在微博上骚扰她们。他又看了一眼照片，呼吸开始急促，身体颤抖起来。

画龙、苏眉、重案队王队长三人吓了一跳，他们看到面前的这个胖子似乎变了一个人。

胖子的皮肤成了灰白色，面部轮廓开始变形，鼻头上先是出现几个黑点，紧接着黑点遍布全身，就像鸡皮疙瘩一样，每个汗毛眼里竟然都露出火柴头大小的黑头。胖子面部抽搐，情不自禁地呻吟起来，不知道是痛苦还是快乐，他全身上下每一个毛孔都吐出了细长的黑色泥条，面部也密密麻麻地布满泥条，看上去恐怖骇人，像身上扎满了黑色的火柴。

胖子有点痒，他用右手抹了一下脸，把脸上的泥条放在左手心，然后用手抓挠着自己，身上的泥条被他抓下来，放在掌心。

他搓揉了几下，掌心里出现一枚蛋，圆圆的、黑色的，有鸭蛋大小。

这个黑色的蛋是他身上的泥垢搓成的。

胖子低下头，鼻子凑近泥球，深深地闻了一下，还有些陶醉。

站在一旁的护士大声说："不许吃！"

这个胖子的脸羞涩地红了一下，没有理会护士，当着众人的面，狼吞虎咽地吃下了泥球。

画龙、苏眉、重案队王队长三人大为惊骇，胃里直犯恶心，询问完毕之后就起身告辞。

医院重症病房是封闭性质的，走廊有道铁门，窗户有防护网，两起入室奸杀案发生的时候，肖无水一直在医院里，护士的查房记录显示，案发当晚，他也没有作案时间，这个胖子的犯罪嫌疑被排除。

梁教授和分局长主持召开案情分析会议，分局长动员全体民警努力打开突破口，会议重新确定了调查方向，案发小区里安装护栏以及空调外机的民工列入重点排查范围，每个民警明确任务，加大力度，让案情向纵深发展，所有线索都要一查到底，此案告破，指日可待。

警方投入大量警力，对两名死者所在的小区周边的装修公司和空调安装公司进行调查，摸排走访千余人。根据相关规定，一定要通过小区物业的同意才能封特定的颜色和类型的阳台，警方很快锁定了小区指定的封阳台专业厂家，经过深入调查，警方认定两名凶手即是封阳台的工人，因为只有封阳台时工人才会使用“螺丝刀”“大绞钳”“绳索”，这些也是两起入室奸杀案的作案工具。

包斩主动请缨，要求去调查怪病患者肖无水失窃的笔记本电脑，盗窃电脑的民工很可能和此案有关。很快，包斩掌握了一条很有价值的线索，医院安装防护网的工人是劳务市场的中介介绍的。根据劳务市场的登记簿，锁定了两名为医院安装防护网的民工：伍小柒和阴三儿。

包斩扮成民工，在外围展开秘密侦查。

伍小柒和阴三儿是兄弟俩，一直在燕京打工，从事封阳台的工作，两人均有前科，为劳改释放人员。伍小柒平时就在劳务市场路边揽活，面前放着一个牌子，上面写着“封阳台干杂活”。兄弟俩最近都买了一辆电动车，资金来源可疑。劳务市场附近的一家金店证实，伍小柒曾经兑换过一条金手链，经过核实，这是死者柯柯的金手链。

证据确凿，封阳台民工伍小柒和阴三儿具有重大作案嫌疑！

分局出动了两个大队进行抓捕，画龙和重案队王队长各带一队全副武装的武警，考虑到嫌疑人有枪，居住在劳务市场附近的一个四合院的出租屋里，此处人员较多，地形复杂，分局制定了严密的抓捕方案，确保万无一失。

抓捕定在凌晨两点，这也是人睡得最熟的时刻。

荷枪实弹的武警封锁路口，建立一道外围包围圈，严防一切人员出入，狙击手在制高点埋伏就位，警察将两名嫌疑人居住的四合院团团围住。

两名嫌疑人住在四合院东北角的一间小屋里，一名武警翻墙而入打开院门，画龙和重案队王队长带领武警鱼贯而入，蹑手蹑脚地悄悄逼近，一大队人马站在小屋门前，屏声静气，不敢大声呼吸。

那是一扇破旧的木门，看上去不堪一击。

如果冲进去后，不能在第一时间制伏嫌疑人，嫌疑人反抗开枪，势必造成警员伤亡。

2009年，全国公安民警因公伤亡3302人。据公安部统计，新中国成立以来至2010年年底，全国公安民警因公牺牲11440人，这些大多是基层民警。他们的名字无人知晓，他们的功绩与世长存！

不管多么严密的抓捕部署，总要有人第一个带头往上冲。

重案队王队长打手势示意自己先上，画龙摇摇头，在出发之前，苏眉私下叮嘱画龙小心谨慎，别逞英雄，但是画龙从来都不甘示弱，他一脚踹开木门，第一个冲了进去。

屋内黑糊糊的，光线很暗，画龙扑到床上，他以为凶犯正在沉睡，床上却没有人。

一个黑影蹲在床边的柜子上，手里拿着一把枪。

他将枪口对着近在咫尺的画龙，恶狠狠地说："你们都得死。"

枪声响了……

第五章　恋臀癖者

我们常常看到这样一群人。

他们衣衫破旧，聚集在路边，有的趿拉着鞋，露出黑糊糊的脚后跟，身上散发着浓重汗味和劣质烟草的混合气味。男人的人造革包里有各种工具：斧子、锤子、凿子等，女人手里拿着一卷铁丝或者刷墙用的滚刷。他们每个人的面前都放着一个纸牌子，上面写着：瓦工、木工、油漆工、水暖工、封阳台、干零活、疏通马桶。

一个妈妈领着儿子路过时，她指着这群农民工对儿子说："你要是不好好读书，长大了就会和他们一样。"

农民工蹲在路边，每当有用工者上前攀谈时，就会一窝蜂地冲上来，商讨价钱。更多的时候，没活可揽，他们聚在一起闲聊或者席地打牌消磨时光。下雨时，会像燕子一样缩在钟楼的房檐下，看着天空发呆。

他们在钟楼下避雨，钟楼是不愿意撑开的伞。

阴三儿用纸牌子挡雨，耳朵上夹着的香烟被雨淋湿了。

伍小柒靠墙坐着，从脚板上撕下一大块死皮，塞到嘴巴里咀嚼，他觉得很筋道，有嚼头。

阴三儿突然扔掉了揽活的纸牌子，对伍小柒说道："我的手痒痒了。"

伍小柒说："我也是。"

一个打伞的美女从兄弟俩面前走过，美女穿着一件淡粉色豹纹紧身套裙，翘臀巨乳，黑色丝袜包裹着修长美腿，香肩袒露着黑色的乳罩带子。多年前，街上流行一种真丝的白色上衣，就是好像在给人说自己戴了乳罩的那种；后来，开始流行透明的乳罩吊带；现在，街上的美女索性抛弃了伪装，故意把鲜艳的乳罩带裸露出来，展示给路人。

美女的高跟鞋踩在路上，溅起水花，背影性感迷人，高跟鞋嗒嗒的声响踩在兄弟俩的心上。

兄弟俩的老家在陕北，他们很小的时候就有了性意识的觉醒。

有一次，兄弟俩在农贸市场游逛，两个小孩子去了一个批发商场的楼顶，楼顶有个小亭子，刚刷了油漆。他们看到一个男的在亭子里坐着，怀里揽着一个女人。那男人用小剪刀还是什么东西，在柱子上刻字，女的很害羞，低着头不好意思看那行字。这对谈恋爱的男女走了后，兄弟俩跑过去看柱子上刻的什么字。

那是一句话：打炮不算坏，为了下一代。

两个穿拖鞋的脏孩子站在楼顶，咬着手指，这句话给他们带来了强烈的震撼。

因为一句话，他们的童年毁了。

80 年代，农村计划生育工作搞得如火如荼。他们的陕北老家至今能看到这样的标语：该扎不扎，房倒屋塌；该流不流，扒房牵牛。他们的父母共生了七个子女，七个子女都是 80 后，老大和老二不幸夭折，所以，伍小柒一直喊阴三儿为大哥。他们家的房子被扒了，大牛也被计生委干部牵走了。父母为了躲避计划生育，东奔西走，他们住过水泥管子，在工地上筛过沙子，修过桥，筑过路。

他们走到哪里，哪里就是他们的家。

在一个县城，父亲贩卖水泥，母亲在手套厂打工，一家人租房住了十年。

他乡成为故乡，孩子们长大成人。

1999 年，阴三儿和伍小柒因盗窃、抢劫被关进了监狱。

父母欣慰地说："吃公家饭去了。"

他们犯罪绝不是因为贫穷，而是因为无法改变贫穷的生活。

监狱是一所学校。几乎每所监狱的监规中都有一条：禁止交流犯罪技巧。这说明犯人们时常交流自己的本事，正如写有“禁止大小便”的墙下肯定有人大小便。盗窃自行车的小偷丁新军在监狱里学会了盗窃汽车，毒贩唐海波在狱中拜师学会了制作毒品。

阴三儿在监狱服刑期间，一个抢劫犯对他说：“别抢银行卡、信用卡，自动取款机有监控，银行门口和路口也有，能看到你的脸。抢了手机后，要把卡扔到水里。”

阴三儿对手机不太懂，他进监狱的时候，街上正流行 BP 机，使用手机的人寥寥无几，即使有，也是那种砖头似的手机，俗称大哥大。

他出狱的时候，街上的人已经使用各种各样的手机，而他兜里揣着一个 BP 机。

入狱前，监狱扣押的随身物品，出狱时，狱方会交还给刑满释放人员。除了 BP 机，阴三儿的兜里还有两块钱一盒的人参烟，这种烟现在涨到了六块钱。

十年前，煎包卖一块钱七个，现在涨到了一块钱两个，猪肉由五块钱一斤涨到了十八块钱。

阴三儿走在街上，觉得恍如隔世。

很快，伍小柒也刑满释放，两人一起去燕京打工。

兄弟俩去应聘保安，工作人员说：“有过服刑史的人不能录用。”

他们去搬家公司找工作，负责招聘的人说：“不要你们，万一你们再偷东西抢东西呢。”

刑满释放人员在就业上属于弱势群体，这一群体出狱后非常希望能够回归社会，然而在社会上备受歧视，很多招聘单位要求求职者必须有“无犯罪记录”证明。

出狱的少年犯，即使考上大学，但是由于档案中的犯罪记录，一般不会被大学录取。

报考律师，或者从事金融、司法职业，需要无刑事犯罪记录证明。

出国办理签证手续有时也需要当地派出所开出无犯罪记录证明。

《钱江晚报》载：要买房、看房，先开张无犯罪证明。

《重庆晚报》载：奥运期间，为加强治安管理，旅行社要求观看奥运比赛项目的游客，都应到所属辖区开具无犯罪记录证明。

一个刑满释放人员，在接受应有的惩罚之后，是否还要背负社会的不公和一生的耻辱？

很多罪犯都是“二进宫”“三进宫”，出狱以后，整个世界都与他们格格不入，他们无法融入社会。司法部门的统计数据表明，刑满释放人员的重复犯罪率在8%左右，其中特大或者重大刑事案件达到了70%。很多有犯罪前科的人员再次作案，犯罪手段往往更残忍、性质更恶劣。

兄弟俩找不到工作，便在路边揽活儿，有时，找到活结算了工钱之后，两人就去出租屋附近的一个大排档饭摊喝酒。

大排档饭摊老板曾经也是一个劳改犯。

兄弟俩问他在劳改队做什么。

老板没有说话，模仿了一个铲东西的动作。兄弟俩惊讶于他模仿这个动作时的惟妙惟肖：他的手中空空如也，但仿佛能看到他握着大铁锹，一下一下铲起煤，装进板车之中。

餐馆的地面污水遍布，痰迹斑斑，餐巾纸团扔得到处都是。女服务员系着油腻腻的围裙，用一块脏得看不出颜色的抹布擦桌子，她像一艘船那样缓缓地转身，将屁股对着喝酒的阴三儿，悄悄地放了个屁，阴三儿闻到一股浊臭，他看着那个刚刚放过屁的大屁股。

那一刻，阴三儿爱上了她。

那个屁，穿梭于莲藕的空洞之中，徜徉在花生米的边缘，弥漫向昏黄的灯泡和兄弟俩的鼻孔。渐渐地，就像低空的乌云散尽，这乌云就在两腿之间。风起于青萍之末，屁也是天空的一部分。

老板抽动鼻子说：“谁放屁了？”

阴三儿替女服务员掩饰尴尬，他说道：“我。”

女服务员看了他一眼，目光中露出一丝感激。

阴三儿喜欢屁的味道。对于放屁，他甚至能够收放自如。冬天的时候，他先在被窝放个热乎乎的臭屁，被窝就暖和了，然后，他的头钻进去，再把被子蒙严，自己在里面独吞。

人有逐臭之癖，喜欢吃臭豆腐、臭干、臭咸鱼、臭鸭蛋的人不在少数。

在南方许多省份，很多人爱吃榴莲。

每个妈妈都喜欢自己家小宝宝的乳臭味。

有多少大学生脱下臭袜子，不是放进洗衣机里，而是先放在鼻子前。

很多女生喜欢咬指甲，有的男人喜欢吃自己脚掌上的死皮，还有的不讲卫生的人，常年不刷牙，喜欢用指甲刮牙齿上的黄色污垢，然后放鼻子前闻，那个味道对他来说真是好极了。

女服务员爱放屁，阴三儿暗恋上了她。

他很渴望去闻闻她臭烘烘的屁股，幻想着扒开她的屁股沟，把鼻子凑上去，使劲闻臊气味和臭味。如果她在椅子上坐一会儿，等她离开后，小饭馆里没有人，他就会趴在她大臭屁股坐过的地方使劲地闻，还要舔几下她坐过的地方。

有一次，大排档老板和女服务员开玩笑地说："我看得出，阴三儿喜欢你。"

女服务员捂着嘴笑道："三儿，你喜欢我？"

阴三儿打个酒嗝，坏笑着说："咋啦，我爱你。"

伍小柒说："大哥，你跟城里人学得时髦了。"

大排档老板说："不叫时髦，应该说时尚。"

扫地的女服务员停下来，问道："你爱我什么啊？"

阴三儿把酒杯往桌上一放，提高嗓门喊道："我爱你的腚。"

女服务员有点生气，将扫把扔在地上，叉腰说道："阴三儿，你这劳改犯，也想找媳妇？"

我爱你，这三个字只是冰山一角，在这海水下面，还隐藏着一些我们不愿意说出来的东西，如果要真诚地表达，将隐藏的内容赤裸裸呈现出来，那就是：我爱你的钱，我爱你家的大房子和你的车，我爱你的社会地位，我爱你的帅气和潇洒。

男人都是下半身动物，用小头代替大头思考爱情与婚姻。

对于男人来说，我爱你的意思应该是：我爱你的美貌，我爱你的性感身材，我爱你的C罩杯，我爱你的回眸一笑，我爱你的小蛮腰和细长美腿。

对于阴三儿来说，就是：我爱你的腚。

每次去大排档餐馆，阴三儿喝醉了之后，就耍酒疯要女服务员和他结婚。

伍小柒也喊女服务员为嫂子。

女服务员不堪其扰，收拾行李辞职回家。

阴三儿冲着女服务员的背影喊道："我给你钱，我能挣很多钱，都给你。"

女服务员在路中间停了下来，她没有回头，一手叉腰，一只脚点地打着节拍，唱道："爱情不是你想买，想买就能买……"

唱完，女服务员甩了一下头发，留给阴三儿一个决绝的背影。

她的大脚踩爆了昏黄路灯下的一粒葡萄。

兄弟俩开始喝闷酒，在那个肮脏的小饭馆里，吊在墙上的电视机正在播放同一首歌，阴三儿面对着一盘咸水花生，一盘凉拌藕片，一碟麻辣海螺，对弟弟说了句狠话："我要干一个大美女。"

伍小柒说："哥，我想干一个歌星，要不，这个也行。"

伍小柒指了指电视上的一个女主持人。

阴三儿说："想干歌星的多了，这个主持人长得还真不孬。"

怎样才能和一个极品美女做爱?

除了强奸，再也找不到别的办法。

兄弟俩这辈子最大的梦想就是和美女做爱。

兄弟俩亲密无间，他们给一家医院安装窗户防护网的时候，顺手牵羊偷了一个住院病人的笔记本电脑和手机，在出租屋里，兄弟俩一起对着电脑打飞机，比赛看谁坚持得最久。

电脑浏览器的收藏夹里有几个美女的微博，成为他们打飞机时的目标。

柯柯经常在微博上发布自拍照片，其中一张照片是她在楼下拍摄的自家窗口，那条微博写道：我擦，看见咩，我家的窗口是黑的，别人家都亮着灯，苦逼啊，单身女纸你伤不起啊。

这张照片暴露了她家的位置，阴三儿和伍小柒曾经在这个小区里干过活。

柯柯经常发布自拍照片，无意间暴露各种隐私，阴三儿和伍小柒对她的生活几乎是了如指掌，他们面对这个白领佳人，每打一次飞机，内心里蠢蠢欲动的兽性就膨胀一次，最终，这两个色胆包天的家伙决定入室强奸。

他们各自挑选了自己喜欢的美女作为目标，阴三儿挑选了柯柯，伍小柒选择了李亚。

李亚的微博也暴露了自己住处的地理位置，在她微博发布的那张快递单截图上，就连门牌号码都写得一清二楚。

两名受害人都是单身居住，都是令他们垂涎欲滴、梦寐以求的美女。

正如特案组分析的那样，他们利用微博选择同城的受害人，观察一段时间，掌握两名女孩的地理位置之后，经过准备，然后实施作案。

那天晚上，两名凶手喝完酒，买了四个鸡蛋灌饼，吃鸡蛋灌饼的时候，兄弟俩都喜欢卷上生菜叶、咸菜丝和臭腐乳一起吃。他们干活的三轮车上就放着咸菜丝和臭腐乳，吃完以后，还剩下一个灌饼，阴三儿就放进了帆布工具包里。他们本来是想去柯柯所在的小区踩点，却发现柯柯在家，窗口亮着灯。兄弟俩临时决定，立即下手。

很多小区，通往楼顶的门都不锁，这是为了方便住户在楼顶安装太阳能热水器以及宽带或有线电视。两名凶手将三轮车停在小区外面，翻过围栏，从楼梯上到楼顶，系好绳子，柯柯家阳台防护栏有个救生窗，上面挂着的锁并没有锁上，只插着插销。阴三儿和伍小柒顺着绳子，从救生窗口先后进入阳台，打开卧室窗户闯入室内，离开的时候，他们顺手锁上了逃生窗上的锁，这也起到了迷惑警方的作用。

两名歹徒突然入室，柯柯吓得尖声惊叫，伍小柒冲上去抱住她捂住嘴巴，阴三儿拿着手枪威逼柯柯不许反抗。

强奸之前，阴三儿命令柯柯换上牛仔裤。

柯柯战战兢兢地说："什么牛仔裤？"

阴三儿说："你在网上发过照片，我看过，就那个紧身牛仔裤，显得你腚很大。"

柯柯换上牛仔裤之后，阴三儿和伍小柒将她双手反绑，按到床上，穿着低腰紧身牛仔裤的柯柯看上去更加性感迷人，兄弟俩扑上去，轮流亲吻柯柯的屁股，吻得口水直流，闻一个紧身牛仔裤美女的屁股是他们朝思暮想的愿望。阴三儿命令柯柯坐在他脸上放屁，柯柯放不出，阴三儿就把帆布包里的灌饼拿出来，将里面的臭豆腐抹在柯柯的臀部，他舔舔舌头，再次扑了上去……

李亚因为是空姐的身份，她比柯柯承受了更多的凌辱。

也许，每个男人都有空姐情结。

李亚发布微博，透露了自己休假在家。两名凶手掌握了她的作息时间，依然是从楼顶顺着绳子下滑到李亚阳台的位置，防护栏上没有逃生窗，阴三儿用大绞钳绞断防护栏，进入室内。

两名凶手用枪威逼李亚换上空姐制服，为他们表演空姐礼仪。

他们想了很多变态的方法来折磨这个性感迷人的空姐，命令她做出各种羞耻的动作，要求她说各种下流的话。阴三儿还特意要求空姐李亚，一手叉腰，一只脚点地，唱《爱情买卖》……

远处传来警笛声，两名凶手仓皇逃窜。他们离开小区时，和警车擦肩而过。

如果加上臭豆腐，他们的作案工具有：臭豆腐、绳索、大绞钳、胶带、避孕套、帆布包、三轮车、磨尖的螺丝刀、枪。

使用避孕套，不留下精液——这是监狱里的一个强奸犯教给他们的。

磨尖的螺丝刀比匕首更有效——这是一个故意伤害致死人命的凶犯教给他们的。

那把枪是买来的仿真枪，从外观、重量来看，都和真枪没什么区别。在作案时，仿真枪主要是起到威慑的作用，国外还有用香蕉或甘蔗伪装成手枪抢劫金融单位的案例。那把仿真枪虽然能够打响，但并不能发射子弹，所以画龙在抓捕时，凶犯持枪反抗，画龙毫发未伤。

那天晚上，伍小柒在出租屋里睡觉，听到院里传来一阵轻微的脚步声，他警觉地意识到东窗事发，警察来抓捕他了。伍小柒拿起仿真枪，情急之下躲藏到柜子上，天真的他想吓退警察，因为紧张，他不小心扣动了扳机。枪声在耳畔响起，画龙吓了一跳，冲进屋内的警察也愣了一下，他们以为画龙会中弹倒下，画龙却安然无恙，反应过来后，画龙伸手抓住伍小柒的小腿，将他从柜子上拽了下来。

两名武警扑上去，夺下伍小柒手中的仿真枪，迅速将其制伏。

伍小柒说了一句他在电视里学来的话：“没想到你们来得这么快。”

两名凶犯，一人落网，另一名侥幸逃脱。

阴三儿当天晚上拉肚子，腹痛难忍，去医院检查出了急性肠炎，输完液以后已是凌晨两点。阴三儿回家时看到了封锁路口的武警，看到了弟弟被抓捕上车。他躲在暗处，吓得屙了一裤子，随后，他顾不上擦屁股就悄悄逃走。

警方在次日发布了通缉令，向周边城市的公安机关发布协查通报，希望尽快将阴三儿抓捕归案。特案组认为，每一名凶手都有自己熟悉的作案方式，走投无路的阴三儿还会再次作案。这名凶手的目标是微博上那些喜欢泄露自己信息的美女，一起新的入室强奸杀人案随时都可能发生。

伍小柒对犯罪事实供认不讳，但否认他们兄弟俩盗窃死者柯柯的手机以及发布尸照。

警方始终没有搞明白，那张尸体照片究竟是谁发布在微博上的。也许有个人隐藏在她房间里，也就是那个打开她家防盗门的人…… 悬疑志

作者的话：

本篇根据两起真实案例改编而成，据公安部统计，近年来，入室抢劫案呈上升趋势。犯罪者的踩点方式也体现了高智商、多样化等特点。很多人热衷于将自己的隐私公布在网络上，而这些隐私一旦被犯罪分子掌握，后果不堪设想。入室抢劫有两个特点，一是预谋作案，一是很容易上升为杀人案件。所以希望读者都提高警惕，加强自我保护意识。变态杀人者其实都是普通人，他们与我们擦肩而过，他们与我们同桌吃饭……

ShiGuangZhiShu

时光之书

文/夜先生　图/玉烟先生

1

1995年　成都　七泉驿平安乡

傍晚。

老林站在自家院子里杀猪。

那头猪歪倒在地上，嘴角沾满血沫，后腿上全是被撕咬的牙印与血痕；院子角落里还躺着一条死狗，狗的脑袋被拍得粉碎，拍坏的铁锹就搁在死狗身上。

老林的爹坐在院子里看着，一边摇头一边叹气；老林的娘在厨房里烧水、炝锅，准备做红烧肉；老林的媳妇揽着自己的双胞胎娃娃躲在厨房旁边的小柴房里，通过木栅栏的缝隙惊慌地看着院子。

老林拿起杀猪刀割断小猪的脖子，用盆子接着血水，然后又提了一桶老娘刚烧的热水过来，用热水跟刷子清洗小猪后腿上的血迹，再一刀割在小猪的后腿上，切一块肉扔在盘子里。

老林的娘端过盘子走进厨房，一边把肉切成小块，一边抹眼泪。

下午，家里养了十几年的狗突然发了狂，拴在院子里狠命地狂吼，挣脱链子，不停地撞门，撞不开，就跳进猪圈里，狠狠地撕咬着小猪的后腿。老林家的猪圈很小，三头猪崽养了快一年，眼瞅着过年前就能卖掉赚点儿钱，没想到就这么被狗咬死了。

狗发狂的时候老林正在外面干活，听邻居说了赶紧跑回来，老人、孩子和媳妇早已吓得躲在屋子里，只剩下哭的份儿；老林没办法，一铁锹拍在狗头上，把疯狗拍死了；猪死了，村子很小，大家都知道是疯狗咬的，没人敢要，老林决定自家吃掉，反正家里好些日子没正经吃肉了。

肉在锅里，葱蒜炝锅，加了辣子干煸，很快就飘出了香气。老林的俩儿子在妈妈怀里踮着脚伸着鼻子，不停地往肚子里吸气，一点儿都不舍得吐出来；他们的嘴巴紧紧闭住，哈喇子还是从嘴角溢了出来，小儿子赶紧吸回去，仿佛那就是红烧肉的汁水。

老林媳妇的眉头始终没有松开，她很担心被疯狗咬过的猪肉有问题，死死揽住两个儿子。

“来，吃饭。”肉终于烧好了，白白的米饭也上了桌，老林冲着小柴房没好气地喊。

两个儿子早已迫不及待，挣脱的小手噼里啪啦地打在妈妈身上、脸上；老林媳妇只是抓住他们的衣襟、腰带，不停地往怀里拽；老林怒气冲冲地走过去，一把推开栅栏门，扭起两个孩子狠狠一扯，俩孩子飞一般地跌到院子里，一骨碌爬起来，手拍拍屁股就朝饭桌边冲。

老林看了一眼媳妇，骂道：“瓜婆娘，发什么神经……”

老林媳妇惊慌地呆在那里，看着两个儿子大口大口疯了似的将肉填进嘴里；整个晚上，她没吃一口东西，只是看着家里人将一大盘子红烧肉吃得干干净净，连汤都没剩。

老林是捧着圆滚滚的肚子打着嗝儿睡着的。没睡多久，他就感觉身上很痒，不停地挠，每挠一下，就起一片小红点，红点迅速蔓延，像鸡皮疙瘩一样遍布全身；老林摇着头坐起来，手到处摸着打算开灯，黑暗中他看见几双红眼睛正在院子里徘徊；老林觉得头很不舒服，忍不住张开嘴打了一个哈欠，他的嘴不停地张开，头来回地摇晃，身子蹲在床上，鼻子到处闻着，闻着屋外传来的人肉的香气。

那里蹲着他的两个儿子，还躺着他的爹，两个儿子正趴在爹的身边，不停地撕咬；老林一个猛子扑过去，揪住一个儿子，狠狠地咬了下去……

2

1995 年　北京　密云县

已经是 11 月的初冬，北京很冷，随时可能下雪。

桂芝挺着大肚子沿公路一路往南走，她要进城，要去找自己的男人。

说是自己的男人，其实也不是。

桂芝去年一直在颐和园附近的一家小餐馆端菜、刷盘子，餐馆的小厨子闲着没事就勾搭她，终于勾搭上了床。桂芝发现自己怀孕后，小厨子把她送到了远郊密云水库边的二舅家里。

二舅在那附近种地，给桂芝找了间

简陋的空房，小厨子说自己回城里打工赚钱，养桂芝跟孩子，然后就消失了，其间只回来过两次，送来很少的一点儿钱。

桂芝是个节俭的女人，钱多钱少她并不在意，就这么熬了一个又一个月，但现在，她再也不能傻等了，她已经怀孕九个多月了，孩子马上就要出生了，他应该出生在父亲的身边。

桂芝要去城里，二舅不让去，也不给钱；桂芝倔犟地出了门，没带一分钱，捂着大肚子沿着大路朝南走。二舅以为她肯定在吓唬自己，压根不去追。桂芝开始走得很快，走了一会儿就觉得累了，她走走歇歇，也不知道自己走了多远还剩多远，她有些饿，肚子也开始微微疼。

这种感觉很奇怪，肚子已经很久没疼过。

桂芝害怕了，她站在路边，手捂住肚子，左右徘徊。她不知是该走下去还是回家，肚子一阵阵疼起来，腰也跟着麻酥酥的，站着都有点儿困难。

半蹲在路边，桂芝几乎要哭出来，正好过来一辆农用拖拉机，司机是个好心人，看着大肚子孕妇有状况，停下来问了句，桂芝告诉司机，往密云水库开，她要回家。

一路颠簸。

二舅等了半天，也不见大肚子女人回来，心不由得慌起来，出门到处寻。桂芝被司机送到路口，一瘸一拐地往家走，好像只有这个姿势才能让疼轻一些。

回到家，二舅不在，桂芝在屋子里翻了一圈，水缸都空了，暖壶里也没剩多少水；她提着一个桶走出去，想到附近的河里打桶水回来烧开备用。她觉得自己要生了，要当妈妈了，不管多疼，她也要忍着，给没出世的孩子烧一桶热水洗洗。

为防万一，桂芝抄近道，沿着不起眼的小路走，磕磕绊绊。走到河边的时候，桂芝一屁股坐在地上，肚子疼得炸开了花。

她哎哟了半天，也没人路过。裤子上已经全是血，身体里好像有东西拱了出来。

桂芝脱掉裤子，看到半个婴儿的头颅。她喘着粗气，小心翼翼地抓住孩子的头，一点儿一点儿地往外拽，婴儿的眼睛闭着，不哭不闹，毫无反应，身体黑糊糊的像在炭堆里滚过一样。

桂芝拽出了整个孩子，脐带耷拉着，上面粘着暗红的脓血。桂芝用牙咬断脐带，将孩子捧在手心里，瘦瘦小小的，她下意识地拍拍孩子的屁股，甚至咬着牙用指甲掐了一下孩子的肉，又赶紧心疼似的吹了吹。

可是，孩子的胳膊、腿无力地垂着，期盼中的那声啼哭像颗哑炮，始终没有炸响。

只有单调的呜呜的风声。

桂芝哭出了声音，她用手撩着水花，擦拭着孩子的身体，轻轻抚摸着，想把那些黑色的污垢擦掉，可怎么都不行。桂芝脱掉自己的衣服，将孩子完整地裹在衣服里，她的肚子已经瘪了一点儿，松垮垮的像个棉枕头。

她洗了洗自己，然后抱着孩子再次往南走，她决定去找小厨子，告诉他，他们的孩子出生了。

3

1995 年　成都　龙泉驿平安乡

天光微亮的时候，村子里的野狗闻到了腥味，趴在老林家院子的外门上不停地吐着舌头。

院子里，老林的爹和他两个宝贝儿子歪歪斜斜地躺在地上，身上血迹斑斑。

老林蹲在柴房门口，使劲地摇着门，他的双眼通红，身上全是伤，有咬痕，也有撞击门板跟墙壁摩擦出的肿块。

老林媳妇蜷缩在柴房的角落里，用木棍死死地顶着门板，身体筛糠似的哆嗦不止。

老林疯了似的撞着门，发出恶狠狠的咆哮。

门口早起干活的人看见野狗的异常，又听见动静，赶紧过来扒着门缝看，一看到院子里躺着老人跟孩子，吓得浑身哆嗦。这人赶紧到处砸门招呼人，大家七手八脚地围过来撬门。

老林听到了门口的响声，一个跟头扎过来，脑袋狠狠地撞在门上。门板一下子被撞开，老林在地上来回翻腾着，像只红眼的疯狗，逮谁咬谁，左右冲撞。

所有人都吓得到处疯喊疯跑，几个胆大的男人率先反应过来，拿起石块、木板、铁锨还击；有人甩出来绳网，套在老林的身上，将这个男人死死拖住；众人乘机而上，各种棍子、木板砸在他的头上、身上，打得皮开肉绽血管爆裂，打得他趴在地上，像个柿饼子一样瘫软下去。

老林媳妇躲在角落里，听到外面的打斗声渐渐平息，才佝偻着身子，慢慢地从柴房里爬出来。昨晚她一直藏在那里面，冻了一夜，腿脚都不灵便。她爬着，一步一步来到两个小儿子身边，嘴角抽搐着，已经没有了眼泪。

半夜时分，她眼睁睁地看着发了狂的儿子与公公扑斗在一起，又看着凶残的丈夫跳出来。月亮很圆，月光从未如此明亮，好像胶片上成影的一层银粉，铺洒下来，附在疯人的身上。老林媳妇呆呆地看着，甚至感觉不到恐惧与眼泪的肆意，她屏住呼吸，看着丈夫将两个儿子咬来抓去，看着两个儿子脆弱地反击了几下，就歪在地上无法动弹了。

此时，老林媳妇跪在孩子的中间，

摸摸左边的头发，碰碰右边的脸蛋，每一下触碰都带着小心翼翼与期望。两个孩子像玩具一般丢了气息，皮肤已经僵硬，血斑开始发黑。

老林媳妇突然俯下身子，搂住两个孩子的头颅号啕，她张大了嘴巴，发出呜呜的响声，却流不出一滴泪。她用双手使劲搂住孩子的头往自己怀里塞，希望自己满腔的热血能够温暖、唤醒他们，可是，这些都是徒劳。

在柴房躲了一夜，老林媳妇身上沾满了木头碴儿，她使劲摩擦着孩子的头颅，一个孩子的眼皮被翻开，肿胀的血红的眼珠被木头碴儿扎到，噗地喷出一摊血，这黏稠的血液溅在老林媳妇的脖子、胸口，她顿时发出了咳咳的干呕声。

4

1995 年　北京　密云县

桂芝醒过来的时候，发现自己躺在医院的角落里，旁边人来人往，都是陌生人，有病人也有大夫。看着她醒过来，有人窃窃私语：嘿，醒了醒了。

桂芝有些茫然地看着一张张好奇地盯着自己的面孔，又赶紧左看看右看看，拍拍自己的肚子，然后，她焦急地哭出声音：“孩子，我的孩子呢？”

“醒了啊？还有哪儿不舒服？”一名女大夫走了过来，摸了一把桂芝的头。

“大夫，我的孩子，我的孩子呢？”桂芝赶紧问。

“孩子？什么孩子？”女大夫冷冷地说。

“我的孩子，用衣服包得好好的，在哪儿？”桂芝哭泣着。

女大夫斜着眼睛看了她一下：“没见，你被人送来的时候，就一个人，没孩子。”

“不可能啊，我的孩子，我一直抱在怀里……”

“你还有哪儿不舒服啊？”女大夫打断了她的话，“没有的话，起来，去那边给你家里人打个电话，让他们来把治疗费用缴一下啊，这里是急诊室，后面还有人排队抢救呢。”

桂芝愣在那里，不知道自己在哪儿，想不起发生过什么，想不起已经过了几小时或是几天。她恍惚地站起来，看了一眼窗外，天已经彻底黑了。

急诊室的门开着，一个满头鲜血的人躺在旁边，哼哼个不停；门口站着几个人，分不清是家属还是病人，他们看着桂芝，眼睛好像伸着探秘的小手，想拨开这个女人的表皮，寻找她的秘密。

“孩子，你们看到我的孩子了吗？”桂芝冲他们跑过去。

他们哄地朝后退，朝旁边躲，有人大着胆子说：“没见，你被拖来的时候啥也没有。”

“不可能，不可能，”桂芝摇着头，不相信这些鬼话，“我一直抱着我的孩子，求求你们，还给我吧，求求你们……”

那些人又往后退，往旁边躲，他们生怕被这个倒霉的女人碰着，沾一身晦气。

“孩子……”

桂芝哭着，跌跌撞撞地冲出医院，她要赶紧找到小厨子，告诉他，他们的孩子丢了。

5

我在看一个女人。

但这个女人，既不是老林媳妇，也不是桂芝。

她们唯一的共同点是，身上都闪着红色的光芒。

我在看的这个女人，留着乌黑的长发，皮肤白皙光滑，像婴儿一般细腻，我没有摸过，只是这么感觉。

有谁曾经说过，爱一个人，总喜欢把她想成天使，我就是典型的这么俗气。

我看的女人叫苏浅瑾，1995 年的她应该 33 岁，是一个孩子的妈妈，或者这么说，曾经是。她的孩子生出来没几天就死了，死的时候，苏浅瑾身体上绽放出红色的光芒。

苏浅瑾不是个好女人，她体检的时候，大夫很鄙夷地说，这是最后一次机会，再流产，你就死了要孩子的心吧。所以，在 1995 年她展现出了一个母亲前所未有的阳光与温暖，这个女人每天走在街上，坐在咖啡店，躺在家里，脸上都洋溢着简单的微笑，那微笑像肥皂泡一样轻滑，像暖宝宝一样温存，像糖葫芦一样甜腻，那微笑触碰到了我心底里最潮湿的一抔泥土，我毫无缘由地爱上了她。

爱这东西，从来都没有为什么。

苏浅瑾小心翼翼地照顾着自己的身体，不错过任何一次体检，仔细认真地执行着大夫的每一个指令，连煲汤时放多少油盐都要称重计量；她逼自己散发出温暖，去抚摸每一个见到的孩子的脸，夸他们漂亮，逗他们开心，将曾经的所有阴霾灰暗都逼进心底里决不触碰，她骗自己忘了过去的一切，只是安安静静地等待孩子降生，等待骨肉的苏醒、啼哭与呢喃。

当然，这些都是一相情愿。

苏浅瑾的孩子早产，放在保温箱中也没有扛过最初的几天。在孩子死去的那一刻，她心中所有的阴暗变本加厉地翻腾出来，身体瞬间爆发出炽烈的红光，她依然露着微笑，没有流下一滴眼泪，这微笑是如此凶残，我一点儿也不喜欢。

6

老林媳妇很后悔，她后悔自己怂恿丈夫养猪，养了猪，天天要喂，猪长得很快，吃得越来越多，一家人节衣缩食，家里养了十几年的大狗实在没东西喂，整天放出去。大狗在外面乱吃东西，村子附近到处都是荒地、坟地，据说还有几百年前的坟，经常来一些莫名其妙的人到处挖。在大狗发疯的那个中午，它又溜达到荒山旁边，有几个很深的盗洞弃在那里，两只跑起来歪歪斜斜的老鼠从洞里出来，大狗实在饿得不行，上去就吃了，结果，强忍着回到家里，很快就疯了。

老林媳妇蹲在地上，看着破败的家，到处都是血迹，警察来了，老乡们七嘴八舌，又来了一些穿白大褂、塑料靴子，戴口罩的人，尸体都被抬走，没给老林媳妇留下一个。白大褂在屋子院子里到处喷洒刺鼻的液体，有人把老林媳妇拖进密闭的车里，扒开她的衣服，抽她的血，化验结果没有问题，又把她放了。

老林媳妇不肯走，拍着门想要回两个孩子，按照村子里的规矩，孩子死了，要换上一身新衣服，把脸擦干净，小脸脏兮兮的容易被小鬼带走。

白大褂说孩子的尸体有致命病毒，已经拉走烧掉了。

老林媳妇不信，白大褂没有废话，开车走人，老林媳妇连他们是谁都不知道。

她坐在自己家门口，傻傻地不知所措。她很后悔，后悔不该养猪，不该把狗放出去乱吃东西，不该让丈夫杀猪，不该让家人吃猪肉，不该让人把尸体带走……

她不停地幻想着如果一切可以重来，自己应该做什么，不该做什么，想来想去，觉得只剩下一件事，就是回到过去。

老林媳妇坚定地站起身，朝着西边很远很远的青城山走去，她听说，那里有位得道的高人。

同样长途跋涉的还有桂芝。

她出了医院才发现，自己只是在密云县的县医院，离颐和园还有很远很远，不知道小厨子还在不在那个餐馆，已经很久没有他的消息。

桂芝走着，觉得找到餐馆，就算小厨子不在，也总能问到他的消息，毕竟除了那里，自己什么都不知道。

可是，没走几步，桂芝就绝望地瘫坐在地上，她是在密云这块地方失去知觉的，孩子也是在这里丢的，一旦自己离开了再回来，就更难找到孩子的踪迹了，小厨子不是神，只是个窝囊废。

她很后悔，后悔不该跟小厨子上床，不该怀孕，不该决定把孩子生下来，不该住在破屋子里吃糠咽菜，不该倔犟地离开家，不该去打水，不该在身体虚弱的时候带着孩子上路……

桂芝自从怀孕就打算安心做一个本分的母亲，一年来她脑子里想的全是如何养孩子，可是，在河边生孩子的时候，桂芝下意识地摸着自己大腿上歪歪扭扭的“野种”两个字，那是很陈旧的刀痕。她觉得无论怎样，都该让孩子去见亲生父亲一面，就算孩子睁不开眼睛，起码也该让父亲抚摸一下。她盘算着，见过小厨子再亲手埋了孩子，反正只有那么点儿大，悄悄地埋在一个只有自己知道的地方，不能被火烧，那么小的婴儿，没有任何罪孽，不能用火烧。

可是，现在孩子没了。

桂芝很后悔，她想回到过去，哪怕时钟只是拨回去几小时，她要知道自己是怎么晕的，又是谁把孩子抱走的。

7

老林媳妇逃走的当天夜里，村子里两个与她丈夫搏斗过的汉子身上开始流血，这俩男人狂躁地在院子里走来走去，眼睛慢慢地红肿起来。

老林撕破了他们的皮肤，又把自己的血液洒溅到他们的身上。感染，致命的感染，1995 年的成都这个小村子，本来就该发生这样一次病毒感染。

两个男人开始发狂，他们见人就咬，甚至连家畜也不放过。有些人直接被咬到要害，倒地流血而死，少数几个人顽强地活着，躺在地上不停地抽搐，血液与病毒迅速结合在一起，他们颤巍巍地站起来，同样红肿的眼睛放出凶残的光。

有人拼了命地跑出去报信，全副武装的警察与白大褂赶回来，他们用了机枪与喷火器将整个村子点燃，大火一直烧到天色微亮，烧到每一具尸体都干枯发黑。

老林媳妇本应该死在这个晚上，可是，她提前上了一辆破旧的长途车，逃之夭夭。

这是不对的。

自从家里的狗发狂开始，原本只是个灰色凡人的老林媳妇突然燃起红色的光芒，这让她进入我的视线。现在，她身上的红光像一团熊熊的火焰越燃越烈。

与她遭遇相似不幸的桂芝，此时正蹲在夜里的路边，她身上的红光微弱得像鬼火一般，若隐若现。

我又看了看苏浅瑾，曾经的 1995 年的时光，她躺在床上辗转反侧，起身对着镜子自怨自艾，失去孩子后丢了神采的眼睛，坐在地板上抚摸肚子的手指，每个画面都让我心碎不已。现在，她一直守在家里，捧着金属盒子，那里面放着她死去的孩子，浸泡在防腐剂中。为了抢出他，她费了很多周折，她在默默地等待契机，我在默默地守望着她。

我为自己的卑鄙感到惭愧，可我无法拒绝看到她最本真的微笑。

成都的长途车在大路小路间来回颠簸，老林媳妇慢慢地感到身上的灼烧，她不停地隔着衣服挠拨身体，神色越来越慌张。周围坐着的人开始并不在意，后来逐渐感到不太对劲，慢慢发展成恐惧。

有人拿着收音机，小喇叭里正在播报一条寻人启事：女，33岁，半长头发，穿红色旧棉外套，皮肤黝黑，从龙泉驿平安乡××村附近上长途车……

老林媳妇惊恐地听到这里，周围人也茫然得不知所措。

老林媳妇赶紧喊司机停车，有人对她指指点点，收音机里说这个女人极度危险，找到不要与她发生接触，要迅速通知警方，没人知道，如果不接触，该怎么制伏她。

有人大着胆子伸手拦她，因为听说抓到她必有重赏。老林媳妇在车上疯了似的朝那人抓去，引发一片胆战心惊的狂叫。司机赶紧停下车，老林媳妇狠狠地撞着车门，本就破旧的长途车经不起折腾，车门开了，老林媳妇滚下来，撒腿就跑。

这时候天色已晚，车子的位置已经在成都市区的府南河边，长途车上跑下来几个人冲她狂喊，附近正巧有警察闻讯而至，紧追不舍。老林媳妇被自己儿子眼球喷出的鲜血感染了病毒，可是没有致命，她的身体已经发狂，冲向正在河边游玩的毫不知情的人群。

反应快的人赶紧躲闪，一个小孩子正蹲在地上玩得起劲，还没反应过来就被老林媳妇一把搂在怀中，这个疯女人张嘴就想咬下去，孩子吓得哇哇大哭。

也就在这时，老林媳妇的动作戛然而止，孩子重重地坠在地上。这个女人双手捂住自己的胸口，嘴巴大张，嘴里呼呼地喷射出红色的火苗。她疯狂地扭动着自己的躯体，双手试着去触摸自己的脸皮，摸到的只是滚烫的肉油，她的身体由内而外开始灼烧，她甚至感觉不出痛苦，只有死到临头的绝望。眼看着自己的肌肉迅速地变黑变枯，在死之前，她做出的最后一个动作是——双手高举指向天空，嘴里大喊："老天爷，你为何这样对我！"

我想，这个时候，她看见了我。

8

很多人都相信，有命运之神掌管一切。

这是真的。

我叫沙加，与很多人一起掌管着关于人间的时光之书，这本书的每一页，就是人间的每一年。每一页的时光都在不停地循环，从 1 月 1 日到 12 月的末尾再回到 1 月重新开始。每个人的生老病死都在这本时光之书中，真真切切。

这些日子里，我一直在 1995 年的时光里流连，一遍遍地看着这一年发生的故事，完全都是因为一个人，她的名字叫苏浅瑾。

每个生活在时光之书的人都有企图改变命运的欲望，这欲望可以来自求生、贪婪、恐惧、悔恨……

想改变自己的命运，其实没那么容易，预知未来或者穿越时光是比较简单的办法，不过还有一种能力叫做“梦境记忆”。

由于每一年的时光都会循环往复，总会有人在睡觉时梦到很清晰的场面，似曾相识，真实得可怕，自己在梦中遇到什么危机或者不幸，这可能是之前某一次轮回时发生过的真实场面留下的烙印。通常大多数人梦醒后都不会在意，或者很快会忘记，但总有特殊的人可以牢牢记住并在危机再度重演的时候，改变自己的命运。

每个可以通过记住梦境改变自己命运的人，身上都闪烁着红色的光芒。我不知道他们是如何拥有这种技能的，我的工作就是找到并杀死他们，清除掉他们所有的梦境记忆，让他们在新的一个轮回中失去记忆，重新开始。

在之前的 1995 年，老林媳妇会跟孩子们一起吃饭，她为了让孩子们多吃点肉，自己一口都没吃，身体也没有感染病毒，在丈夫、孩子们一起发狂的那个夜晚，老林媳妇因为起夜上厕所侥幸逃生，但她没有躲过第二天，没有躲过病毒集体爆发的灾难，她应该死在自己的村子里，不该逃出来。

我默默地看着老林媳妇踏上逃生的路，并没有立刻让她死亡。我喜欢看新鲜的故事，喜欢看不同人作出不同的选择，如果不是因为这种好奇心，我也不会爱上苏浅瑾。

可是，老林媳妇毕竟感染了病毒，她很快发了狂，往下的故事将变得很庸俗，我不喜欢混乱而不可收拾的场面，不喜欢看到老林媳妇像条疯狗一样去撕咬很多人，很多人又到处撕咬，最后转变成大屠杀。所以，我对她使用了灼烧的技能，让她的身体自焚。新的 1995 的时光重启时，老林媳妇将重新回到饭桌边，一边吞咽着口水，一边给孩子们夹肉。

解决了一个人，我开始找寻苏浅瑾和桂芝。

契机已经到来，不管发生什么，接下来的场面都将是从未发生过的故事，想到这个，我紧张得手指都在颤抖。

并且，颤抖不仅仅源于刺激，更因为，我又要看到自己一直期待的画面。

9

1995 年 11 月 14 日深夜，很冷，风也很大。

一辆公共汽车慢慢地停靠在圆明园南门公交车站旁边。这已经是当晚的末班车了。

车上有一位年龄偏大的司机和一名戴着帽子的女售票员，车门打开后，上来四位乘客：一对年轻夫妇和一位年迈的老太太，其中还有一个年轻的小伙子。他们并没有注意什么，上车后年轻夫妇亲密地坐在司机后方的双排座上，小伙子和老太太则一前一后地坐在了右侧靠近前门的单排座上。车开动了，向着终点站香山方向开去……

夜显得更加沉静，耳边所能听到的只有发动机的轰鸣声，路上几乎看不到过往的车辆和行人。因为 11 月的北京深夜十分寒冷，更何况是在那么偏僻的路段。

乘客们很快发现，车完全没有按照固定的路线行驶，而是一路朝北而去，没过一会儿，车停在路边，寒风中，站着一对年轻男女，女人蒙着头，怀中好像抱着一个婴儿。

女售票员将他们迎了上来，冲着几个乘客说，车要变线了，你们赶紧下车吧。

乘客们一脸讶异，还想再说什么，女售票员不由分说地将这四个人赶下了车。车子启动，一路向北狂奔。年轻男女依偎在一起，男人搂住女人，不停地说：“桂芝，别怕，别怕，我们的孩子马上有救了，别怕，什么都别怕，有我呢。”

女售票员也拍着桂芝的肩膀说：“相信姐，我们会救活你的孩子。”

司机在半路上加油，然后公交车玩命地开着，一直开到了很北边的密云水库，到了桂芝住的附近，那里荒无人烟，什么都没有。

依然是黑夜，车停在路边。

年轻的男人，也就是桂芝的男人小厨子突然变了脸，拍着女售票员的肩膀说：“姐，把她哄到地方了，我做得好吧？”

“什么？”桂芝一边紧紧抱着自己的孩子，一边惊愕地问。

女售票员摘下自己的帽子，露出了自己的脸，露出了长长的秀发与白皙的皮肤——苏浅瑾，她的脸上挂着复杂的微笑。

“你对我已经没用了。”苏浅瑾对小厨子说着，轻轻地挥了挥手，司机在后面站起来，从怀中掏出一段人的脊椎骨，骨头是黑色的，但通体笼罩着一团晶莹的光圈。

这个被叫做司机的家伙，虽然穿着人的衣服，眼神中却流露出死寂的光芒，颧骨棱角分明，头发盘在脑后，脖子后面有个深深的烙印，看不清是什么图案。

他将骨头的一端放在嘴边，轻轻地吹起来，空气中什么声音都没有，但小厨子像被什么东西勒住一般，两眼泛白，浑身抽搐起来。

桂芝吓得哇哇大叫着，抱着怀中早就死掉的婴儿，蹲在一边，她身上红色的光芒像火焰一样熊熊燃烧起来。

没过几分钟，小厨子重重地躺倒在地，没了气息。

苏浅瑾走过去，搂住桂芝说：“不要怕，不要怕，这样负心的男人有什么值得你留恋的？跟我走，带我去你生孩子的地方，我们可以帮你，他毫无用处。”

桂芝傻傻地看着这个女人，回想着昨天晚上发生的事情，就在自己蹲在街边最无助的时候，这个陌生的女人与小厨子突然一起出现，怀中抱着自己那个早已死掉的满身污垢的孩子。桂芝不知道她是谁，不知道她为何抱着自己的孩子，不知道她怎么找到的自己，问过，她什么都不回答，只是说：“你叫我苏姐姐就行，我是来帮你的。”

之后自己一直跟小厨子在一起，温存的二十多小时，孩子是死的，但小厨子说苏姐姐有办法可以让他复活。复活，多么不可思议的词语，桂芝还是信了，不管怎样，试试总没坏处。

“苏姐姐……”桂芝吓得浑身发抖，变化来得太突然，她不知所措，小厨子就躺在一边，一动不动。

“走吧，走吧，快。”苏浅瑾搂着她，扶起并拉着往车下走。

司机在后面一路跟着。

桂芝走着，带着两个人，沿着自己走过的那条小路，来到水库的河边，夜色很黑，她已经不确定自己究竟从哪里滑到水边的。她带着他们下到水边，站在一块石头上左顾右盼，她紧紧抱着怀中的孩子，心中默默地祈祷着。

就算不能救活，我可以把孩子埋在这里。桂芝这么想。

苏浅瑾似乎也不在乎这个，她突然拉住桂芝说：“就这里吧。”

说着，她的手轻轻捂在桂芝的脑门上。月光很柔和，一直铺洒在水面上，波光粼粼地又反射上来，洒在苏浅瑾与桂芝的脸上。这两个女人面对着面，一个惶恐不安，一个面带微笑，身后的司机再次从怀中掏出黑色人骨，放在嘴边，幽幽地吹出了声音。

10

桂芝的肚子感到一阵莫名的疼痛，她直直地跪在地上，手颤抖得几乎抱不住孩子。

“别怕，别怕，”苏浅瑾蹲下，从她怀中一把将死去的孩子夺过来，“我也是迫不得已，你知道吗？这不是你的孩子，这是我的。"

"什么？"桂芝的脑袋开始眩晕，她强忍着疼痛质问道，"你……你……"

"这是我的。"苏浅瑾细声细气一字一顿地说着，掀开包裹在孩子身上的包袱，将孩子身上的黑斑一块块揪掉，用手指轻轻地抚摸孩子的身体，她的手指颤抖着，眼泪在眼眶中转着圈儿，"这是我的孩子，你看……你看他的皮肤多么光滑，不像你的孩子，浑身黑黝黝的，那么丑！"

桂芝的肚子已经疼得无法动弹，什么都说不出来。

"别怕，别怕，"苏浅瑾抚摸着她的额头，"你要安静，安静地听这亡灵的羌笛，别怪姐姐，只有你能帮我，我找了那么久，只有你生的孩子像我一样，带着蓝色的光芒。"

司机站在她们的身边，黑色人骨被荧光笼罩着，他的手指在骨头上来回抚摸着，按压着，气流随之变幻。

没有声音，桂芝却似乎听到了翻云覆雨的巨响，痛苦地在地上乱滚；苏浅瑾将她狠狠推入到微波荡漾的湖水里；桂芝一下子沉下去，又很快漂浮了上来，一个婴儿的头颅慢慢钻了出来，婴儿闭着眼睛，头上笼罩着一层淡蓝色的光芒。

黑色的人骨继续被吹奏，那蓝色的光萦绕着。苏浅瑾双手捧着自己的孩子，高高举向天空，孩子四肢瘫软地低垂着，湖水的幽蓝光芒反衬在他细小的身体上，仿佛蒙上了一层冰冷的霜。笛声抑扬顿挫，蓝光像一条飘带冲出水面，在空中划出了一道美妙的弧线，飞到苏浅瑾的双手之上，深深地滋润进那个已经死掉的婴儿身体。

桂芝的双手伸出水面，人在水中挣扎着，嘴巴张开想说些什么，可每次张开只会灌进去更多的湖水。她的双腿不停地蹬着，想勾住那个从体内钻出来的婴儿，可是勾不住，婴儿沉沉地向湖底坠去，桂芝咳着发出哀求："救救……咳咳……救救……"

我不忍再看下去，对她触发了灼烧的技能。

这个女人在水中静止不动，她的身体由内而外地燃烧着，炙热的光在水中绽放成一团火红火红的烟花，然后，她的尸体慢慢地沉入水底。

结束了，桂芝，新的1995年的时光重启时，你不会记得这一切。

苏浅瑾抱着怀中的婴儿，身后站着拿着黑色人骨的司机，她望向天空的方向，似乎在冲我微笑。她的微笑，终于洗涤了所有的仇恨、哀伤，终于干净得像当初俘获我心灵时一样纯洁，这是我一直期盼的画面，一直期盼的微笑，我不禁沉醉着，好想伸手去触摸她。

苏浅瑾，就这样该多好。

我看着她，看着她白皙的脸，我好

想让时光就这样定格，不再发生任何改变，也不要再前进，我好想时光只是一张温馨的照片，而不是永恒的动画。

苏浅瑾，不要死了吧。

苏浅瑾，你快逃跑吧，离开我的视线，远远地离开，带着你的微笑，就这么活下去吧。

苏浅瑾要改变自己的命运，活过这痛苦的1995年的时光，痛苦的1995年?

我看着她，看她微笑着低头逗弄自己怀中的婴儿，婴儿的身上依然附着蓝色的光芒，可是眼睛却紧紧地闭着，毫无气息。苏浅瑾脸上洋溢的微笑顿时凝固，一切美好消失了，她的面孔扭曲得丑陋不堪。

她重新抬起头，双眼怒视着天空，泪水狠狠地流下，好像要在她脸上刻下两道不能磨灭的烙印。她将孩子愤怒地扔在地上，又立刻哀号着，俯下身子将孩子揽入怀中……

好吧，我醒了。

我像被一盆冷水从头浇下，从不合实际的幻想中彻底惊醒。

对不起，苏浅瑾，就到这里吧。

对不起，尽管我爱你，可不得不就此结束，苏浅瑾，你的生命只到1995这一页，如果你活过1995年，如果你出现在第1996页上，整个时光之书的很多人很多事都将发生改变，那将是一场难以预料的灾难，我的工作就是阻止并杀死你。

想到这里时，拿着黑色人骨的司机脖子后面烙印的图案突然开始刺刺冒烟，像一个雪人遇到了恶毒的太阳似的，他迅速瘫软成一团，躺在地上。

苏浅瑾惊愕地看着眼前的景象，她跪在地上苦苦地哀求着："别这样，别这样，老天爷，别这样……"

对不起，苏浅瑾，我骗了你。

我闭上眼睛，对她触发了灼烧技能，将眼前的一切焚毁。

火光燃起的时候，我的眼泪簌簌地流了下来。

11

我已经记不起第一次发现苏浅瑾时究竟是什么心情。

我已经想不起自己究竟为何被苏浅瑾的一个笑容所击溃。

我只是记得，原本活在1995年的苏浅瑾一直悉心照顾着自己的身体，还是没能盼来好的结局，她早产，生出一个身体瘦弱、皮肤像她一样光泽白皙的婴儿。孩子她从未抱过，直接被放进保温箱，之后没过几天就死了。苏浅瑾蹲在医院的地板上哭了很久，她是孤零零来的，也是孤零零走的，包里原本塞了很多婴儿的衣服与玩具，每一件、每一个都是她亲手做的，一针一线、边边角角都渗透着她晴朗的笑容。

从医院走到街上的几十步里，苏浅瑾过往的一生都在脑海中激荡了一遍，她突然笑了，笑得那么澄澈，那么简单，只是两个嘴角轻轻地上扬了几毫米，只是嘴唇中央微微嘟起几毫米，只是保持了不到一秒钟的时间，我就被这个笑容击溃。

之后，我眼睁睁看着苏浅瑾朝前迈了一步，被一辆飞驰而过的汽车撞向空中，划出一道弧线，重重地砸在地上，脸朝下，血肉模糊成一团，那微笑再也不见了。

等到新的一个轮回开启，新的1995年的时光重新演绎时，我迫不及待地找到苏浅瑾，却只看到一个忧心忡忡的女人，她身上闪着红光，一次次从梦中惊醒，她在梦中看到孩子与自己的下场，她想改变，却不知如何改变，只有在绝望中熬过一天又一天。笑容，我一直期盼的笑容，从没出现过一次。

于是，我毫不犹豫地对她使用了灼烧，抹除了她的梦境。

于是，我开始改变她通向死亡的道路。

我不停地在1995这一页的时光之书中流连，在她身边制造出一个个新的故事，我迷恋着她的笑容，迷恋着用不同的剧情去获得她最本真的笑容。就像这一次，我在她身边幻化出一个可以吹奏人骨之笛的假人，在她最痛苦的时候，勾引她，告诉她自己的孩子可以死而复生，只要找到一个生出孩子有蓝色光芒的女人。

桂芝，我对不起你。你本来只是个命运坎坷的女人，怀了双胞胎却都胎死腹中，你本来的人生轨迹是小厨子回到你的身边，你在密云水库边的小屋中难产，小厨子惊慌失措地帮你接生，第一个孩子好不容易生出来，却是死的，第二个无论如何也生不出来。

你应该死于生产时的感染，昏昏沉沉在小床上发烧两天，因为小厨子的照顾，到死时你还感到过一丝留恋和温暖，这留恋激发了你身体上的红光，让我看见了你，看见了你的遭遇，看到了小厨子因为痛苦自杀而死。

于是，就有了这一次发生的一切，苏浅瑾受到我的蛊惑，勾引了小厨子，小厨子没有回到桂芝身边；桂芝来到河边产下一个死婴，将另一个留在体内，她忍着产后感染的高烧失魂落魄地走出去，直到遇见一直在寻觅她的苏浅瑾，一切都按照我预想的发展，没有意外。

对不起，苏浅瑾，我使用了最卑鄙的假人技能，什么人骨羌笛、什么蓝光都是假的，我将这些用在你的身上，欺骗你，只是为了在最后让你以为自己孩子得救时，露出那迷人的一瞬的微笑。

并且，这已经不是第一次了。

我是个贪婪的无耻之徒，为了能看到你的微笑，我一次次编造故事，一次次将你灼烧，一次次陷入到你微笑的陷阱中，一次次看着你痛苦的样子惊醒，又一次次地欲罢不能。

这一天要结束了，我们就此告别。

每到这个时候，我都清醒地知道，关于你的故事不管怎么变化，每一个结尾我都不喜欢。可我不能让你真的改变自己的命运，不能让你活过 1995 年，我只要这么一直占有你，不担心失去你，因为一切都可以轮回，时钟回到 0:00 的时候，我依然可以看到你。

我爱你，一遍又一遍。

12

1995 年 1 月 1 日　北京妇幼保健院

一个女人挺着肚子满怀希望地走进来，对一个护士说："我约好了今天来体检"。

护士问："你叫什么名字？"

那个女人说："我叫苏浅瑾。"悬疑志

作者的话：

我一直喜欢沙加。我一直觉得《圣斗士》里的沙加太苦逼，明明是最接近神的人，却每每都用来牺牲。我一直想让我小说的主人公叫沙加，我想把他写成一个伟大的悲剧人物。终于，我写了，这就是时光之书。

我并不对我过去做过的任何事情感到后悔，但我时常充满好奇，如果当初有些路口向另一个方向拐弯，现在会怎样？这就是时光之书。

我本来想写我自己的 1995 年，那时候我还是个孩子，遇到了很多事，最终没有写，写出的是在网上一度炒得沸沸扬扬的漏洞百出的故事：一个是 1995 成都僵尸事件，一个是 1995 年北京公交车灵异事件。

我其实跟沙加一样，不喜欢这些故事的结局。如果时光之书还有下一集，我会写我自己。

ZhanBa

战魃

文/漆雕醒　图/花葬

1

我开着车在高速公路上狂奔。

两小时以前突然接到秘录社的指令，要求我"放下手中一切事务"，火速赶往云南腾冲。

驻守云贵地区的记录专员08713号失踪了——按照秘录社的规定，一旦记录员超过8小时未与总部联络，则说明其很可能身处危险之中，秘录社便会马上启动应急预案机制，派人展开调查，实施援救。

秘录社简称SFO，是一个专门收集奇闻异事并建立档案的民间秘密组织，由上千名分散在全球各地的记录员组成——秘录社的档案库里就存放着很多"像核弹一样可怕"的秘密，而获得这些秘密的过程，也往往像挖出核弹一样危险。

我叫做沐离，一个职业是某杂志的悬疑小说专栏作家，而另一个职业就是秘录社的记录员，编号0284，主要负责四川地区的秘闻调查与记录，代号"木蝎"。

在接到秘录社的指令时，我正在四川省攀枝花市调查几起"UFO目击事件"，由于攀枝花与云南相邻，根据应急预案的就近原则，我责无旁贷。虽然手头的调查工作不得不半途而废，但我并不觉得委屈。秘录社的决定说明这不是一个冷冰冰的组织。

原本14小时的路程，我只用了10小时，已知08713号记录员最后联络总部的地方在腾冲县城南面的一片雨林之中，一个小木屋内（总部会保留每次联络地的GPS定位坐标）。

木屋的门锁和窗户都是完好无损的，屋前的草也都直着腰，没有打斗踩踏过的痕迹，生命探测仪显示除了我之外，直径500米的范围内并没有人类。此探测仪可感应人体心脏所发出的特殊超低频电波来判断"活人"的位置。

我撬开门锁走进了木屋。

毫无疑问，这的确是08713号所住过的地方。

秘录社统一配备的笔记本电脑还放

在窗前的书桌上，电脑旁边是一个空了的矿泉水瓶。

抽屉里面有几张报纸新闻的剪报片。

每一张的标题下面都用红色的记号笔画了粗线条。

“居民小区惊现干尸，怀疑有人偷窃医院标本。”

“花季少女失踪人数已达三人。”

“男子清明上山扫墓称‘见鬼’，专家笑称是‘树影’。”

“今年云南遭遇百年不遇旱灾。”

……

08713号最后一次和总部联系是在18小时以前，即昨晚23点，按理，他应该在早上7点再次报告行踪，可是他的手机不但关机，而且原本在关机状态下也该显示的定位坐标也都一片空白。这只能说明手机已经遭到了毁灭性的破坏，另外，记录员鞋底有备用求救设备，这种特殊的鞋子也是由秘录社统一制作发放的，只需要用脚跟敲打一段摩尔斯密码就可以启动通信功能和发出信号。

不幸的是，这双鞋子的信号也完全消失了。

08713号的旅行背包还在，被褥叠得整整齐齐，说明他并不打算离开太久，所去之地也不会离这儿太远。

搜查了一遍之后，我发现少了两件生活必需品：牙膏和牙刷。

木屋的卫生间和厨房水管里都没有水，大约与最近一直持续的旱灾有关，新闻报道称现在不少地方都在分时段供水，而一些地理位置较高的山村还得依靠送水车，甚至靠人力挑水。

唔，早上起床，没有水洗脸刷牙，那感觉会很糟糕，如果附近有水源，比如河流、小溪之类，那么他很可能会拿着洗漱用具到河边去。他离开的时间段应该是在6点到6点半之间，他认为自己有足够的时间回来并按时和总部联系，而他就是在这段时间里出了事！

电子地图显示在离木屋1230米处的东北面有一条小河。

将08713号的电脑和剪报收拾打包后，我开着车来到了那条小河旁边。

大概是由于上游水源也干枯的缘故，小河已经变得只有四指宽，很快我就有了发现：只见一个蓝色的塑料杯横倒在地上，牙刷也落在旁边，像在仓促间被扔出去的，我蹲下来，心脏怦怦地跳着，这里有明显的打斗痕迹！

估计当时08713号正蹲着刷牙，忽然有什么东西从后面袭击了他——他被勒住了脖子或是其他什么部位，那力道很强大，他向后跌了几步，最后摔倒在地上，之后是一道长长的拖痕，他一直在挣扎，脚下堆起土堆……

“拖痕总共大概有20米，然后就突然没有了！”我大口大口地喘着气。是的，那拖痕戛然而止，之后是一片空地，地面上什么痕迹都没有！地面没有空鼓音，树枝密密麻麻地罩在上方，也并没有被损坏，上天入地都不可能，人到哪里去了?！

"脚印呢?"狼王的声音通过耳机传来，"袭击者的脚印是什么样子?"

"没有！一开始我以为是被拖痕破坏了，可是到了尽头，也没有脚印。只有树叶，只有沙子……等等……"

有七八棵树的树干上都有奇怪的黑印，距离地面两三米高，不仔细观察很不容易被发现。五根指头，拇指与其他指头截然分开，形状像手印，但是比人类的手偏长偏瘦，我刮了刮黑印，发现不是印在表皮上那么简单，更像被烧焦了之后的状态，而要造成这样的效果，温度起码有两三百摄氏度！

"它是跳跃前进的，从一棵树跳到另一棵树，第八棵树之后，手印的位置就越来越高，我看不太清了！那到底是什么东西?！"我心里莫名地恐慌着，忍不住大叫起来。

"走！马上离开那个地方！"狼王也在咆哮，"战车乘坐的飞机已经到云南了，你马上去腾冲县城找一家旅馆住下来，跟他会合！"

2

战车是秘录社救援小组的成员，在执行危险任务或是记录员遇到危险的时候负责支援行动。我和战车合作过两次，算得上是老搭档了。

在腾冲县城的旅馆里等待战车的时候，狼王通过邮件发来了08713号所持电脑的密码和档案记录格式，如果输入错误的密码，那么秘录社特制的电脑就会被特种病毒感染，里面所有的资料会被感染损坏，无法复原。档案读取格式也是为了保密设计的，每个记录员都有一套固定的记录格式，这么说吧，就算有人破解了密码，能够打开文档，但是这些文档都是用特定的格式记录的，外人看来就只是一堆乱七八糟的文字，只有记录员本人和记录员的顶头上司"狼王"能够读懂。

08713号的电脑里储存的资料多是关于近年来腾冲发生的失踪案，还有干尸、旱灾之类的报道，而另一半文档则全是关于一种传说中的怪物——"旱魃"的资料摘记。

词典里解释：旱魃是传说中引起旱灾的怪物。

此怪物的历史不可谓不悠久，奇书《山海经》就有应龙战女魃的故事，而各个朝代也几乎都有关于这个怪物的不同记录和定义，比如《神异经·南荒经》："南方有人，长二三尺，袒身，而目在顶上，走行如风，名曰魃，所见之国大旱，赤地千里，一名旱母。"《子不语》中将旱魃描写为“猱形披发，一足行”的怪物。

“猱形披发”——猱，不就是猿猴吗？那种手印不就是猿猴的手印吗？而在树上跳跃，可不就是猿猴的专长？可是树身上又没有猴毛，“袒身”是指没毛的意思吗？

“旱魃为虐，如惔如焚。”——《诗·大雅·云汉》

如惔如焚！那些似乎被烧焦的黑手印在我眼前晃过去，我打了个寒战。

“他从2009年就开始进行这项工作了，”狼王发来的密码邮件最终确认了08713号的任务，“从20世纪50年代起，每逢旱灾，腾冲都会发生一些怪事，比如人口的神秘失踪，出现奇怪的干尸，一些住在偏远地区的村民会看见奇怪的影子和听见奇怪的动物叫声。我们有理由相信，这极有可能就是传说中的旱魃，昨天晚上他发来报告说他可能会在三天之内有进展，没想到就出了事……”

我打开一个又一个的文档查看着，正如狼王所说，腾冲出现的这些怪事基本上是在旱灾年。云南由元代至今，从1300年到1979年，总共出现大旱75年，小旱126年，而从1950年到1979年的30年中，大旱总共出现了11年，平均不到3年就是一个大旱年……

正查阅着，敲门声突然响了起来。

“服务员，送开水的。”

正值西南大旱，旅馆每天的开水都是定量配送的，我打开房门，狐疑地打量着门口站着的家伙。二十七八岁的年轻男子，虽然提着开水瓶，但没有穿旅馆的制服，而且神情气质也与普通的服务员迥然不同，我警惕地抵住门：“你是谁？”

“送开水的……”他继续撒谎，声音十分镇定。

“哦？”我想了想，换了和善的语气，接过他手里的开水瓶，“谢谢，再见。”

对方愣了一下，微微前倾了一下身子，然后悻悻地走开了。

我关上门，从瓶里倒出一杯开水，从旅行背包里拿出一沓试纸，撕下一张放进去，果然不出所料，试纸变成了蓝色，说明开水里含有镇静类药物。

江湖小伎俩！

不过，我皱起了眉头，他为什么会找上我呢？我刚到腾冲县城，开的车普普通通，穿得也普普通通，财也没露白。

不过看那人的气质，有几分书卷气，倒一点儿不像贼盗之类的人物。

算了，现在世风日下，教授也可变禽兽，我匆匆收拾着行李，不管他是什么人，现在不是纠缠的时候，最好的办法就是快速离开，甩掉这个麻烦！

我结账离开旅馆，开着车在城里转了几圈，确认自己没有被跟踪之后，最后选了一家位于城北的高级宾馆住下，战车风尘仆仆地赶了过来，听了我的讲述，眉头紧锁。

“我倒希望这是有目的性的绑架，这样剑客还有一线生机。”

“剑客？”我怔了一下，随即反应过来，这是08713号的另一个名字，他和战车多半是认识的。

战车点头承认：“知道他为什么叫剑客吗？因为他擅长剑道，武术造诣极高，反应极快，当年他和我一起进的秘录社，我进了救援队，由于他另有一份地质队工作，所以就做了记录员。能让剑客那样的人没有任何还手之力，我想象不出来那是什么东西。”

“那东西会把他带到哪儿去呢？在桉树林里……那么大一片林子……”

“必须进去探个究竟！活要见人，死要见尸。”战车焦躁不安地走来走去，我能看得出他在拼命忍住眼泪。

3

驱车到达桉树林的时候正是正午时分，太阳火辣辣地烤着大地，即便有密密麻麻的树叶挡着，热浪也是不断翻滚着。

车子开不进林中，只得下车徒步行走，我拿着生命探测仪，密切注意着周围，战车则不时地蹲下或是贴近树干寻找线索。

桉树林里到处弥散着特有的古怪香味，由于讨厌这种味道，我戴上了过滤口罩。进入林子四小时后仍然没有任何收获，生命探测仪上始终只有代表我和战车的两个小点在不断移动着。

天色已经暗了下来，林子里渐渐起了一层薄雾，视线可以看清的距离越来越短，对于我们最有利的工具正在离我们远去。

黑暗，将是那些未知之物最好的帮凶。

“狼王说了，天黑之前我们必须退出去！”

“你要怕了就自己出去！”战车冷笑着，“我省心了呢！”

“现在不是你意气用事的时候，你要先保全了自己才能救援……”

“啊——啊——”

几声凄厉的惨叫打断了我的话，战车拔腿就朝声音来源处狂奔。

我看着生命探测仪上的显示大叫不妙，声音离我们绝对不到50米，而那个区域根本没有任何活物！

“别冲动！”我紧追着战车，然而不论是我的身形还是声音都望尘莫及。

等我好不容易看见战车时，他已经跪在一具姑且可称之为尸体的物体旁怒号着，他的手里握着一条银链，链坠是一块刻着编号、代号和一个电话号码的铭牌。

那个号码很清楚：08713。

我摸了摸脖子，同样的项链和铭牌，我也有一套。据说上战场的士兵的脖子上也有类似的东西，如果自己阵亡之后，尸体面目难辨，至少还有这个铭牌可以证明身份。

尸体的双目已经没有了，只剩下两个黑洞惊恐地凹陷着，颧骨突出，腮部消失，全身各处皮肤晦暗地贴着骨骼，血肉像是被吸干了一般，而在尸体的颈部，赫然是几道黑色的勒痕，那黑色和树皮上的黑色一样，都是物体烧焦后的状态。

我紧张地拿出麻醉枪对着四周，刚才发出呼喊声的绝不会是眼前这具尸体，因此这很可能是一个陷阱，是在利用我们对同伴的关心。当我们在悲恸欲绝的时候，就是它们发动攻击的最好时机！

“你清醒一点儿，它就在附近！”我将口罩扯下来，挂在脖子处，几乎是同时，便闻出了一股类似于沼泽的腐臭气味，我能强烈地感应到危险的存在，它正匍匐在草丛、灌木丛或是树冠那密密麻麻的枝叶之间，用阴险的像蛇一样的眼睛窥视着我们，我无法得知它脑子里在转动着怎样邪恶的念头，正如生命探测仪无法获知它的存在一样。

“嗞嗞嗞嗞嗞！”

我听见了类似于煤气泄漏的声音，声源离我很近，并且越来越近。

“马上走！”

谢天谢地，战车终于回过神来了。

他脱下自己的外套，将干尸裹了一层，然后把后者系到背上。

“啊！”

就在这时，我觉得被一条像绳索一样的东西猛地缠住了脖子，一股力量往后狠狠地一拽，就把我拽得跌倒在地上。这还不是最要命的，我的眼前晃动着一只巨大的黑色触角，尾端露出一个丑陋的吸盘，吸着气径直扎向我的眼睛，估计是它想通过人体最脆弱的部位来作为突破口。我伸出手捉住它，手心立刻便感到一阵滚烫，像是握住了一根烧红的铁柱，与此同时，我的脖子被缠得更紧了，被缠住的部位越来越烫，就像戴了一个火环。幸好之前取下了口罩，这种过滤口罩够厚实，刚好护住了我的颈部，否则后果真不堪设想。

——现在我终于明白为什么剑客完全没有招架之力了。

战车掀起裤脚从袜子里拔出一把匕首，几步冲到我的身前，挥手一刀便削掉了那正在我眼前嗞嗞乱动的吸盘。

“啊——”

一声凄厉的惨叫从我身后大概十米远的地方传来，竟然和人类的惨叫声一样！

我的脖子一松，那缠住我的蛇形物嗖嗖乱颤着缩了回去，我扯下脖子上的口罩，它已经燃起来了，摸了摸脖子，只觉得一阵刺痛，显然是已经被烫伤了。

战车没有追出去，他低头看了看我

的伤势，咬咬牙，然后蹲下来，用刀扎进被他砍下的半截带吸盘的触角上——那东西竟然还在活蹦乱跳着！

他从背包里拿出一个不锈钢水杯，把触角丢了进去，我隐约听见那东西在水里扑腾着，战车封好盖子，把杯子放进背包扔给我，接着又重新把剑客的尸体背上身。

“我们走！”

4

战车把剑客的尸体放在汽车的后座上，坐进驾驶室。

“对不起。是我太冲动，连累了你。”

我回头看了一眼后座上的尸体，应道：“没关系，值得的。”

战车的喉结上下狠狠起伏：“他的真名叫肖健。”

我点点头：“我会记住的。”

东边的林子里又传出了几声惨叫！

战车瞪着那个方向：“又来这招？它没完了？”

生命探测仪显示距离我们五十米外的东南面，有一个红点正在跳动着，我艰难地开口：“这次恐怕真的是人在喊。”

战车和我再次冲进密林，很快便看见一辆黑色的越野车，车窗已经全碎了，一个两米左右的怪物正从口里吐出一条黑色的触须，正是之前袭击我的那东西。那怪物的脸形骨架酷似猿猴，可是身上却是暗绿色的光皮，没有毛发，臭不可闻。它拽着一个男人的脖子往外拖，后者用一只手死命抓住脖子上的触角，另一只手使劲地攀住车框，车子在两方拉扯下剧烈地晃动着。

我立刻射出麻醉弹，那家伙愣了一下，缓缓地放开了被他袭击的男子，触须和吸盘缩进了口中，它转过身，和我们对视着。

战车极快地冲了上去，一道火柱从他手中的金属筒子里喷出，直喷向那怪物的头部！出乎意料的是，那怪物竟没有闪躲，反而发出了“嘎嘎”两声怪笑，此时林子里又传来两声怪叫，怪物后退了一步，迅速地蹿到树上，跳跃着离开了。

我们把被袭击者抬出了车子，他的伤势十分严重，呼吸非常微弱，那张脸让我不由得大吃一惊，这家伙不正是前一日在旅馆冒充服务员给我送“开水”的人吗？

战车从伤者的口袋里掏出了一个证件，脸色一变：“钟明，记者？！”

5

战车一路飞驰，把我和那个受伤的家伙一起送进医院，我的伤不算太严重，只在脖子上和手上涂了些治烫伤的药，没有被要求住院，但那个记者的情况就不太乐观，被送进重症监护室后就一直没有苏醒。

鉴于剑客的尸体已经开始出现腐败迹象，战车打电话请求狼王同意将剑客的尸体送进太平间。

狼王没有反对，只是对我们再三叮嘱保密事宜，末了又补充："其实最好的方法是让政府出面，用警力或军队才能解决，最重要的是不能再让那些怪物害人。"

剑客的尸体立刻在医院里引起了轰动，警察迅速赶到，我和战车将事发经过大致讲述了一遍，当然隐去了我们的身份，只说是因为和受害人失去了联系，所以根据手机的GPS显示赶来寻找，却没想遇到了怪物袭击。

"你们怎么知道那具尸体是你们的朋友？都变成这样了，你们还能认得出来？"

战车拿出了项链："尸体上有这个，他电视看多了，觉得戴着这个挺酷的……"

问话的警察接过项链看了看，似乎觉得有些好笑，他自然想不到肖健是一名真正的战士。

"这个很难说，"问话的警察是个想象力丰富的怀疑论者，"项链是你朋友的，可万一要是凶手故意戴在那具干尸上的呢？现在要证明这具尸体的身份，只能做DNA鉴定！你能联系上他的直系家属吗？"

战车一脸黯然："他是孤儿。"

接着，他拿出之前装了半截吸盘的那个不锈钢杯，打开盖子："你看这个！"

警察狐疑地看了杯子一眼："什么？不是水吗？"

战车和我都惊呆了，那个触角竟然已经不见了，杯子里的水只是有些浑浊，可是里面什么都没有！

"是不是你们看花眼了？或者，有没有可能那是人假扮的？"他不相信我们的话，或者说是不愿意相信。

见这种情况，我只好解开手上的纱布，露出被烫伤的部位："这总作不了假吧？人也许能扮成怪物的样子，可是那个吸盘、那个触角怎么装啊？还有那个温度……"

"难说。"这两个字大约是那家伙的口头禅，"现代科技这么发达……"

"好了，小王，我来吧。"一个三十岁出头的警官走了过来，打断了警员的话，并转头向我们作了自我介绍："我叫乔刚，这案子由我负责。"

乔刚在我们面前坐了下来："谢谢你们的配合，这个案子我们很重视，但在没有获得足够多的证据之前，下什么样的结论都为时过早，你们说是不是？"

这家伙比之前那个姓王的警员要老辣多了，说话滴水不漏，追问了几个细节之后，他再三嘱咐我们务必保密，最后说道："你们先回旅馆，暂时先不要离开腾冲，我们会随时和你们联系的。"

6

我们没有立即返回旅馆，而是火速联系了当地殡仪馆和公墓，仔细安排了肖健的后事，等忙完这一切回到旅馆时，已经是晚上九点左右了。

我和战车买了两包方便面解决晚餐，吃到一半时，忽然传来敲门声。

出人意料的是，站在门外的竟是乔刚和一个穿着中山装的陌生老头。

“这是我的父亲。”乔刚的介绍更是让我们大感惊讶，他把自己老爸扯进来做什么?

“我叫乔羽松。”老人报出自己的姓名，接着立刻又说，“我相信你们。因为我也见过它们！”

说完，他解开了自己的高领衣扣，露出了他的脖子——他的脖子上赫然是一片烫伤后残留的疤痕！

“1971 年，我在腾冲当知青，正值大旱，水资源特别紧张，每人一天最多分到一桶水，只能满足基本需求，为了洗澡，我们知青就经常成群结队跑几十里山路去找没有干涸的小河解决问题……有一天，大家去往常洗澡的河沟，不想那里已经枯竭了，于是就又在附近寻找新的水源，结果，其中一个叫王大卫的知青和我们走散了，最后找水源就变成了找人……”

我想象着可能发生的事情：“难道他……”

“他没事！”乔羽松摇着头，“他只是摔进了一口四五米深的枯井里，把脚崴伤了，听到他的呼救声，大家就跑了过去，纷纷脱下外套连成绳子，想把他拽上来，王大卫大概是碰到了什么机关，那井壁居然有一块滑开了去，露出了一个洞口。所有人都惊呆了，然后有人想起当地的一个传说，据说，我们当时所处的这片林子里，过去常有一些日本人鬼鬼祟祟地出入，好像有一个秘密基地。之后，1944 年收复腾冲的时候，中国军队还专门派了一支小部队进去，不过最后战果如何却没人知道。大家都兴奋起来了，你想呀，枯井下面有机关，这多半是小日本做的，当时的男孩子多少都有点儿英雄情结，没赶上抗日战争和抗美援朝，心里总觉得有些缺憾，现在竟然出现了这样一个密室，能不咋呼吗?大家甚至期望里面还有潜伏的没有被消灭的鬼子，好让自己‘大显身手’，捣毁敌台，再捉上几个战俘，于是，几个男知青，也包括我在内，都豪气冲天地下到井里。那个密道很窄，长度有二三十米，爬到尽头，我们满以为会看见一个像军事作战指挥部那样的房间，没想到看到的却是一个塌了大半的地下室，被大大小小的碎石块塞着。唯一的收获，就是在这间空的地下室里，有几个吃光了的罐头盒，罐头盒上确实印着日文。

“大家经过分析之后，认为枯井密道应该是一个逃生口，而地下室应该是通往秘密基地的，很可能是日本人逃跑的时候，为了阻止追兵把出口炸塌了，有人提议把这些碎石挖开，说怎么都不能白来一趟，说不定能找到些重要东西，大概是大家太想要生活出现一个闪光点了，没人反对，而且相约在有发现之前都严格保密。从那天之后，大家就轮流请假，连工分也不要了，两三人一组，带着工具进入密道清理碎石，一小桶一小桶地往外运，工作了大概三个月，竟真的把碎石全部清理干净了。正如我们之前所料，那果然是通往另一个密室的入口，一走进那个密室，就闻到一股特别难闻的味道，就像沼泽地里腐烂了很多年的死耗子，难受得让人恨不得掉头就走，如果当时真的那样走了，也许后来的事就不会发生了……”

乔羽松说到这里有些哽咽，神情悲恸，显然那可怕的回忆直到现在还在折磨着他。

“……可我们没有离开……那个密室很大，其中一个房间里放着几张工作台和培养箱、试管、酒精灯之类的东西，估计是个实验室，之后，我们又找到了一道铁门的开关，那道铁门打开之后，所有人都被眼前的景象惊呆了。只见地面上躺着几十具尸体，有的穿着国军军服，有的穿着日本军服，有的腹部上插着刺刀，有不少还扭打在一起，看来这些中国军人和密室里的日本人进行过惨烈的肉搏战，后来我们发现那里的入口也被一块巨石封死了，估计是日本人打算和进入密室的这些中国军人同归于尽，把自己人和敌人都一起关起来，而逃出来的日本人在离开之前又炸塌了最后的出口。”

我听得直起鸡皮疙瘩：“连自己战友的生死都不顾了，真是太可怕了！”

乔羽松点点头：“是啊！当时大家打算把中国军人的尸体抬出去埋了，说不管这些中国军人是哪个阵营的，好歹也是同胞，也是为了抗日，算得上是英雄，我们朝尸体走了过去，这才发现那些尸体上竟然长满了黑毛！而且有七八个人身体的腹部有一个大洞，里面的脏器全都不见了！就在大家看着那些尸体发愣的时候，有一具尸体动了一下，紧接着，我们看见尸体的衣服被撑开了，接着是腹部的皮肤，就像被刀剖开一般，裂成了两半，然后一条像蛇一样的东西钻了出来，那是一条触角！上面还有大吸盘，嗞嗞地吸气。七八只怪物向我们发起了袭击，之前它们一直躲在天花板上，王大卫是第一个中招的，被那东西缠住了脖子，拖着他往上提，长触角上的吸盘扎进了他的眼睛里，不到五秒钟他就被吸干了！我们的武器只有手电筒和铁锹，根本没办法抵挡那些怪物！我的速度算快的，第一个冲出了之前进来的那个密道，从枯井里跑了出来，进去的十个人，我是唯一一个跑出来的，听着他们在身后惨叫，可我却没有勇气回去跟他们同生共死，我是一个懦夫！懦夫！”

乔羽松揪住自己的头发使劲扯着，乔刚阻止了他：“爸爸，都过去了！你不是后来又回去了吗？你不是懦夫！”

“你后来又回去了？”我和战车异口同声地叫了起来，那真的不是一般人能做到的！

乔羽松满脸沧桑：“当我们进入井口之后，几个女知青在外面放哨，我逃出井口的时候，有一个怪物追了出来，拖住了我的脚踝，幸好有一个女知青丁梅伸手把我拉了上去，那怪物就松开触角去抓住了她的手！也不知道哪儿来的勇气，我就抓着那触手狠咬了一口，没想到那东西真的就放开了，可是丁梅的半只手臂都被烫伤了，我和几个女知青一路飞奔回了大队，报告这事，队上带人进入了枯井，可没想到不管我怎么按之前的那个开关都没有反应，队上认定是那些男知青吃不了苦逃回城里了，说我和丁梅身上的伤是苦肉计，还宣扬封建迷信，就把我和丁梅以及另外两个女知青都关了起来，等待处分。”

他顿了一下，接着说：“当天晚上我发起了高烧，因为病情严重，队上把我送到医院去了，结果那天晚上丁梅失踪了。据说是看守的人睡着了，等醒来的时候，看守房的窗户碎了，丁梅不见了，队上认定是那些‘逃走’的知青回来带走了丁梅，这事儿还被上报到了省上，我出院之后，发了疯一样地找丁梅，因为我知道带走她的绝不可能是‘人’！而当时离开同伴独自逃生的经历也时时刻刻在折磨我，我拿了刀，留下遗书，重新回到了枯井，用自制的土炸药重新把入口炸开，然后爬了进去，没爬多远就看见了丁梅的尸体，虽然已经变成了干尸，但是我还记得她的衣服和她头上的发夹……我疯了一样地冲进去，那些怪物也朝我扑来，我用刀砍，不停地砍……后来，我引爆了原来就储存在密室里的炸药，整个密室都塌陷了，地下冒出无数的水柱。我亲眼看见它们泡在水里拼命地挣扎！然后身体一点一点地化掉，原来水就是它们的克星！”

战车恍然大悟：“怪不得我砍下的那截触角不见了，原来化在水里了！”

我又惊又喜：“除掉它们这么简单，只需要水就可以了！”

乔羽松摇摇头：“当时我也是这么想的，所以我又顺着密道出了枯井，然后找了块石头把井口封住了，之后，我生了一场大病，被送回城里治疗，病好之后也就没再下乡，没有人相信我的故事，我也就没有再说，这么多年以来，我一直在找资料研究，想弄清楚那究竟是什么东西，最后我得出一个结论，它们实际上就是传说中的旱魃！”

“旱魃！”我脱口而出，“纪晓岚在《阅微草堂笔记》里说：‘近世所云旱魃，则皆僵尸。’现在还有些地方传说旱魃就是死了一百天的人变的，变为旱魃的死人尸体不腐烂，坟上不长草，坟头渗水……它们是从死人肚子里钻出来的！吸食人的精魄血肉——它们如果用现代的观点来讲，就是一个硕大无比的寄生虫啊，你听说过蛊吗？过去的苗疆，曾经盛行制蛊，而蛊的本意就是人体的寄生虫！人体就是那个蛊的容器，它们离开人体的过程就像飞蛾离开蚕茧一样！”

“哦？”乔羽松惊讶地看着我，“你怎么知道这么多？”

战车瞪了我一眼，解围道：“她写小说的，平时就喜欢看些古古怪怪的书。”

“古人诚不欺我啊！”乔羽松说道，“你们仔细想想，看到的那东西是不是跟古人对旱魃的描述很像？而且旱魃这种东西总是出现在旱灾年，古人认为是它们带来了干旱，但事实上应该是旱灾导致了它们的出现才对，云南旱灾多发，而且蛊毒之术能盛行，很可能也和特殊的地理环境有关，腾冲也总是在大旱的时候出现怪事。我儿子乔刚从部队退伍后就被分到了这里做警察，听他提起了几次干尸事件，我便想到当年的遭遇，我怀疑那些东西当年根本没有死，它们只是暂时变成和水一样的液体状，没有办法活动罢了，等到干旱时节，水干了，就又恢复了原状！我回到腾冲之后就去看了那口枯井，井已经被填平了，上面还修了房子，那家人倒没事，我估计它们在干旱的时候已经跑出来了。”

“它们过去曾经也是人！”我深吸了一口气，变成怪物的不仅有日本人，也有那些曾经怀着满腔热血保家卫国的中国军人！这让人情何以堪？

“它们现在不是人。”战车将话头拉回了正题，“你们为什么要告诉我们这些？”

“因为，这两年我发现了它们的一个固定行为模式。”乔羽松说道，“它们非常敏感和多疑，而且对人也有所忌惮，毕竟它们的数目有限，但最重要的，它们对于猎物有偏执狂，如果第一次没有抓捕到的猎物，它们总会想尽办法再把这个猎物弄到手，今年失踪的几个女孩子里，有两个曾经对家人朋友说她们被不明来历的东西烫伤过。”

还有丁梅，我在心里暗道，顾忌着乔羽松的感情，我没有把这个例子说出口。

“你们被袭击过，所以它们也不会放过你们。如果我们能够利用这点给它们设一个陷阱，再次用水淹了它们，并把它们永久地封存起来……”

“爸爸！”乔刚尴尬地打断了乔羽松，“不是说好了不提这事儿吗？陷阱不是那么容易设置的，我还得跟上面申请，还有很多细节需要很多部门的配合，不是那么简单的！再说，上面不一定同意让两个无辜的人……"

"我就是知道你们那个啰唆劲儿，等到你们申请下来，"乔羽松跺着脚，"什么都晚了！"

"爸爸，我们公安部门也很难办的，现在只有人证，没有物证，造成公众恐慌，社会动乱，只怕比怪物还要危险！"乔刚也急了。

战车忽然站了起来："我们救回来的那小子不是记者吗？他不会无缘无故到那里去的，会不会已经拍到了什么？"

7

"是的，我拍到了。"苏醒过来的钟明说道，大概由于喉部严重受伤的缘故，他的声音十分嘶哑，"我拍到了肖健被那东西拖走的情景。"

战车石化了，他震惊地看着钟明："你怎么知道他叫肖健？"

钟明闭上眼，两行泪流了下来："我们是高中同学。这次偶然在腾冲遇见他，我知道他在做一件很神秘的事，直觉告诉我，那是一个大新闻，可是不管我怎么问，他都不肯说，后来，我就……就在他的矿泉水瓶里下了药……那是一种可以让人意识迷糊的药，我本来是打算趁着他神思恍惚的时候套话，可是没想到他直到第二天早上才喝了水，然后去河边刷牙……"

"卑鄙无耻！"战车暴怒了，挥着拳头就冲了上去，"怪不得他完全不能反抗！你害死了他！"

我和乔刚赶忙拦住战车。

"我是该死！"钟明用后脑勺撞着床板，"我拿出了手机，本打算拍几张他刷牙时候的照片，没想到却看见了那个东西，那个东西……我不是人，我眼睁睁地看着一切发生，我没有去救他，我居然逃跑了！啊——啊——"

"那后来，你为什么又在我的开水里下药？"我恨恨地瞪着他，他的确太卑鄙了。

"因为我认出了你提着的那个包，是肖健的，我想拿回来，至少能做个衣冠冢，我不知道你是什么人……所以……"钟明泣不成声。

"所以后来你又去了那片桉树林，"乔羽松看着钟明的眼神却多了些不同，"你是想为他做些什么。"

"废话少说，"乔刚抓住了钟明的领子，"手机呢？"

钟明的眼神里闪过一丝恐惧："它，它袭击我的时候，抢走了！它好像知道手机里有对它不利的东西！"

所有人都僵住了，我们的对手比我们想象的要可怕得多。

"我的计划是这样的，"乔羽松拿出了一张地图，指着上面的一点，"在这里，有一个废弃的封闭式渠沟，当年就因为挖到花岗石，太费时费力，只修了一半就放弃了，离那桉树林不远，你们作为诱饵，我相信你们身上的气味会很快引来它们，只要把它们引进这个'死胡同'，最好是有一场人工降雨，逼得它们不得不躲进去，再灌满水，它们就会融化，而你们就可以安全地游出来，我们再把这里一封，外面盖上钢板、水泥，只留一个注水孔，可以保证里面一直都有水！"

我和战车连连点头："这办法可行！"

"还可行呢！"乔刚一脸不以为然，"你们知道这是多大的工程吗？现在是干旱期，得用多少水去灌满那个地方？我们怎么跟相关部门说借水的理由？还有人工降雨，说降就能降的吗？得有批文！还有，封水泥，这得有条件啊，钱倒是其次，我们怎么跟工人说？说里面封的是几只旱魃？这些都是实际问题！"

"这些实际问题你可以不用操心。"战车说道，"我在这个城市还是认识一些有能力的朋友，不管水、人工降雨、工人和材料，都不是问题，别跟我说什么批文不批文，抓罪犯，咱们是不能跟警察抢活儿，可抓妖怪，警察就管不着了。"

乔刚一愣，乔羽松兴奋地拍手："太好了！还有，最重要的，是你们要记住这句话。"他在我们每个人的手里写了八个字。

"加我一个！"躺在床上的钟明叫了起来，"求求你们，给我一个赎罪的机会！"

8

狼王利用秘录社的人脉资源为我们安排好了一切，并汇来了一大笔活动资金，让我负责财务调拨。

"该花就花，不用刻意省钱，"狼王嘱咐道，"最重要的是完成任务。"

由于乔羽松所说的那道封闭式水渠年久失修，大部分地方都蓄不住水，只能重新浇灌水泥修补，而我、战车和钟明则在这期间被安排住进了一个秘密的安全屋，用乔羽松的话来说："就是要急得那些东西抓耳挠腮才有效果。"

等到水渠修好，我和战车便一直充当诱饵一职，但是苦等了半个月，那些东西却并没有出现。

大家不由得有些灰心丧气，但又不甘心就这么放弃，只能干耗着。

天气开始越来越闷热了。

这一天，和往常一样，我和战车装作分头搜查的样子在桉树林瞎转悠着，但是也和往常一样没有任何收获。

手机铃声响了起来。

我拿起电话听了之后很快放下。

"谁打来的？"战车问道。

"打错了。"我不耐烦地回答，接着便扶住一棵树开始呕吐。

战车同情地拍着我的背："怕是中暑了吧？要不，你先回去，今天我来。"

"你一个人行吗？"

"没事。"战车耸耸肩，"你生病了反而要拖累我。"

一离开战车的视线，我的脚步便立刻轻快了起来。

我开着车匆匆赶到了十里外的另一片树林。

进入我视野的是一块迷彩布，掀开迷彩布，便露出了一个有水泥盖子的洞口。

我敲打了三下，两长一短。

很快，两个浑身泥土的男子钻了出来，手里提着一个旅行袋。

"真挖到了？"我急急地问。

其中一个男子把旅行袋的拉链拉开，露出了一个满是泥土的陶俑来。

我惊喜地抚摸着那陶俑："终于找到了！想不到真的埋在这里！"

男子把旅行袋收了起来："钱呢？"

"在车里，少不了你们的。"我带着两个男子到了车旁，从后备厢里拿出一个旅行袋，袋子里装满了现金。

一个男子便蹲下来数钱，而另一个男子则坐在车子的驾驶室里转着方向盘玩。

"出来！"我走到驾驶室旁对另一个男子喝道，然而后者怪笑着推了我一把，我一下子跌倒在了地上，而提钱的那一位竟坐进了副驾驶的位子。

"再加上这辆车吧！"那人阴险地笑着说，"别以为我不知道你这钱是哪来的，你说你的朋友要是知道你把钱挪用到其他地方盗墓、买文物，会有什么想法？这车就当保密费了！"

车子一溜烟地开走了。

我气急败坏地爬起来大叫："真是阴沟里翻船了！"

正在这时，远处传来几声炮响。

"不偏不早这个时候人工降雨？"我一面抱怨着，一面提着旅行袋往地道里钻，这是方圆二十里内唯一可以躲雨的地方。

进入地下密道大概十分钟之后，便听到了哗啦啦的雨声。

我没有停，而是加快脚步继续往里走着，眼前的地下通道弯弯曲曲地延伸着，上下左右都是石壁。

我已经闻到了一股臭沼泽的味道。

是的，它们来了。

在我下车和那两个男人纠缠的时候，它们就已经在附近了。

是的，我才是真正的诱饵。

其余时候我和战车都在扮演着假诱饵，而这段日子大张旗鼓所布置的陷阱也是一个假的陷阱。

因为我们的敌人太狡猾、太多疑，我们害怕它们会通过什么方式获知我们的计划，所以必须要设计一个意想不到的局。

那一天，乔羽松在我们手心里写下的八个字其实是：明修栈道，暗度陈仓。

我装作悄悄盗墓，实际上是做给那些旱魃看的，我相信它们一定在秘密地监视着我。

当它们认为我心怀鬼胎，当它们看见我离群落单，就会采取行动。

我开始狂奔着，时间就是生命，这句话用在这种情况下真是一点儿都不夸张。

追兵果然来了，它们的速度是骇人的，嗞嗞声不绝于耳。

离目的地还有二十米！

“闪开！”

一个人忽然冲出来，狠狠地把我推倒在地上，我听到身后一声巨响，回头看时，发现钟明已经将立在墙壁边上的一个高两米的水桶推倒了，水泼了出去，我看见一只旱魃已经化掉了一大半，还没有化尽的部分在水洼中使劲地挣扎着。

我感到一阵恶心。

其他几只旱魃吱吱叫着冲了上来。

钟明拉起我狂奔。

“幸好有个备用的！”

我大吼：“怎么还不启动淋水装置？！”

早就安排人在这里设计了机关，在我们的头顶天花板上铺设了水管，并且在水管上都安装了类似灭火装置的喷头，只要启动开关，马上就能出现几条水帘，可以暂时阻止旱魃的追捕。

钟明拍着手里的遥控器：“妈的！总是在关键时候出问题，只能人工启动了。”

他停下来，回头准备去转动左侧管道上的开关盘。

几条黑触角却已经纷纷啪啪地打了过来，其中一条抓住了我的脚踝，将我拖了个嘴啃泥。

钟明这时发出了一声惨叫，显然也中了招。

“快呀！”我一边挣扎，一边叫着。

哗啦啦，管道上的喷洒头终于飙出了水柱。

现在轮到那些家伙惨叫了。

它们飞速地退到了水柱之外的区域，焦虑地等待化掉的肢体重新修复到原状。

我松了口气：“从险了！还是人工的好用！”

“哈哈！”钟明忽然靠着渠壁坐了下来。

“你搞什么？”我急了，“快起来呀！”

“你走！”钟明推了我一把，“走吧，别管我！”

我恨不得一拳打晕他：“你这时候犯什么毛病，别忘了管子里的水最多只能撑十分钟……”

战车等人会在十分钟内赶到，灌水。

如果这里有太多的人，会引起旱魃的怀疑，如果战车他们离得太近，也会引起旱魃的怀疑。

所以，我们所有的时间都是精确到秒的，经不起半点儿耽误。

钟明低头看着他的大腿，他的裤子几乎都被血水湿透了，汩汩的血流不断冒出来，这说明他伤到的是股动脉。

我立刻撕下一溜儿衣边，捆住他的大腿根，但是根本起不到压迫止血的作用，钟明的呼吸越来越微弱了。

“别白费力气了，走吧，你带不走我的，我会拖死你的！”

“是什么时候伤的？”我的眼泪流了出来。

“别哭，”他喘着气，嘴角露出一丝微笑，“我觉得这样挺好……你不知道，这两天我每一分钟都想杀了自己，你不知道那种滋味有多可怕！现在好了，心里忽然就静了，哈，原来死真的不可怕，我就该是这个结局……”

钟明的声音戛然而止。

我伸出手，摸到他的颈动脉——搏动停止了。

“喂！”一个人影忽然从另一个方向冲过来，“你们怎么还在这儿，我等得快发疯了！再不走来不及了！”

来人是战车。

他看见钟明的尸体，不由得一愣。

战车咬咬牙，一把拽起我：“走！”

嗞嗞嗞嗞——

那可恶的声音又出现了。

水帘已经消失了。

我们最后的安全屏障也消失了。

八只旱魃邪恶地眨着小眼睛，堵住了我和战车的出路。

它们中的大多数都该在这里了，这是一次大规模的人工降雨，几乎覆盖了整个腾冲。

“十八年后又是一条好汉！”战车说着，朝我眨眨眼。

我耸耸肩：“十八年后我可要做倾国倾城的大美女！”

战车大笑起来。

那八只旱魃原本已经做出了攻击状态，看见我和战车如此若无其事，不由得狐疑地面面相觑，大概已经意识到了不对劲，有两只已经回头看了看入口。

轰隆隆！轰隆隆！

水流汹涌地钻了进来！

“走！”战车紧紧拉着我的手开始狂奔。

那些旱魃又是惊恐又是愤怒地乱作了一团，它们在水里挣扎着、融化着……

强大的水流击中了我的后背，像被一个大块头狠狠地踹了一脚，头上也挨了一拳，意识一片昏眩，但我还是能感觉到，有一只手始终紧紧地抓着我，拽着我一直往前游着……

游了一会儿，我和战车终于看见了一个方形的出口，那正是我们的目的地，我们进入了一个直径不到半米的狭窄空间后，战车拖着我往上游，大概十米便浮出了水面，这里是一口未完工的井。

我们仰着头，大口大口地喘着气，井口边是乔刚满载焦虑的脸，井边上垂着绳索，我和战车被迅速地拉了上去，两个人一起趴在地上不断地咳嗽。

“钟明呢？”乔刚俯身看着井水，显然不会再有人了。

“不用再等他了。”战车沉声道，“封井吧。”

想着钟明临死前说的话，我的心一阵抽搐。

乔刚叹了口气，他懂了。

井盖被封住了，乔刚和工人们往钢板井盖上浇筑着水泥。

乔羽松走到井口旁呆呆地看着。

“可我还是怕，等到下面的水干了，它们就又会活过来……你能困它五十年，这世界变化这么大，五十年之后呢？一百年之后呢？我们能保证后代照我们所说的去做吗？”

是的，要让它们永远不再出现在人间，就必须保证我们封住它们的那口井永不干涸，就要保证这里不会沧海变桑田，就要保证没有人会因为利益的驱使或者仅仅是好奇心而毁掉我们今天所做的一切。

所有的人都沉默了下来。悬疑志

作者的话：

这个故事最早的灵感来自于我哥哥给我讲述的一个怪梦：枯竭的大地之下潜伏着可怕的怪物，有水则隐，无水则出。他讲时我吓得浑身发抖，因为真的有过这样的传说。“百年不遇的干旱”已经成为近年来常常听到的一句话，当人类像蝗虫一样掠夺这个地球的资源，生存资源的减少势必会引发生存危机，人类为了生存是可以变成魔鬼的。历史上已经有过太多为争夺资源而爆发的残酷战争，它们就像“魃”这种怪物一样古老。世界上或许真的有魃这种生物存在，但那不是最可怕的，可怕的是有一天我们可能会变成它们，我想说的其实就一句话：在我们变成魔鬼之前行动起来，别再说这一天很遥远，别在某一天哭着对自己说“太晚了”。

引言

随着好莱坞电影《大侦探福尔摩斯》的热映和福尔摩斯新故事《丝之屋》的畅销，福尔摩斯一时间再度成为大家的关注点，而近几年，《神探狄仁杰》系列、《狄仁杰之通天帝国》亦在国内掀起一阵“狄仁杰”狂潮。

一个是英国第一神探，私营企业的精英；一个是中国唐朝第一神探，国家公务员中的楷模。虽然两个大侦探都是思维敏捷，但是在他们的身上还是有着千丝万缕的区别和联系。今天我们就来看看这两位杰出的“公安人士”到底有什么不同。

福尔摩斯和狄仁杰简历

唐朝第一神探狄仁杰：生于唐太宗贞观四年（630 年），卒于武则天久视元年（700 年），字怀英，唐代并州太原（今山西太原）人，唐代初期杰出的政治家，武则天称其为“国老”。初任并州都督府法曹参军，转大理丞，改任侍御史，历任宁州、豫州刺史、地官侍郎等职。

狄仁杰为官，始终保持体恤百姓、不畏权势的本色，始终是居庙堂之上，以民为忧，后人称之为“唐室砥柱”；他在武则天统治时期曾担任国家最高司法职务，判决积案、疑案，纠正冤案、错案、假案；他任掌管刑法的大理丞，到任一年，判决了大量的积压案件，涉及 1.7 万人，其中没有一人再上诉申冤，其处事公正可见一斑，是我国历史上以廉洁勤政著称的清官。

狄仁杰每任一职，都心系民生，政绩卓著。在他身居宰相之位后，辅国安邦，对武则天弊政多有匡正，他可谓推动唐朝走向繁荣的重要功臣之一。

英国第一神探福尔摩斯：夏洛克·福尔摩斯是一个虚构的侦探人物，是由 19 世纪末的英国侦探小说家阿瑟·柯南·道尔所塑造的一个才华横溢的侦探形象。福尔摩斯称自己是一名“咨询侦探”，也就是说当其他私人或官方侦探遇到困难时可以向他求救。他不但头脑冷静、观察力敏锐，推理能力极强，而且，他的剑术、拳术和小提琴演奏水平也相当高超。平常他都悠闲地在贝克街 221 号 B 座公寓里抽着烟等待委托上门。一旦接到案子，他立刻会变成一只追逐猎物的猎犬，开始锁定目标，将整个事件抽丝剥茧、层层过滤，直到最后真相大白！他有六英尺多高（约 183 厘米），身体异常消瘦，细长的鹰钩鼻子使他的相貌显得格外机警、果断；经常拿着烟斗与手杖，喜欢把情节弄得戏剧化，外出时经常戴黑色礼帽。英国知名的皇家化学学会于 2002 年 10 月 16 日授予福尔摩斯“荣誉研究员”称号，使其成为第一位获此荣誉的虚构人物。

◎英国著名侦探小说家阿瑟·柯南·道尔

福尔摩斯与狄仁杰不同的社会背景

在晚清通俗文学最盛的时候，柯南·道尔创作的《福尔摩斯探案》传到了中国。至今，“福尔摩斯”这个西方大侦探的名字，在中文世界中依然家喻户晓。而狄仁杰是中国封建统治阶级中杰出的政治家，在他身居宰相之位后，辅国安邦，对武则天弊政多有匡正，是推动唐朝走向繁荣的重要功臣之一。

中国也有多部文学作品和电视剧都对狄仁杰的传奇一生进行了生动的描述。既然福尔摩斯和狄仁杰同为大侦探，当然少不了都有思维敏捷、观察力强、正义感强和不畏强权的共性，但从细节处观察，两个人物的性格是有很大差异的。

从各自的创作背景来看，福尔摩斯的诞生，离不开特定的社会历史条件。柯南·道尔创作这个角色时，正值英国第二次工业革命，电力、电器、内燃机、电报、电话等新发明，如同魔术师的百宝囊，百变而无穷。庞大的日不落帝国，影响着世界的各个角落，也令当时的英国人豪情满怀。见证了科学技术巨大生产力的人们，在头脑中形成了普遍认识：科学能够解决人类的一切难题。而伴随工业革命成长起来的柯南·道尔，注定了与科学结下不解之缘，自然而然地将科学基因注入福尔摩斯身上。

◎《大侦探福尔摩斯》与之前的“福尔摩斯”影视作品不同，唐尼版福尔摩斯不仅善于破案，更是功夫了得，被国外媒体称为“007版福尔摩斯”。有意思的是，福尔摩斯和华生的关系也变得暧昧，被戏称为侦探“断背山”。

柯南·道尔，出生于风景如画的苏格兰名城爱丁堡，9岁时被送入耶稣预备学校学习，青年时代在爱丁堡大学学医，毕业后作为随船医生在西非海岸待了一年多，回国后在海滨城市普利茅斯开业行医了好几年。1890年，他还到维也纳学了一年眼科，等回到伦敦后，成为一名地道的眼科医生。医学方面的渊博知识，为柯南·道尔塑造福尔摩斯形象提供了强有力的“技术支撑”。无论是在《冒险史》、《波希米亚丑闻》、《红发会》、《身份案》，还是《博斯科姆比溪谷秘案》、《五个橘核》、《歪唇男人》、《蓝宝石案》等名篇里，叼着烟斗的福尔摩斯神情自若，运用丰富的医学专业知识，在纷繁芜杂的案件中游刃有余，寻觅蛛丝马迹，将一个个真凶绳之以法。

相反，狄仁杰生于大唐贞观四年（630年），正是“贞观之治”时期。这个时期不仅是中国封建统治历史上最兴盛的时期之一，也是我国的庶族地主阶级上升和兴起，士族地主阶级没落和下降的时期。早在南朝时期，士族地主的政治势力就开始出现衰落的迹象，庶族地主在政治上的权势则不断上升。而且唐朝初年，也是一个思想、文化各方面都比较开放的时代。

这个时期，离唐朝建国不久。由于魏晋南北朝以来，中国经历了长期的民族大融合，中原文化在继承传统的儒家文化的同时，也在积极吸纳着来自各少数民族的文化，又由于唐统治者本身出身于陇西贵族，其皇室成员又与当地少数民族贵族有着密切的血缘关系，这更加促进了少数民族文化对中原文化的影响与渗透，使得唐初国人受到的儒教正统思想的束缚空前减少，成为中国历史上极为罕见的思想开放时期。同时，因为唐朝建立不久，统治阶级正处于欣欣向荣的阶段，故而对不同思想、不同文化采取了兼容并包、广泛吸纳的态度，统治者能够比较积极地对不同意见采取勇于接受的做法。因此，生在这样一个万象更新的时代，为狄仁杰提供了一个可以充分展示其才华的巨大空间。

另外，福尔摩斯的居所贝克街是在伦敦的西区，这是上流社会和较富裕的中产阶级住的地方，但他实际还是属于市民阶级，是个手中没有权力的平民。

而狄仁杰则截然不同。狄仁杰是封建社会的大宰相，处于“一人之下，万人之上”，可以说他拥有着无穷的权力，在朝廷中占着重要的一席之地。正是由于福尔摩斯和狄仁杰所处时代背景和身份地位的差异，造就了他们富有各自特色的人物形象。柯南·道尔笔下的福尔摩斯对犯人有崇高的人道关怀。福尔摩斯破案只为对职业兴趣的追求、正义的维护。他严守自己的道德观与人生观，让真正的罪犯受到惩罚，而使得那些实际上是受害者的凶手得到忏悔，甚至给了本质并不坏的人悔过自新的机会。

在多起案件中，他明明已经查出凶手，却有意放过他们，比起罪大恶极的被害人，这些凶手是值得同情的。在《蓝宝石案》中，福尔摩斯最终放过那个已经懊悔不已、憔悴不堪的凶手，并对华生说：“我毕竟没有受警方的聘用，也就没必要非向他们提供他们不知道的案情不可。霍纳如果现在处于危险境地，那当然另当别论啦。不过看来这个家伙不会再出庭作伪证控告他了，这个案子也就会不了了之。我认为我这样减轻了一项重罪，无非是在挽救一个人。”

小说无不体现出福尔摩斯的人道关怀，给予本质并不坏的人悔过自新的机会，以挽救一个人，使他得到灵魂的救赎。而脱胎于中国古代公案小说的狄仁杰毕竟是一名中国古代封建官员，即使是混合了西方侦探的某些特质，他在对待法律的态度和案件的处理方式上也常常表现出多样性。多数情况下，狄仁杰对于公理和正义会一丝不苟地维护。例如，《铁钉案》中，女狱典郭夫人气质高贵，风姿动人，狄仁杰因为她的提示而侦破铁钉案，不可能不心存感激。当他发现郭夫人多年前也身陷命案时，心里有了“更深重的烦恼和隐痛”，这种矛盾和痛苦反映在他对郭夫人的最后一番话中：“郭夫人，律法是最神圣的，我们无论如何要维护律法的尊严，即使毁了我们自身。我知道在我最危难的时刻是你拯救我出了水火，你是我的大恩人。衔环结草正愁报恩无门，转眼我却翻脸要逮捕你。这无疑是痛苦的，但我不能因为个人的恩怨而徇私枉法。”

同时，柯南·道尔笔下的福尔摩斯，是理想司法的化身。19 世纪末 20 世纪初，刑事司法正处于变革的前奏。经济社会转型面临着一场翻天覆地的变化，但是在犯罪侦查、审讯等方面，基本还停留在中世纪刑讯逼供、酷刑恐吓等古老手段上。尤其是对于犯罪证据的获取，缺乏科学审视与关注，冤假错案数量也蔚为可观。面对这种司法乱象，柯南·道尔的选择，也就具有了一种强大的时代理性力量。这位半路出家的作家，用人文主义激情演绎着“知识就是力量”，也有力地推动了英国刑侦司法科学化。

福尔摩斯与狄仁杰不同的办事理念

作为非常优秀的私家侦探，福尔摩斯尽管屡屡帮助皇家警察机构“苏格兰场”破获了大案要案，却与物质欲望隔绝，从不居功自傲，也不依靠权威，一切让证据和事实说话。喜欢蜗居房间，鼓捣各种化学仪器设备的福尔摩斯，看似有点偏执古怪的背后，其实也准确地传达了作者对于理想刑事侦查机构的期待——独立、公正、科学。

从某种程度上说，福尔摩斯这个人物的塑造，对于刑事司法领域发展，是一个非常重要的分水岭。及至现代，一些福尔摩斯的破案理念，如物证认罪、合理推理、证据锁链等，已成为刑事侦查教科书中的常设内容。在犯罪现场运用各种 DNA 检测、指纹识别、血液分析等微量物证侦查技术，辅以犯罪心理分析、缜密的逻辑推理，已经成为破案常态。

但是，对于狄仁杰来说，当时中国的鉴证技术不允许他像西方侦探一样用客观的 DNA 鉴证来寻找犯人。狄仁杰往往是先观察受害者或现场的表面情况，再调查受害人的人际关系，最后通过推理指出犯人，让犯人自己认罪。在狄仁杰破案的过程中，他循循善诱的谈话技巧绝对起了不可忽视的作用。狄仁杰与一般封建官员只是坐镇官衙不同，他并不完全依靠手下的亲随干将打探消息，而常常是像西方侦探那样亲力亲为收集证据。

◎《狄仁杰之通天帝国》里的刘德华版狄仁杰堪称是最帅气的“狄仁杰”

狄仁杰经常会经过一番乔装改扮之后一个人微服私访。因此，他要面对的不仅是亲随下属，还有在办案中碰到各色人等，对于这些人，狄仁杰都能从容应付。如《狄公案》有一段描写到：有一个落魄的秀才，自命不凡，混迹于乡野小店，但总是梦想着有朝一日飞黄腾达。附近发生命案，狄公让他带自己去现场，秀才哀诉道：“我一个人待在这里害怕。地震和大火时这儿死人最多，阴魂不散，谁都说这里时常闹鬼。”狄公笑道：“这个不碍事，我有法子。”说着就在秀才坐的那块大石头周围不快不慢转了三圈，口中念念有词。“现在你可平安无事了，我曾从崂山老道那儿学得这个禁魔真咒，任何妖魔鬼怪都无法近得你身！”这一番装神弄鬼的表演读来令人莞尔，但对于这个迂腐的秀才却还真的有效，于是“秀才将信将疑地坐定了”。诸如此类的段落还有很多，这些都表现了狄仁杰面对不同人的交谈技巧。

福尔摩斯与狄仁杰不同的人格魅力

最后，福尔摩斯还具有永恒的人格魅力。作为一个虚构的文学形象，福尔摩斯已经完全从单纯的小说人物蜕变出来，成为正义、公理以及崇高精神的象征。福尔摩斯之所以受到如此广泛的青睐，不仅在于他严谨的推理能力和观察能力，更重要的是他那经久不衰的人格魅力，他爱憎分明，疾恶如仇。在《五个橘核》中，当福尔摩斯得知委托人约翰·奥彭肖遇害时，福尔摩斯悲痛至极，并对华生说：“这是伤害了我的自尊心，现在这成为我私人的事，上帝若是能赐予我健康长寿，我会亲手把这帮家伙缉拿归案。小奥彭肖跑来向我求救，而我竟然让他走上绝路！”可见，福尔摩斯维护社会道德的正义感，体现出他永恒的人格魅力。

福尔摩斯淡泊名利，宽容博爱，在《血字的研究》中，当苏格兰场无能警探将福尔摩斯的功劳如数抢去，福尔摩斯对此一笑置之，华生引用了一句经典的话“笑骂由你，我自为之；家藏万贯，唯我独赏”，对福尔摩斯博大的胸襟予以完美的诠释。然而，福尔摩斯并不是一个全能型的人才，存在着许多先天的不足。在《血字的研究》中，经由华生的描述，我们知道福尔摩斯虽然有着准确的解剖学知识，却无系统性；虽然有着偏于实用的地质学知识，但很有限；植物学知识相当片面，但对莨菪制剂、鸦片及毒品却知之甚详，对毒剂有一般的了解，而对实用园艺学却一无所知；文学知识、哲学知识、天文学知识则基本没有。

再如，福尔摩斯是一个没有多少生活情趣的工作狂人。这个单身的英国男人，没有心仪的恋人，没有渴望的沙龙，除了兄长迈克洛夫特·福尔摩斯、远亲弗纳·凡尔奈等，没有其他亲人。平日里除了收下接踵而至的案件，就是忙碌不止的破案分析。无论是他擅长的剑术、拳术，还是小提琴，都不过是为破案服务的。他喜欢一头钻进房间，鼓捣自己的各类瓶瓶罐罐，为了适应这种不分日夜、废寝忘食的高强度工作状态，甚至喜欢注射诸如吗啡、古柯碱等精神麻醉品。在现代人眼中，这无疑是一种略显病态的生活习惯。甚至有专家推理，福尔摩斯患有抑郁狂躁型忧郁症。因为这一类型的忧郁症患者，时而充满精力，可以连续工作几天几夜，极其兴奋，脾气暴躁，感官异常灵敏。随之而来的是连续几个星期的低潮期，可以赖在床上一天不动，厌食。常常对华生哀叹，伦敦城没有高智商罪犯了？这些都是他性格非理性、神经质的一面，有了这种双重个性，福尔摩斯才会吸引读者。

与之相比较，《狄公案》中的狄仁杰似乎就是一个完美的人物了。首先，他爱民如子。狄仁杰断案的根本目的就是为民伸冤。无论是显贵富商，还是平民百姓，在他眼里一律平等。对于下层百姓，狄仁杰尤其充满同情和理解，在他们受到冤屈时更是竭力要为他们申冤做主。作为一名执法者，狄仁杰是皇帝派驻地方维护地方治安的官员，但他并不将这看成其执法的最高目标，而是从底层人民的角度出发，平等对待贩夫走卒，以确保一个安定有序的社会环境、使得平民百姓得以安居乐业，这种对下负责任的行事风范在中国封建官员中比较少见，而更接近于西方法制民主观念。

其次，他宽厚仁和。从性格特征上来说，狄仁杰一反清官大老爷高高在上的刻板形象，对家人关怀备至，对下属平等宽容。如《狄公案》中不时提到狄仁杰的三位夫人，而且处处将家庭的温情穿插于紧张的破案过程中，不仅舒缓了节奏，而且也将狄仁杰塑造成了一个有血有肉的普通人的代表。闲暇时，他与夫人们斗牌游戏其乐融融，夫人生辰则不忘送上礼物举办寿筵相贺，夫人要探亲时，他要为她们出行打点准备；瘟疫流行时驻守京师不得不与家人分离时，他会鸿雁传书叙述思念之情。三位夫人与狄仁杰自然也是恩爱和睦，《朝云观》中夫人见狄仁杰面色不好，温言叮咛他早点休息；《铜钟案》里，狄仁杰买了两个妓女帮助破案，对外假称是自己小妾，他事先派洪参军向大夫人道明原委，夫人对此深为理解。《迷宫案》中，为了迷惑敌手，狄仁杰假称朝廷派大军驻扎为其后盾，三位夫人则为其赶制军旗，彻夜不眠。这种互敬互爱的夫妻关系不是建立在“夫为妻纲”的封建礼教规范基础上，而更多地体现了平等与和谐。

在家庭生活之外，狄仁杰接触最多的是他的亲随属下，虽身为上司，但他从不颐指气使，盛气凌人。相反，对于与他形影不离的四个最为得力的干将，狄仁杰不仅十分信任而且也很倚重。他与下属的关系更像是朋友和伙伴，甚至是家人。

那么福尔摩斯又是为什么能在文化背景如此不同的中国走红呢？原因之一可能就在于福尔摩斯是一个“新”人物。

当时中国政局动乱，清廷统治摇摇欲坠，需要一个与包青天完全不同的侦探类型，来救中国，换言之，这是基于当时中国社会上的一种心理需要。虽然福尔摩斯这个人物与中国传统小说中的人物不同，但是《福尔摩斯探案》的探案体裁本身却和公案小说颇相符合。换言之，公案小说也为福尔摩斯提供了一个“文类”的土壤。

公案小说中的破案过程还是和政府的官僚结构的运作分不开，但福尔摩斯探案中的官僚却只有苏格兰警场的一两个督察，福尔摩斯与之相熟，却不受其管制，这就把读者带进政府以外的社会空间。总的来说，福尔摩斯的身上体现了“洒脱”、“理性”的精神，而狄仁杰是一种“铁面无私”而又“不苟言笑”的形象，这是当时中西文化的价值观念的体现。尽管如此，这样两个迥异的大侦探还是吸引了全球不少的读者，使他们为之着迷。悬疑志

测测你当侦探的潜能

文/狂海龙少

故夫非五灵之体，不惑天地之气也……

——《旧道子》

在某些古谱中，将人与自然的非常规沟通状态称为惑，而将拥有惑能力的人的体质称为五灵之体。事实上，五灵只是一种笼统的概称，详细又对应五行，分为金灵体、木灵体、水灵体、火灵体、土灵体五种，在极其特殊的情况下还会生成阴灵体和阳灵体，这种比较少见，暂且不论。绝大多数人都拥有五灵体质，只是强弱程度有所不同，而五灵体质也并非常规理念中的通灵体，它只是在人的某一方面感应突出而已，也可以理解成一种抽象的第六感。五灵体质越强，感应能力越强，如果你有超高的五灵体质，很有可能会成为出色的侦探哦！

测试开始：

一、你是否不止一次地幻想过自己拥有一些超自然的能力，而且经常会在梦中梦到？

是的，两者皆有。【1分】　　我并没想过，但却梦到了。【2分】

其他。【0分】

二、你是否经常有这样的经历：当别人提起很久以前的事，而那件事在你的记忆中并不是很重要时，你却立刻想起了它？

是的，经常。【2分】　　只是偶尔。【1分】

几乎没有。【0分】

三、你是否经常看一些星座解读或做一些灵异测试，而且对结果深信不疑？

是的，我经常会相信。【2分】　我经常看，但结果对我几乎没影响。【1分】

很抱歉，我很少看。【0分】

四、如果你在夜晚回家，而且途中要经过一片墓地，快到墓地时你会选择——

很害怕，决定换路。【1分】　很害怕，决定快步走过去。【2分】

没什么好害怕的，正常走呗。【0分】

五、如果给你一次国内免费旅游的机会而且有可能见证一些超自然现象，你会——

去台湾，那里是现代灵学最繁盛的地方之一。【2分】

去湘西，寻觅神秘的赶尸和蛊术。【1分】

还是正常的旅游好些。【0分】

六、你认为自己是否拥有通灵体质？

一定拥有。【1分】　不确定。【0分】

不可能拥有。【2分】

七、你喜欢什么样的季节？

炎热的酷暑。【0分】　寒冷的严冬。【1分】

凉爽的春秋。【2分】

八、在排除外界干扰的情况下，你更喜欢哪一个时间段？

正午时分。【0分】　子夜时刻。【2分】

其他时间。【1分】

九、对于异性，你认为你的感觉？

比较强烈。【2分】　正常吧。【1分】

没啥感觉。【0分】

十、如果有机会，你是否希望自己成为一名侦探？

希望。【2分】　不希望。【1分】

其他。【0分】

计算你的总得分，并与以下答案进行对照：

0～5分：

很遗憾，你的五灵体质微乎其微。先天的体质对你成为一名出色侦探的帮助并不太大，但勤能补拙，不懈地努力会是你成功的最大帮助！

6～10分：

你的五灵体质相对较弱，体质对你成为侦探的帮助并不大，但这并不是一件坏事，恰恰相反，它可以锻炼你成为优秀侦探所需的精神，所以，加油吧！

11～15分：

大众化的一个选项，你的五灵体质相对较好，你有成为侦探的出色的先天条件，向着一名伟大的侦探努力吧！

16～20分：

几乎完美的五灵体质，如果你的分数接近顶值的话，你万中无一。如此出色的先天条件对你成为任何一种脑力工作者都有着极大的帮助，但与后天的努力同样分不开哦！

Yi Ri

一日

文/花布　图/玉烟先生

1

季风是我的前男友。

这是我大学时的旧事，现在努力回忆，仅仅在脑海中寻到一丝模糊记忆。季风是一个还算高大的男人，黝黑皮肤，总是留一个超短的圆寸发型，其他真的想不起来了。可此时此刻，貌似我的记忆变得非常重要，特别是对眼前的这两个警察而言。

今天中午，他们礼貌地敲开我家房门，像电影里演的一般，告诉我有件案子需要我配合调查。

我这位前男友失踪了。按照警察所说，失踪得有些邪乎，就在前一阵子一点儿迹象都没有就失踪了。但在我看来，任何东西失踪都是悄无声息的，要是谁在失踪前告知左右，那就不叫失踪，叫上班上学，随便任何一种行动。

“我们怀疑季风可能已经遇害了。”女警察盯着我的眼睛，一眨不眨，“我们怀疑他的失踪和你有关系。”

我强忍心中不耐，说：“为什么和我有关系？你们怀疑我绑架了季风？还是怀疑我已经把他秘密撕票了？我有这个必要吗？”一连串问句后，我克制了一下，“我真的不知道他在哪里，只不过大学时和他谈过一次短暂的恋爱罢了。”

女警察根本不理会我的话，继续问："你们多久没见面了？"

我无可奈何地回答："大学毕业之后就再也没见过。"

一旁的男警察问："那你们有没有彼此的联系方式？"

"我反正没有他的联系方式。"我耸了耸肩膀，"至于他有没有我的，就不清楚了。"

女警察见我越来越烦躁，口气温和了许多，说："其实，我们之所以说这件事和你有关系，是因为另外几起失踪案件。"讲到这里她停顿了一下，似乎在思考该不该告诉我，"实话告诉你吧，最近几年已经发生好几起失踪案了。"

我反问道："这和我有什么关系？"

女警察翻开腿上的本子，一边翻一边念人名："李楠、萧可、段南山、林雨，这几个人都已经失踪……"

警察的话让我有些惊讶，加上季风，这五个人的确都和我有一种相同的关系，他们都曾是我的前男友，是我大学期间的学弟或者学长。只是我没想到，他们居然集体失踪了，但可以肯定的是，我和他们早就断绝了关系。

没有一个藕断丝连的。

警察却不管不顾地继续说："按照我们调查的结果，这几个男人社会身份简单，基本上没有什么仇人，而且好几个都是在大学期间失踪的，更奇怪的是，基本上都是在和你分手不久之后失踪的。"

这些话几乎句句针对我，我听得有点儿紧张："你们还是怀疑我？"我冷笑一声，"我也实话实说，我跟他们确实毫无关系，当年谈恋爱时都是他们追的我。我绝对不是一个分手后还死缠烂打的女人，我不需要！"

警察互相看了一眼，似乎在思索下一个问题。

我继续说："我对他们根本没有恨，所以我也不可能做这种无聊的事。"回头，我看了一下钟表，已经下午五点多了，"对不起，如果你们没有什么可问的，我还有些事，就不送你们了。"

我下了逐客令，警察终于不好意思地离开了。

警察刚走没五分钟，大门就响了。是叶清，他提着公文包，眉头紧锁地走进家门，没等我迎上去，便很不悦地问我："刚才怎么看见有警察从咱们家离开？"

"哦……"我不想解释，也不知如何解释，随口胡说，"是来登记小区人口的……"

我知道如果叶清问得过多，我回答得过多，并不是一件好事，首先，没有哪个女人愿意让老公得知自己的爱情史，其次，我的过去真的有些放纵、有些荒唐，现在这件事还和失踪案联系在一起，实在不能多说。

最重要的原因是，我和叶清之间似乎有了诸多隔阂。

2

我永远记得和叶清第一次见面的情景，确切地说，应该是我第一次见到他时的情景。是我刚刚大学毕业，父亲托关系把我安排进叶家公司，在此之前我不知道父亲居然和叶清父亲——那个有名的企业家是儿时挚友。

更不知道，叶家有叶清这样完美的男人。

大概这是我的一相情愿，或者过于幻想化。这世界上根本没有所谓的完美，但爱情这东西很古怪，可以将一切坏的转化为好的，将一切弊端转化为益处，这用在我与叶清的感情上最恰当不过。没错，我觉得他就是我的完美男人。

叶清有良好的家庭背景，有高尚的品德，有儒雅的气质，他的皮肤白皙却不失男人味，他的眼睛深邃得就像湖水，望一下就能将异性深深吸进去，他穿什么衣服都很好看，他不说话的时候像一座雕像，他说话的时候，就好像雕像活了。

原谅我这么恶心的赞美，但我真的很爱这个家伙。

已经记不清是从什么时候起，我开始注意叶清的一举一动、一颦一笑，每天都在想他，工作的时候想，睡觉的时候想，如果哪一天没有看到他，我会心事重重、坐立不安，就像热锅上的蚂蚁。

说实话，我也不知道自己这是怎么了。

我以前不是这样的，从小到大我都是一个优秀且自我感觉良好的女人。除了家庭背景，其他我丝毫不输给叶清。父母予我天生丽质，小学到大学我都是学校的风云人物，从没被谁比下去过，更没有如此不矜持过。

在校期间，我的课桌里每天都有男生塞的告白信和礼物。我不知道是不是因为自我感觉过于良好，我变得有些高高在上。或许是骨子里潜藏的一种自傲，我开始享受别人的热捧。大言不惭地说，那时的我想要什么就可以得到什么，包括物质，甚至感情。

只要我愿意，只要我看中的男生，百发百中。

那几个失踪的男人，就是我在大学期间虏获的猎物，但他们仅仅是一部分。这话虽然太自信，但绝对不是胡说八道。所以，我真的没有想到，我会有这样一天，我会因为一个叫叶清的男人失去自我，会像之前那些追捧我的男生一样去追捧他。

在叶家公司工作时，我放弃一切自尊自傲，有时候仅仅只是为了多看叶清一眼。

工作一年之后，我们终于结婚了。

虽然公司里的同事们对于我和叶清的婚事非议颇多，但我不在乎。我不在乎他们说我爱钱，说我爱势，说我心机重，能够拥有这样一个完美的男人，我已经很知足。

婚后的生活一如我所想象，平静甜美，我做了全职太太，安心照料叶清的生活。可不知从什么时候开始，我发现我的梦正在被现实一点一点地吞噬，我之前为爱所付出的、所失去的，已经随着时间慢慢变得越来越廉价。

我对叶清突然之间有了一种生疏感。

3

越越一边喝咖啡，一边饶有兴趣地看着我："怎么，阿珍，和叶清吵架了？"

"没有。"这两个字一出口，便控制不住了，我滔滔不绝起来，"我只是觉得我们的关系不像以前了，不像以前我们刚刚恋爱、刚刚结婚时，他对我好像越来越像陌生人，你说是七年之痒吗，可也太早了吧，总之，我总觉得哪里不对劲。"

越越抿着嘴巴说："你就直说，是不是怀疑他有外遇了？"

我哆嗦了一下，这是我最怕也最不想听的一句话，但心里又莫名其妙地像被触到命门一般正中靶心。我绝对不能容忍这种事情发生在我身上。我瞪了越越一眼，不肯承认："别胡说，我压根就没有往那方面想。"

越越大笑："也是啊……咱们当年的校花，怎么可能在乎这个。想当年，你可是学校里男生们竞相追逐的尤物啊，谁敢和你抢叶清啊，谁也没这本事啊。"

这话说到我心坎里了，至少到现在，我还是自信的，正是因为这份自信，才不肯承认心里所顾及的吧。正巧越越说到学校，我不由得想起那两个警察："知道吗，前一阵子有警察专门找我，说季风失踪了，而且之前追我的那些男生都不见了。"

越越根本不当回事："真的假的？不过，想想以前，你还真是拉风啊，你还记得吗，那时候还有男生为你自杀，那时候你就像女王一样，没想到现在会败给叶清这个男人，做女仆。"

我不甘示弱地辩解："你别说得这么难听，我这叫爱！"

"爱？"越越撇了撇嘴，"那你现在又为什么愁眉苦脸，不就是为了你的爱吗？！"

话题又转了回来。我沉默良久，说："越越，说真的，我真的感觉叶清变了，还是说我的这种感觉是杞人忧天？是不是婚姻生活就是这个样子，时间久了，就是柴米油盐，哪怕身边真的是个王子，哪怕自己真的是个公主，终究不是童话世界。"

越越把脑袋凑近，小声说："要不要我帮帮你？"

"怎么帮我？帮我什么？"

"我也在叶家公司工作，你说我能帮你什么呢，当然是监视叶大帅哥！"

那天和越越结束约会之后，我心里一直七上八下的，我不知道我托付给越越的事是对是错，但不那样做，我心里就像横亘了一块大石头，憋得异常难受。直到开车回家，我的脑袋都是乱的。

在车库存好车后，我向家中走去。今天天气不好，天空阴霾，小区里异常安静，街道上看不到一个行人，有风呼啸着从身后一股一股吹来，像人的双手一下一下推我。我突然有一种被人跟踪的感觉，停下身，回头观望。

身后空无一物。

一阵强劲的风吹来，夹杂许多尘土，袭上我的脸，我被吹眯了眼，睁开之后，恍惚之中看到了一团东西。一团黑色的雾气一般的东西，在远处岔口飘忽一下，像夏秋常见的一种小型旋风，经常无缘无故地形成，又无缘无故地消失。

我感到冷，加快脚步向家中走去。

回到家后，意外发现叶清在家。

叶清见我回来了，冷冷地说："你去哪儿了？"

"和越越喝茶去了。"我一边脱衣服一边说。

叶清的口气依旧冰冷："我有件事要问你，一小时之前，我回家后有两个警察登门拜访，说是要找你继续谈一谈失踪案的事，还有你以前男朋友的事，这些事我怎么都不知道？之前那两个警察想必根本不是来登记人口的吧，你为什么要瞒我？"

4

这次问话来得太突然，我毫无心理准备，但还是实话实说了，将自己以前轰轰烈烈的恋爱经历说了出来。也许你们觉得这并不是个大事，但是我清楚，任何一个人对于自己的所爱都是自私的，他们希望他或者她从生下来就在等待自己。

不管男人还是女人。

叶家和我家都是有头有脸的家族，我过去的行为，可以说是年少轻狂，可以说是敢爱敢恨，可若是让叶家人知道，他们恐怕会感到很失望和没脸面，在他们看来这种年少轻狂、敢爱敢恨就是放纵和没教养以及不知廉耻的代名词。

所以，我真的很怕说出来，我也没想过我当年的所谓"博爱"会给自己种下祸根。

叶清说："你以前交了这么多男朋友啊？"

我有些紧张地说："叶清……我那时候还小，不懂什么叫爱情，所以才过得那么混乱，但我见到你之后，我是真心爱你的，和你恋爱、和你结婚，我的心都是一心一意，绝没有背着你劈腿，请你相信我。我不告诉你，是怕你误会我是一个感情混乱的女人。"

叶清笑了："你瞧你紧张的，我没有多想啊。谁以前没有过几段感情呢。"

"你真没生气？"

叶清点了点头："不过，阿珍，我搞不懂你的那些前男友为什么纷纷失踪？"

我彻底放下心来，也跟着思索："我也搞不懂，但是最近我总有一种很奇怪的感觉，好像有什么人跟着我，不，不是人，是什么东西。我感到害怕，我有一种预感，这和那些失踪案有关系。"

"什么东西？"叶清紧张地问，"我们要不要报警？"

我扑哧一声笑了，叶清已经很久没有紧张我了，我依进他怀里，柔柔地说："老公，说真的，你爱我吗？"

叶清很用力地点头。

"人们都说爱情无法长久，不过是人体产生的费洛蒙，几年之后自然消散。"

叶清坚定地说："我相信爱情永恒！"

我垂下脸，有些失落地说："如果有一天，我是说如果，你不再爱我了，或者说我们的爱情过期了，我希望你明明白白地告诉我，我希望你能给我一个清清楚楚的解答。我希望能看见代替我的那个女人像我一样疼爱你，她一定要比我漂亮，一定要比我温柔，一定要比我懂得持家……"

"别乱说了。"叶清打断我，"这世界上没有哪个女人能比得了我的阿珍。"

我仍旧坚持着说道："你切记我的话，如果真有那一天，一定要找一个比我优秀的！”

叶清不再说话，俯下身去，亲吻我的嘴唇……

那晚叶清沉沉睡去时，我还睡不着，睁着眼睛望着天花板，又开始幻想未来的美好。我希望我能为他生一个孩子，最好是一个男孩，继承叶家香火，长得比叶清还要英俊，将来上国际一流大学……

我在幻想中沉沉睡去，一直到半夜，我起床去厕所，听到外面风声四起，像海上风暴登陆一般，窗户和门都在吱呀作响，树影在窗帘上东摇西晃，像疯了一般。我在客厅停下，来到窗旁，撩开窗帘，想看一看外面的天气，却看到了不该看的东西。

我也不知道那是什么东西，在路灯下，飘飘忽忽地吹了过去，像一团风，又像一团雾，黑黢黢的，形状不定。但我确定，那绝对不是风也不是雾。它好像是个活的东西，充满生命力，又浑身死气。

5

我和叶清又恢复了以往的甜蜜，不知道这是否跟我的开诚布公有关系。我约了越越，和她讲我们最近的改变，越越狠狠把我数落了一顿，并告诉我，这些日子她一直在替我暗中观察叶清，他根本没有别的女人。

我请越越吃了一顿大餐，这才算安抚了这只凶老虎。

可这样的日子并没有持续多久，我刚刚安下心来，更凶猛的东西打击了我——一根头发。

一根很长很长的女人头发，将这根头发放在灯光下，它泛出枣红色的光芒，还夹带着一点点儿娇兰的香水味道。这是我洗衣服时，从叶清毛衣上找到的，只此一根，看得出来他一定小心检查过，可终究没注意到这条漏网之鱼。

更加让我震惊的是，这是越越的头发。

整个公司的女人没有人染这种颜色的头发。

我当时就傻了，我被两个最亲近的人骗了吗？还是那句老话说得好，这世界上最可怕的人就是你身边的人，此时此刻我不知道是叶清更恐怖还是越越更恐怖，一个前几天还信誓旦旦地说他此生只爱我一人的老公，一个曾假模假样替我捍卫婚姻的挚友。

我有一种被抛弃的失落感以及巨大的愤怒。

但我不能表现出来，我努力克制自己，尽量伪装心情。我不能让他们察觉，特别是在我还没有证据之前，当然，我绝对不会坐以待毙。我整夜整夜地辗转反侧，拼命寻找一个解决的办法。

我不能让越越得逞。

在一个午后，我采取了行动。先给叶清打了电话，如我所想，他告诉我有公事要谈，很晚才回，接着又给越越打了个电话，约她一起吃饭，她告诉我她已经有约，实在抱歉。放下电话，我浑身的肌肉都在颤抖，一团火在胸膛内攒动。

我去了公司，像个贼一样躲在大门口，守株待兔。

入黑后我看到了叶清的车，他向一个我熟悉的方向驶去，当然绝对不是家。打车跟在后面时，我的心狂跳不止，我在寻求最后一丝希望，希望一切都是我的臆想，企盼叶清真的是去见客户，但现实总是如此残忍。

当叶清的车驶入那处高档公寓小区时，我彻底绝望。

我在越越家楼下像一只被关在笼子里的野兽一般，来来回回转着圈子，满腔怒火，我无法克制地冲了进去，疯了一般跑到越越家门前，不停地砸门。里面传来越越的声音，我不管不顾地喊道："开门！开门！开门！"

听到我的声音，越越突然安静了。

我捶得更厉害了，终于没了力气，瘫坐在地上，嘴巴却不罢休，苟延残喘地念叨着："开门……"

许久，里面传来一个熟悉的声音，是叶清的："既然如此，开门吧……"

我听到大门打开的声音，兔子一般跳起来，飞奔进客厅，看到越越和叶清面无表情地站在我面前，仅存的一丝理智瞬间灰飞烟灭。我没有说话，尖叫一声，像个泼妇一般向越越扑去，突然之间，一只大手抓住了我。

我回头，不可思议地望着叶清："你帮她？！"

越越在一旁尖叫："阿珍，够了，叶清已经不再爱你了！"

"你闭嘴！"我怒喝，"谁都不能和我抢，他是我的，我的！"

越越躲在叶清身后，从容不迫："你真的爱他吗？你扪心自问，你自始至终是怎样爱他的，从和他一起谈恋爱时你就一直在怀疑他，怀疑他还有其他女人，甚至到结婚了仍旧如此，这就是爱一个人的体现吗？好吧，姑且是吧，但是你后来让我勾引他也是吗？"

我一愣，刚刚反应过来，却已无法阻止。

6

酒吧昏暗中闪烁着迷惑的霓虹灯光，我忘了是什么时候来到这里的了，躲在阴暗角落，只是拼命喝酒。我想醉，醉了之后就能忘记那个夜晚，忘记叶清和越越的脸，还有他们两个人的话。可无论我怎样努力，就是无法将自己灌醉。

大脑固执地停留在那一刻，无比清晰。

越越说的都是真的，的确是我让她去勾引叶清的。

其实我只是想让越越去试探叶清。没错，在越越告知我叶清身边没有女人之后，我确实放心了不少，可我依然担心，想要的那份安全感似乎还不太纯粹，于是我给越越打了电话，希望她最后再帮我一次，帮我彻彻底底地试探一番叶清。

越越答应了我。意想不到的是，她居然成功了，居然假戏真做了。

她居然把我们的秘密告诉了叶清。

我该去恨谁？是恨越越和叶清，还是恨自己当初愚蠢的决定？我感到混乱，居然输给了越越，她哪里比我好，长得不如我好看，身材不如我玲珑，我搞不明白叶清在想什么。但事实已然如此，我能做的只有面对。

电话里那条短信提醒我，叶清已经不要我了。

他约我明天去办理离婚手续。

那晚，我回家后依旧醉生梦死，叶清彻夜未归，绝情到如此地步。我不知道自己是怎么耗到清晨的，喝了那么多酒，仍旧毫无醉意，呆呆地坐在沙发上发愣，然后简单洗漱一番，背起包包，决定赴约，赴离婚之约。

等我到那里时，叶清已经来了，好在越越没有跟来。

见到叶清的一刹那，我佯装的勇气立刻瓦解，站在门口不肯进去，哭诉着问：“为什么？”

“为什么？”叶清严肃地望着我，“我要问你为什么？你为什么找越越监视我，监视我也就罢了，甚至还让她去勾引我，你在试探什么，是试探我还是试探我们的感情或者我们的婚姻？在你眼里，我就这样不值得信任吗？”

“不！”我赶忙澄清，“叶清你不明白，我是爱你的，正因为爱你我才会做出这种事来！”

叶清冷笑：“不要再跟我说什么爱了，如果不是越越告诉我，我可能一直都会像个玩偶一样。”他深深吸了一口气，“阿珍，你该好好想一想，你真的爱我吗？你爱的恐怕只是你自己，你做的这一切都是为了你自己。"

"你什么意思？"

叶清直视着我的眼睛："你是一个自私的女人，你用爱的名义包装你的自私自利。你对我，包括对越越，是怎样的感情，我们真的是你的爱人和朋友吗？你又是否把我们当做爱人和朋友……没有，从来没有，我们只不过是你的工具罢了。"

没想到叶清会说出这种话来，我极力反驳："不是的……"

"听我说完！"叶清打断我，"我觉得你真的该好好反省一下了，也许你觉得我说得不对，但是你仔细想一想，我们在你心中的定位究竟是怎样的？越越是什么，不过是你招之即来挥之即去的一个身边人，你用她来监视、试探我，有没有想过这会对她造成什么影响，有没有想过她是怎么想的？"

我无语。

叶清继续说："而我……你的老公。阿珍，你口口声声说你爱我，不，你爱的是你的面子，你不愿意输，不愿意把我这个老公输给别人，不愿意因此失去，失去你曾得到的一切！你真的是爱我吗，你爱的其实是那个爱我的你自己！"

我抖了一下，想要说些什么却说不出来，不知道是因为一时找不到合适的反驳理由，还是叶清说得我无言辩驳，说得真真切切……

叶清别过头去，压抑着说了最后一句话："阿珍，我们不过是你手里的一件东西。"

7

我离婚了，已整整一个月。

我正在逐渐适应这样的生活，搬离那个家，远离那个人。时间真的是良药，可以化解一切爱恨情仇，但是却无法化解叶清的话，那天他所说的，总是回荡在我耳畔，挥之不去，我是否真的该审视自己的人生以及价值观？

我开车去了郊区海边，租了一套房子，打算让自己清净一下。

不知道是不是压力太大的原因，来到海边没住几天，我又有了那种如芒在背的感觉，总是感觉有东西跟着我，从市里一直跟来了海边，如影随形，但是这里确实只有我一个人。

深冬的远郊海边，没有一个游客，海风肆虐，每晚我都要在海边呆坐很久。

我以为我会慢慢好转，却不知这才刚刚开始。

一个深夜，我无论如何都睡不着，从木屋出来，沿着海边不停地走，海岸线狭长，前后一片漆黑，看不到第二个人。走着走着，我突然听到一阵脚步声，从背后徐徐传来，脚掌落在沙滩上发出的沙沙声在寂静的夜里格外清晰。

这样的时间，这样的地方，这声音让我不由得紧张起来。

回过头，却什么都没看到。

本能告诉我，必须回去了。加快脚步，我向木屋走去，可身后的脚步声再一次响起，好像就近在咫尺。我感到有一种巨大的恐惧感，停下来，再一次回头，依旧什么都没看到，可是我惊讶地看到了一串脚印。

那不是我的脚印，比我的更大一些，像蜈蚣一般蜿蜒在我身后，直通黑寂。

我颤抖起来，已确定有人跟踪我，壮着胆子吼道："谁？出来！"

我以为没人回答我，但真的有人出现了，确切地说我第一眼见到的并不是个人，而是一团黑雾，像风一般缓缓从黑暗中飘到我眼前，然后那团黑雾迅速收缩，逐渐形成一个人的形状，继而露出了一张陌生的男人脸。

我被眼前不可思议的景象吓呆了，结结巴巴地说："你……你是谁？"

借着月光我看清了男人的脸，很白，戴着一副眼镜，又瘦又高，头发很长——季风！他正用异常古怪的眼神望着我，有点哀怨，有点无奈。

片刻之后，季风张开嘴似乎想说什么，但还没来得及发出声音，那张脸就被一团黑黢黢的烟雾笼罩了，与此同时，这团黑色的烟雾向我逼近，迅速包围了我，我感到眼前一片漆黑，如同坠入深渊，看不到外面的世界，也听不到外面的世界。

像被卷入旋风之中，不停地转动，不停地转动，直到昏迷。

我不知道我被什么东西带走了，当我醒来时已离开海滩。

四周有昏暗的灯光，没有窗户，很大，很冷，很寂静，看上去像地下室。我瑟缩在墙角，望着四面八方密密麻麻的杂物，烂掉的布娃娃，腐烂的旧衣服和鞋子……我的目光随着这些旧东西一点一点转动。

然后，我狠狠吸了一口凉气。

我看到了几个人，似曾相识的人，坐在不远处的椅子上，一动不动。

是我的那些前男友，他们的样子有点像电影里的干尸，裸露在衣服外面的皮肤颜色发黄，像风干的腊肉，凸显出骨头的形状，头发已掉光，像非洲难民营里营养不良的患者一般，并排而坐，显然，他们都已经死了。

我的头发都竖了起来，跌跌撞撞地站起来，疯狂呼喊："救命！救命！"

黑暗中一个冰冷的声音打断了我："不要叫了，谁都跑不掉的……"

8

桌上燃了一支白蜡烛，季风就坐在蜡烛旁边，一眨不眨地盯着我，表情时而悲哀，时而喜悦。我怀疑我被精神变态的杀人魔抓住了。他并没有绑我，但我缩在角落里依旧不敢轻举妄动，彼此沉默，似乎在等待什么东西的爆发。

终于，他缓缓地开口了："没想到……没想到你居然被抓来了。"

这是什么意思，不是他把我抓来这里的吗？对了，那阵古怪的黑雾又是什么东西？

我深深地吸了口气，尽量让自己保持冷静，说："这里是哪里？"

"这里？"季风笑了，用手指轻轻抹了一下桌面，一层厚厚的灰尘沾染在他的手指肚上，"这里是我家，我家的地下室。"

"你把我带到这里干什么？"我怯怯地问。

季风突然猛烈地摇脑袋："不！不是我带你来的，是它们！"

我不理解季风的意思："谁？"

季风忽然转移了话题，向我靠近一些，蹲在地上如痴如醉地望着我："你还是没有变，阿珍，你还是那么漂亮，那么动人，就像我第一眼见到你的时候。你还记得吗？那时候你最喜欢穿的就是这条黄裙子，在学校里跑来跑去。"说着，他拿起旁边一件已烂得只剩下布条的衣服，如获至宝一般捧在手里。

他又笑了："你还记得吗？那时候我每天都要给你写告白信，偷偷塞进你的课桌里，可是你从来没有看过，好在我坚持不懈，你终于注意到了我，并接受了我的爱，那时候我非常快乐，可没想到没过多久你就和我分手，而且那么决绝，我甚至为了你去自杀……"

我隐约想起大学时，有人为我自杀的传闻，原来是真的，原来是季风。

季风自顾自地说着："我是那么的爱你，可是你永远不会记得。"他说着，在屋子里转了一圈，指着四周的杂物，"虽然无法拥有你，可我能拥有你的东西。你看，这些都是你的东西。从我们分手后，我就开始收集你的一切……"

"你丢掉的钢笔！"他兴奋地拿起一支锈迹斑斑的老钢笔。

"你当年睡过的单人床！"他一翻身躺在了脏兮兮的床上。

"还有你吃剩下的食物！"顺手，他从旁边拿起一只被咬过的严重氧化的坏苹果。

我不想再听下去了，大吼起来："你个疯子！"

季风一点儿也不生气，反而认同地点了点头："没错，我就是疯了，我疯狂地爱着你，可你却从未拿我当过男友，我只是你那时的一个玩物罢了。"他落寞地垂下头，又猛地抬起头来，"但我不在乎，我依然爱你，这些年我一直在收集你不要的东西，我不敢洗它们，每得到一件，都像宝贝一样存起来。"

"你到底要干什么？"

"我？"季风意味深长地笑着，"你难道还看不出来吗，我比任何一个男人都爱你，不管是谁，什么李楠、萧可、段南山，甚至包括你老公叶清。他们谁能做到像我这样，一件一件收集你的旧物，从这些旧物中寻找你的味道，哪怕一丝一缕。你看，这满屋子的东西都是你的，这里的空气都是你的味道……"

我开始哭了："我求你，你放我走吧。我什么都不会说的，包括你杀害段南山他们的事……"

"段南山！"季风兴奋地打断了我，走到那几具干尸旁边，"对，还有这几个男人，他们身上也有你的味道，他们也是你不要的旧东西，他们是我最最宝贵的东西……"

我的耳朵选择性地封闭了，我没想到，这么多年，我身边居然跟着这样一个疯子，他像无处不在的寄生虫一般，涉入了我的生活，从大学时开始，每天跟踪我、窥探我、寻找我，收集那些我丢掉不要的旧东西。

甚至疯狂到连我不要的男人也不放过。

我突然感觉，原来爱这么可怕，阴森鬼祟就像一个阴影，随时都会吞噬自己、吞噬别人，不知道那两个警察如果看到这些，会不会和我一样恐惧惊讶。但我明白，此时此刻我必须逃离这里，逃离这个疯子的世界，逃离这份疯狂的爱。

趁着季风沉醉在垃圾堆滔滔不绝的时候，我蹑手蹑脚地爬了起来，想逃跑。他忽然转过头来看着站起来的我，却并没有阻止，淡淡地说："你想跑？对不起，从今天开始，它们已经和你如影随形……"

9

我看着季风的身体，他裸露在外的肌肤正在滋生一种东西，一种被他称为“它们”的东西，它们从他的毛孔中成群结队地钻出来，黑糊糊的粉末状物体，看不出来是什么，只一会儿就积聚了一大堆，匍匐在他的肩膀上，有的已顺着他的裤管爬到了地上。

我惊叫一声：“这是什么？”

季风苦笑，语气突然变得正常：“如果我说，段南山他们根本不是我抓来的，而是这些灰尘抓来的，你相信吗？”

“灰尘？！”我惊讶地望着那些粉末状的东西。

季风终于开始向我解释：“是的，灰尘，不过它们是活的灰尘。”他重新坐在椅子上，那些灰尘随着他的移动而移动，“阿珍，我不知道该怎么对你说，但我记得很清楚，那是我收集到你第二十四件旧物的晚上，我把它摆放在这里，像往常一样，寻找你寄附在它身上的记忆和味道，然而那天晚上……”

说到这里，季风打了个寒战。

我忍不住问道：“然而怎样？发生了什么？”

“是灰尘！”季风抖动着身子，眼睛惊恐地瞪大，“是那些覆盖在旧物上的灰尘，它们忽然之间活了过来，疯了一般向我扑来，我还没反应过来，它们就爬到了我的身上，密密麻麻地覆盖了一层，然后，我感到了一种剧痛！”

“痛？！”

季风点头：“是的，很痛很痛，就像当初你和我分手一样。这个时候，我才意识到它们正在向我身体内部钻去，从我的毛孔里，疯狂涌入。我不知道发生了什么事情，想甩掉它们，可毫无用处，它们越来越多，越来越迅速……仅仅一天，我就变成这个样子了。”

我听得毛骨悚然：“这不可能……”

“我也不想相信这一切。”季风无助地望着我，随即又兴奋起来，“但是第二天我发现这些东西太美妙了，这些灰尘像是为你和我而生的一样，它们每天都会从我的身体里钻出来，去寻找那些你不要的东西，一样一样地带到这里……”

我的鸡皮疙瘩起了一身：“你不要再说了……”

季风反而说得更带劲了：“你知道我有多高兴吗，虽然我变成了一个怪物，但每天我都能得到新的你丢弃的旧物，包括那几个男人。我更盼望，有朝一日你会和叶清离婚，甩掉那个男人，那时候它们会带来新的旧物，最重要的是，你将不再属于任何一个男人！”

我再一次哆哆嗦嗦地站起来，向出口挪去，刚挪到门口，季风的身体忽然猛地抖了一下。

我看见那些东西已经风一般涌了过来，源源不绝地从季风的身体里爬出，争先恐后地包围了我，然后，我不敢动了，只有哀求，透过层层叠叠包围我的灰尘，向季风哭喊："求求你，让它们放过我吧……"

季风摇头："阿珍，你怎么还不明白，我只是它们的寄宿体，我根本控制不了它们。"他叹了口气，"这几天我一直跟着你，看到你和叶清去办理离婚手续，我怕你想不开，跟踪你来到沙滩，可是那一刻我才清楚，我不该来，它们已经盯上你了。"

"为什么，它们为什么要带我来这里？！"

"我也不明白。"季风沮丧地望着被团团围困在灰尘中的我，"这些灰尘带来的总是你不要的东西……"

我顾不得这些了，无论如何我都要试一试，屏住呼吸，猛地转头向外跑去，我飞快地来到楼梯口，让我绝望的是，当我回过头去时，发现那些灰尘已经杀气腾腾地追了上来，它们铺天盖地，瞬间将我严密包裹，眼前再度一片漆黑。

最后的最后，我忽然想起了叶清的一句话——你根本不爱我，你爱的是你自己。

脑海中猛然回忆起许多，那些人和物，那些曾经属于我的，又被我狠狠丢弃的，也许叶清说的是对的，也许在让越越帮我试探叶清的那一瞬间，我就已经丢掉了我们的感情，我们的婚姻，我们的一切……

10

我在黑暗中等待死亡，颓然看着身边的人和物，这些东西，曾经的曾经，我是如此需要，需要一件美丽的裙子勾勒我的身材，需要一只宠物供我发泄，需要一个女人衬托我的美丽，需要一个男人给我爱情……

当我觉得不再需要的时候，就会毫不犹豫地丢掉一切。

丢掉那些东西，丢掉那些感情，让它们和他们变成旧事旧物，在漫漫时光中覆盖上一层厚厚的灰尘。

季风也许是个疯子，但他的疯却是因我而起，正如他所说，我从未爱过他，当年的恋情不过是我一时的消遣，我只不过是把他当成了一样东西。我终于明白了，其实不是我丢掉了叶清，而是我丢掉了我自己，将我自己推进了层层叠叠的灰尘之中。我已经变成了一件被丢弃的旧东西，再也回不去了。

每一天，我们都会遇见新的人和物，但也许对于某些人来说，仅仅就一天，新的就可以变成旧的，旧的就可以变成死的。

爱情也是一样——你究竟是需要那个爱你的人，还是爱那个爱你的人。悬疑志

作者的话：

某日，我随母打扫卫生，旧物重重叠叠、如山如海，遂想扔之，然而老娘却视如宝物，听她一边擦拭手中旧物，一边念念叨叨讲述每一件东西的来历，心中忽然很感慨：其实有时候我们真的分不清楚是爱那件东西、爱那个人，还是爱它或者他（她）的实际价值。现实总是很残酷。

Xiu Shi

锈蚀

文/麦洁　图/玉烟先生

1

小雅走进客厅，看见房东的门依旧紧闭着。

她已经两个月没有出门了吧？至少小雅有两个月没看见她出门了，她似乎仅靠着四个月前小雅给她的那半年房租而活着。

屋里黑魆魆的，没有开灯，小雅不知道她在里面做什么。

小雅刚刚毕业工作，为了省钱，只有选择和别人合租房子，巧的是，正碰上房东要把这套房其中的一间租出去。房东是个漂亮的女人，家里收拾得极为干净，而且房租不贵，据房屋中介的那人说，房东是独居，在此地没有亲人，这样对小雅来说，就更显得安全又安静。

在大约两个月前，奇怪的事情发生了。

也不知是哪一天，房东把自己关进了房间里，自从那时起，小雅就再也没见过房东。有几次小雅也曾敲过房东的门，房东在房间里面应着小雅，却怎么也不开门。

此后，本来该由房东交的水电费，就都由小雅代交，而每次小雅交完水电费，

第二天客厅的桌子上就放着交水电费的钱，分文不少。

小雅在客厅里停留了一分钟，客厅里的光线已经很昏暗了。

小雅看着客厅里落的厚厚的灰尘，她有些像逃一般，快速向着自己的房间走去。自己当初交了半年的房租，离到期还有将近两个月，小雅在心里想，等租期一到，就另外找房子搬出去。

小雅走得很快，不小心脚下被什么东西绊了一下，她差点儿摔倒，小雅就着昏暗的光线，看见地上有个黑糊糊的东西，她用脚踢了一下，那东西还挺沉的。

为了防止晚上出来再被绊到，小雅蹲下去，伸手拿起那东西，想往角落里挪挪。

但那东西一摸到手上，小雅立即被一种怪异的感觉弄得浑身汗毛直竖。她摸到了一个冰凉的东西，而那东西上面沾着粗糙的、类似沙粒似的东西，还湿淋淋的，那些沙粒似的东西沾着水，弄了小雅一手。

小雅忍着恶心，打开了客厅的灯。

只见地上有一块不知道是什么金属块，上面生满了绿色的锈，把整个金属都裹住了，厚厚的一层，看不见里面是什么金属。最奇怪的是，这么一块锈蚀到不成样子的金属块，怎么会被放在客厅里？金属块上还在滴着水，把地板弄湿了一大块。

小雅看了看房东的房门，疑惑地把那块铁疙瘩移到了角落里。

掸掸手上的锈，小雅走进卫生间，她打开灯，忽然完全愣住了。只见整个卫生间里，到处是锈迹斑斑，洗手池和浴缸的缸壁上，还有挂毛巾的金属挂钩上，都沾着斑斑绿色的锈！

不会是房东把那块锈迹斑斑的金属块，放在卫生间里洗的吧？

小雅有些不怀好意地这样想。

小雅打开水龙头，拿起抹布，打算把洗手池和浴缸上沾的锈冲洗掉，但当水冲洗在浴缸上时，她才发现，那些锈迹不是沾上去的，而是那搪瓷的浴缸自己生的锈。

昨晚洗澡时，浴缸还是好好的，干干净净的呢，怎么上面的搪瓷就忽然掉落了几块，生起了锈来呢？

小雅不由得打了个寒战，她扫视着卫生间里所有的东西，她发现凡是金属的东西，都出现了绿色的锈迹。

小雅逃似的离开了卫生间，躲进了自己的房间里。

小雅不知道什么时候才睡着，但很快她就被一阵窸窣的响声惊醒了过来。小雅细细听，那声音似乎就在客厅里，像是什么人在客厅里找东西似的。

不会是进贼了吧？

小雅悄悄从床上爬起来，在房间里找了一会儿，找到一个木制的衣架，厚厚的木头有些沉重，用来打人还算合手。小雅没有开灯，摸着黑将房门打开了一条缝，那细碎的声音更响了，似乎就在小雅的门边。

小雅举起木制衣架，猛地跳出房间去。

就在小雅跳出房间的时候，一个黑影不知道从哪里一下子冒了出来，与小雅撞了个正着，小雅摔倒时，拉了黑影一把，正巧拉着了黑影的手臂。随着小雅摔倒时的叫声，黑影也发出了疼痛的尖叫。

“俞姐，怎么是你？”那个尖叫的黑影居然是房东，小雅不好意思起来，“你干吗呢？大半夜的，我还以为招贼了呢。”

“我……”房东轻声呻吟着，似乎受了伤，“我起来上厕所……”

“你……没受伤吧？”小雅心里有些犯嘀咕，上厕所怎么跑到小雅的门口来了？明显是在说谎，小雅说着从地上爬起来，然后打开了自己房间的灯。

灯亮的那一瞬间，小雅看见房东正以极快的速度冲进她自己的房间，怪异的是，房东整个人都裹在一条花被单中，从头到脚，都包得严严实实。

房东进了房间后，就再也没有了声音。

小雅却奇怪地发现，原来被她移到角落的那个金属块，不知道什么时候又到了客厅的中间，上面的锈迹似乎被擦掉了一些。小雅仔细地看着那个金属块，那并不是什么普通的铁疙瘩，而好像是金属的雕像。雕像似乎是两个小人手拉着手，但由于锈迹太重，小人的模样一点儿也看不清楚。

小雅心里有些不舒服，不知道房东在搞什么鬼。

她不想再去移动那块金属，于是走进自己的房间，继续自己的好梦。可小雅准备上床的时候，她却奇怪地发现，自己的手上沾满了绿色的锈，就和那块金属上的锈一样。

她并没有碰到那块金属啊，这满手的锈又是从哪里来的？

2

“请你吃晚饭啊，下班后你等着我。”男朋友程思在下班前，给小雅打来了电话。

程思是公司的人事经理，当初小雅来应聘，还是程思面试小雅的。小雅进公司后不久，程思就有意无意地找借口接触小雅，而小雅也禁不住帅气成熟的程思那些花样百出却又恰到好处的追求，终于在两个月前，和程思正式开始恋爱起来。

走出餐厅，程思拉着小雅的手，似乎还不想让小雅离开。

“我们顺着街道散散步吧。”小雅提议着，她觉得被程思拉着的感觉真好，他的手暖暖的有些干燥。

“要不我送你回去吧，让我到你那坐一会儿好吗？”两人在街口的路边站住的时候，程思再次提出了送小雅回去。

“不行，不是说了吗，我现在租的房子，唉……太老旧了，还是合租的……”想到客厅里落着的厚厚灰尘，还有卫生间里斑斑的锈迹，小雅实在不敢把程思带回去，程思要是看见小雅住的那里是这样子，一定会以为小雅是个极不爱干净、不会做家务的女人。

“我想看看你的闺房……一定很温馨漂亮……”程思说这话有些暧昧的感觉。

“等等好不好？等我重新找间房子搬走……”小雅想着那客厅里永远掸不干净的灰尘，还有卫生间里无论如何也擦不掉的锈迹，心里就有些怕怕的。

“咦，你看那是什么？”小雅不想再就这个话题说下去，她随手向街边的一个摊子指过去，“走，过去看看。”

“要不今天你去我那……”程思的这句话说迟了点儿，小雅已经向着街边的那个小摊子走了过去。

摊子和摊子的主人，都有些怪异。

摊子的主人是个中年男人，好像刚从电影里走下来似的，身上穿着粗糙的青布对襟短褂子，上面是同样青布的布盘扣。而摊子则是木制的，摊子的中间是口小锅，锅里熬着像糖稀一样黏稠的液体。摊子的一头，挂着一盏老式的灯，灯是用生石灰石做燃料的，把生石灰石放在装了水的小罐子里，小罐子上面盖上密封盖子，而盖子上有根细长的管子，生石灰石和水发生反应产生的气体，通过管子溢出来，用火一点，就燃烧起来。

老式的石灰灯在风中晃晃曳曳，让小雅有种恍惚感。

“卖糖人的啊？”小雅发现自己的声音都有些飘忽起来。

“呵呵，我这是祖传的手艺，做铜人。姑娘要是喜欢，我可以照着你的模样，给你做一个。”摊主顺手一指，小雅发现在摊子另一头的小桌上，果然摆着几件铜器，有人物、有房屋、有动物，件件都栩栩如生。

小雅拿起一只铜雕小狗，发现那只狗好像要活过来一样。

“真的能把我的模样做出来？”小雅拿着小狗看来看去，爱不释手。

程思不知道什么时候走到了小雅的身后，他用手搂住小雅的腰：“走吧，做糖人的，有什么好看的？”

“是铜人，我想做一个。”小雅捏着铜小狗，正想向摊主问价，却发现摊主正盯着小雅身后的程思。

小雅转过脸，发现程思脸色铁青：“走吧，这有什么好玩的。”

“生锈了。”摊主慢慢地从嘴里说出三个字，这三个字像一个一个蹦出来似的，而听到这三个字，程思的脸从铁青一瞬间转成了苍白。

“什么？”小雅奇怪地看向摊主。

“没什么，不早了，收摊不做了。”摊主说着，把那只熬着铜液的锅盖上，然后吹灭了灯，挑起挑子，他在临走前，神秘地笑了一下，“生锈了，记得除锈来找我。”说完，他向另一条街道上走去，不一会儿，他仿佛就消失在了黑暗中。

“走吧！”程思用力拉了一把小雅，小雅从来没看见过程思的脸色这样难看。

程思牵着小雅的手，小雅感觉到他的手心里都是汗。

3

程思没有坚持送小雅回去，他送小雅坐上公交车，独自又走回了街口。

程思的手心里满是汗，身上也有微微的汗渗出来，他觉得身上痒得要命，尤其是肩膀处。程思把手伸进衣服里挠了一下，只觉得自己身上的皮肤粗糙异常，挠到的地方黏黏的，有粗重的皮屑沾着汗，都挠到了手指上。

程思身上得了皮肤病，是在近两个月前发现的。

最初的一天早晨，他从噩梦中醒来时满身是汗，身上异常的痒，他伸手在身上挠了挠，发现身上竟然掉下无数深色的皮屑来。程思看见被挠过的地方，皮肤异常粗糙，皮屑像雪花般，从皮肤上脱离后落下。

开始程思以为只是身上有些脏，但后来他才发现，无论他怎么样洗，身上的皮屑也洗不干净。最怪异的是，开始只是一小块皮肤，后来，就发展得越来越大，而且有好几处皮肤都变成了这样，皮肤异常粗糙、角质化，然后像雪片一样脱落。

程思去医院看过，医生也开了很多的药方，有涂抹的，有内服的，但最终没有一种药能治好程思身上的皮肤病，反而这种情况更加严重了。

程思现在甚至看到那几处皮肤，感觉它们不仅粗糙、脱落，还开始变绿了起来。

程思恼怒地又在身上挠了挠，但那种钻心的痒感没有变轻，反而更重了，似乎像许多只蚂蚁在他身上爬过似的。

程思必须要找到那个做铜人的。

刚才做铜人的那句话提醒了他，这让他想到了三年前的一件事情。

你相信有诅咒吗？程思原来不相信，但此时，他不由得有点儿相信了，如果不是诅咒的话，他的皮肤怎么会变成这样？

三年前，程思就见过这个做铜人的，还和当时的女友越越，在做铜人的那里做了一对铜人。

那时程思还很年轻，年轻到什么都相信，却又什么都不相信。

那时候的程思相信爱情永恒论，却不相信这世界上会有什么神神鬼鬼的事情，所以，在三年前某天晚上，他和越越在街口遇见那个做铜人的，他就做了一件非常愚蠢的事情，现在想起来，是愚蠢极了。

越越和小雅一样，看见做铜人的摊子，立即就被吸引了，并且立即就决定，让那个做铜人的做一对铜人——以越越和程思的模样做一对铜人。

“让他们手拉着手啊。”越越拉着程思的手，轻笑着对做铜人的说。

做铜人的双手灵活地闪动着，很快，一对模样逼真、半寸来高、手拉着手的双人泥模子就做好了。

小锅里的铜液已经准备好，只要把铜液倒进模子里，等铜液冷却，再把模子砸开，这对可爱的小铜人就算完成了。

“做这样的铜人，在我们行当里还有个传说。”做铜人的一边细细地修着泥模子，一边像自言自语，又像告诉两人似的说着，“如果把自己的血液滴进铜液里，铸出来的铜人就会附着血液主人的灵魂。”

“啊？真的吗？”越越瞪大了眼睛，似乎看见了什么神奇的东西。

“当然是真的，知道神剑干将莫邪吗？那可就是干将和莫邪的灵魂与剑合在一起了，传说铸剑的时候，干将莫邪以自身为献祭，才铸成了天下名剑。”

“可是……我们这里有两个小铜人……”越越用小手指轻抚着下巴。

“这种铜人啊，叫爱情铜人，如果把两个人的血液混合进铜液里，这两人就会有着说不清的纠结……一生一世……”做铜人的眼光闪动，话语暧昧，似乎在告诉越越，如果这样做，两人的爱情就会如铜人般坚不可摧。

看着越越的目光，程思无法拒绝，于是和越越一起刺破了手指，把血滴进了铜液里，等血慢慢和铜液完全融合，做铜人的就把铜液灌进模子里。

“不要让铜人生锈，要用爱情守候他们，这可是有着你们灵魂的铜人。”做铜人的脸上现出神秘的色彩，“有着灵魂的铜人会诅咒不信守爱情的人……”

“呵呵，”程思看到拿着铜人的越越一脸相信的表情，有些不以为然，“不信守爱情会怎么样？会有什么诅咒？”

“会生锈。”做铜人的脸上的神情更神秘了。

说完这句话，做铜人的就挑起了担子，向着街道的黑暗中走去，恍惚中，程思觉得做铜人的似乎走进了无边的黑暗中，黑暗中只有那盏石灰灯，然后，又像忽然消失一般，做铜人的和他担子上的灯，就融进了无边的黑暗里。

那对铜人成了越越家里最重要的装饰品，但程思却慢慢忘了。

程思和越越的爱情并没有永恒，而是越来越淡，直到四个月前，程思在帮公司招聘新员工时，看见了小雅。

小雅的美丽和单纯让程思怦然心动，他不能控制地想和小雅在一起，他利用公司职务的方便，暗暗地讨好着小雅。

单纯的小雅很快就动心了，自觉地跳进了程思的手心里。

可那时，程思还没能成功地和越越分手，虽然他有很多次想向越越提出分手，但他始终没有想好怎么说出口。

直到两个月前。

那天，程思陪越越去买了条小狗，越越的理由是，程思越来越忙，她见着程思的时间太少，她需要一条可爱的小狗来陪陪她。

程思想，买吧，以后小狗陪你的时间更多。

程思给越越买了一条贵重的泰迪熊宠物犬，那条狗的价值抵程思半个月的工资。越越那晚赖在程思的住处，俨然像程思家里的女主人一般，给程思做了一顿丰盛的晚餐，然后一手挎着程思的手臂，一手拉着小狗出去散步。

就在程思住的小区外的街上，程思和越越再次遇见了那个做铜人的。

不知道为什么，程思看见那个做铜人的，心里忽然不舒服起来，但越越却格外高兴，她抱着小狗问做铜人的："能按照我这只小狗的样子做一个吗？"

"能。"

做铜人的说着，立即动手做起模子来。

也就是在那个时候，小雅忽然打来了电话，程思听着手机的音乐，不知道是接电话好还是不接电话才好，越越却伸手拿过了程思的手机，按下了接听键，隐隐地，程思听见手机里的小雅在那头说："我想你了……"

程思所有准备好的台词都没有用，越越和程思大吵了一架，两人就这样分了手。

分手正是程思想要的结果，虽然分得并不平静，但程思总算可以和小雅公开谈恋爱了，还有那只刚被买回来的小狗，也被扔在了程思的家里。

也就从那时开始，程思发现，他得了怪异的皮肤病，而经过这两个月的发展，程思身体的某些部位，皮肤病已经很严重了。特别是最近，程思发现生病的皮肤已经不太像是普通的皮肤病了，而是有点儿像铜器上生的锈迹。

程思一边想着，一边在大街上乱转，他希望找到那个做铜人的。

不信守爱情就会出现诅咒、会生锈。这是卖铜人的说的，而且刚才他还说，要除锈就要找他。

程思的皮肤病就是诅咒吗？

程思不知道，但他知道找医生已经没有什么用了。

就在程思感觉有些绝望的时候，他在街道边，一条黑魆魆的小巷子里，看见了那盏熟悉的石灰灯。

“生锈了，要怎么样除锈？”程思站在做铜人的摊子前，他的鼻端闻到一股淡淡的腥味，那是铜的味道，他现在极不喜欢这味道，因为，他发现自己的身上似乎也沾染上了这种味道。

“爱情的诅咒，要用仇恨的血洗。”

4

小雅一直回到住处，才发现她手里还捏着一样东西。

竟然是那只铜铸的小狗，当时情形怪异，小雅居然就忘了把这只铜雕狗还给那个人了。

小雅打开门，一股怪异的味道扑鼻而来，像是霉味混合着灰尘的味道，里面还夹杂着一点儿淡淡的腥味，那种腥味，就像是铁锅生了锈的味道。

整个房子像是好久没住人了，小雅看见客厅里的灰尘更厚，那张漂亮的玻璃餐桌，已经看不出本来面目了，原本雪白的墙壁，在灯光下看起来已经发黄，好几处还已经起皮，像皱皮兮兮的老太太的脸一般。

小雅想洗个手，走进卫生间，她看见浴缸里的锈迹又多了几处，那种有点儿淡腥的锈味儿，直冲进她的鼻子里。

小雅急忙憋着气处理完个人卫生，逃似的冲出了卫生间。

房东的门依旧紧闭着，里面依旧没有灯光，小雅忽然害怕房东已经死在房间里了，而这些难闻的味道，都是尸体散发出来的。

小雅越想越怕，她终于第一次不为任何事情，敲响了房东的门。

“唉……小雅，有事吗？”房东的声音比平时沙哑，有些有气无力的样子。

“那个，没啥事，就是浴缸怎么生锈了啊？”小雅蓦然听见了房东的声音，一时有些不知所措，这和她想象的不一样，于是她慌忙找着借口。

“生锈了……生锈了……”房东并没有回小雅的话，只是自言自语地嘀咕着。

小雅有些尴尬，在房东的门口站了一会儿，独自回了自己的房间。

小雅打程思的手机，手机响着却一直没有人接听。小雅感觉有些害怕，她想，还是赶快另外找房子搬了吧，这两个月的房租就算了，再待下去，不知道这怪异的房子里会发生什么事情呢。

小雅觉得这房子里的时光仿佛比外面的时光流逝得快，一天的时间，灰尘却像积累了几年的，所有的金属器具都生了厚厚的锈迹……

小雅觉得这套房屋的黑暗中，有些什么怪异的事情在发生着。

小雅躺在黑暗中的床上，她觉得时光此时正在她身边流逝，飞快地……

隔壁的房间里，似乎有小声的呻吟和抽泣声，还有些古怪的摩擦声，好像有什么铁器在地上磨的声音。小雅忽然想起来，她今天回来时，没有看见那块生满锈的金属块了。难道那个东西是房东的?

小雅迷迷糊糊不知道什么时候睡着了。

小雅梦见自己站在水里，水越升越高，冰冷冰冷的，还有股怪异的淡腥味儿……小雅就是这样从梦里冻醒的，她微微睁开眼时，立即发现，房间里冰冷冰冷的，而她房间的门半开着……

小雅吓了一跳，刚想从床上坐起来，一股带着淡腥的风就扑面而来。

一个黑影压在了小雅身上，小雅的嘴被紧紧捂住了。黑影的一只手捂着小雅的嘴，另一只手里，高高举着一把闪着寒光的刀!

小雅怎么挣扎，也无法推开身上的黑影。

那黑影把小雅的手臂拉出来，用刀在小雅的手臂上狠狠划了一刀，小雅疼得简直要晕过去了。温热的血液顺着手臂流出来，一滴一滴地滴落下去，滴进了小雅床边放着的瓶子里。

小雅呜咽着，被压得喘不过气来，不一会儿，小雅真的昏了过去。

小雅再次醒来的时候，天色已经微亮了。

小雅房间的门大开着，小雅的手臂还很疼，这让小雅确信夜里发生的一切不是在做梦，而是真的有人来过，还用刀在她的手臂上划了一刀。

小雅打开灯，她手臂上有条一寸来长的刀口，血还没有完全止住。而她的床上，有几处滴溅着鲜红的血液，除了她手臂上的刀伤和床上的血滴，别的又什么也没有。

行凶的人，在临走之前，居然还收拾得干干净净。

5

小雅的手臂上缝了三针。

小雅躲在程思的怀里哭了又哭，手臂倒不怎么疼了，小雅只是被吓坏了。怪异的房东俞姐、灰尘厚厚锈迹斑斑的房子、时光仿佛在快速流逝的空间……

小雅甚至怀疑夜里行凶的人就是房东，客厅的门紧锁着，窗户紧闭着，完全没有被打开过的迹象，为什么小雅房间的门却被人打开了呢？从租房子到现在，小雅没有给房间的门换过锁，按理说，房东的手上肯定有房间门的钥匙。

以前小雅觉得房东是女的，而小雅又没什么值钱的东西，房门锁上也就象征地划出小雅自己的空间罢了。但现在，小雅觉得，女人和女人同住也不是那么安全的。

小雅请了假立即去找房子，但找了一天，却没找到一间合适的房子。

小雅把头埋在程思的怀里，一副受了惊吓的模样："我不要再回去住了，太可怕了……怎么办啊，今天没有找着合适的房子……"

"去我那里住几天吧，等你找到房子再搬就是了。"程思的手在小雅的背上轻抚着，他一边安慰着小雅，一边似乎却又有点儿烦躁。

"方便吗？"小雅停止了抽泣。

"有什么不方便，你知道我那里就我一个人住……"程思看着躲在怀里的小雅，除了轻吻过小雅，他和小雅还没有更进一步的亲密接触，也许，小雅住到他那里，一切会有些改观。

不过，想到小雅，另一件事又在他的心里浮上来，令他有些不安。

没那么巧吧？也许真的那么巧呢？

吃过晚饭，程思没有再征求小雅的意见，直接开车回了家。

小雅有些紧张，长这么大，第一次和一个男人单独住进一套房子里，她问程思："你有几间房子啊，有床给我睡吗？"

"有，至少我有床啊，要不我们睡一起吧。"

“去……”

“逗你玩的呢。”程思说着，拿出钥匙插进门锁里。

房门一开，一只漂亮的泰迪忽然蹦了出来，它扒了一下程思的腿，就立即扑向小雅，似乎它早就认识小雅似的，在小雅的腿上用力地蹭着。

“呀，你养了只小狗啊，怎么不早说？”小雅抱起小泰迪，心情立即开朗起来，“咦，它的模样有点像那个铜铸的小狗啊。”

“啊……”程思的头脑里空白了片刻，他立即决定说一个谎，“这只狗是我买来准备送给你的呀，今天中午出去办事，路过狗市，看见这只狗很像昨晚你看见的那只铜像狗，知道你一定喜欢，就买了回来，想给你一个惊喜。怎么样，喜欢吗？”

“喜欢！”小雅放下小狗，一下子扑进了程思的怀里，搂着程思的脖子撒娇起来，“程思，你真好。”

程思低下头吻着小雅，他的手慢慢地在小雅身上游动，然后像鱼一般，游进了小雅的衣服里……

摸着小雅光滑的皮肤，程思忽然像被电击中似的，猛然停下手。

“小雅，你以前租的房子是在哪里的？”

“秦南小区的，怎么了？”

程思像怕冷似的颤抖了一下，果真是怕什么事情就有什么事情，程思放开小雅：“没什么，问一下，看你再租房子租在哪里方便点。”

“只要离公司近点儿，离你近点儿……就行。”小雅搂着程思的脖子不放，似乎有了程思，她再也不害怕什么了。

那天晚上，小雅乖乖地躺到了程思的床上。

柔和的灯光下，小雅看见程思的脸上微微有汗，小雅伸手给程思擦了一下，奇怪的是，小雅的手上摸着一种粗糙的感觉，像是湿了的沙粒一般。小雅看了看自己的手指，沾着一些像皮屑，又像灰一般的东西。

小雅又伸手，在程思的脸上用力擦了一下，她发现程思的脸上灰灰的，似乎沾了什么脏东西在上面。

“怎么了？”程思看小雅用手在他脸上擦来擦去的，不由得问。

“你脸上好像沾了灰，怎么也擦不掉。”

“什么？”程思一翻身坐了起来，小雅被他吓了一跳，程思坐起来，立即拿起床边的睡衣穿上，“不早了，睡觉吧，你就睡这里，我睡到小房间去。”

“算了，我可不敢霸占主人的床，还是我睡小房间去吧。”小雅说着，披上了程思的衣服，在程思宽大衣服的映衬下，小雅的腿细细白白的，无限诱惑，这令程思再次失神了一会儿。

小雅光着脚走出房间，泰迪正趴在门口，它一看见小雅，立即摇着尾巴蹭了上去。

6

程思很快就帮小雅在离程思住处不远的地方，租到了一套房子。

小雅请了一天假去搬家，程思要帮小雅回去搬东西，小雅没有同意，小雅实在不敢想象，几天不在，那套房子里已经变成了什么样，小雅不想让程思看见那个满是灰尘、锈迹斑斑的地方。程思是个那么爱干净的人，到了那种满是灰尘和锈迹的地方，一定会受不了的。

程思没有坚持，他在送小雅离开后，立即奔回家，跑进了浴室里。

程思脱掉衣服，他看见自己身上的皮肤，已经完全都变粗糙了，皮屑像下雪般，动一动就往下直落。程思的身上有些汗，他感觉痒得钻心，用手在身上用力地挠着，浴室的地板上立即落下一层皮屑。

那些皮屑不完全是白的，还有些是绿色的。

在程思的皮肤上，有几块地方已经变成了绿色的，而绿色的皮肤上，皮屑更多更厚。每一次程思把这些皮屑清理掉，就立即又生出更多的皮屑，仿佛像是空气中无处不在的灰尘，又像是被磁铁吸来的铁屑……

程思冲到浴缸里，打开水龙头，放出滚烫的水，用力地冲洗着身体，那种烫烫的感觉，似乎把痒的感觉压了下去，程思的嘴里，发出了像野兽一般的声音，有些痛苦，还有些满足。

小雅并不知道程思也请了假没去上班。

小雅独自回到秦南小区的租住房，站在门口的时候，她犹豫了一会儿，但想到有些东西必须要拿走，她才鼓起勇气，掏出钥匙来开门。

只需要收拾最简单最紧要的东西，各种证件、银行卡、相册、衣服等，有一个旅行包就装下了。

至于化妆品、日用品什么的，全不要了，再买新的吧。

小雅在心里盘算着，打开了门。

一时间，小雅有点儿怀疑自己走错了地方，客厅里黑魆魆的，破旧得像几年没有人待过似的。最奇怪的是，小雅房间的门开着，而房东房间那两个月来紧闭着的门也开着！房东的房间里更黑，似乎窗户都被堵起来了似的。

但卫生间里，却有暗暗的灯光泄出来，还有哗哗的水声，伴着一种类似野兽的、像痛苦又像是满足的呻吟声。

小雅有些吓着了。

但倾听一会儿，小雅确定是房东在卫生间里。

她终于出来了，正好，小雅要搬走，总还是要和她打一声招呼的，当然，如果她能退给小雅剩下的两个月租金就更好，如果不能……也就算了吧。

小雅走进客厅里，顺手把大门虚掩上。

卫生间的门并没有关严，也是虚掩着的。小雅走到卫生间门口，打算看一下房东在干什么，在此时和她说搬走的事情是不是合适。

但小雅往卫生间里看了一眼，吓得差点儿惊叫出来。

卫生间的浴缸里，站着一个长发披过肩的女人，她背对着门，赤裸着身体，浴缸上方喷头里的水落在她身上，她两只手不停地在身上抓挠着，一边抓挠，一边还发出那种像野兽一般的呻吟声。

而那女人的身上，完全是绿色的！

那绿色的并不是皮肤，而是像那天小雅在客厅里看见的金属块上那满满的绿锈一样！那是一种锈迹，如果小雅记得不错的话，那应该是铜锈！

水冲在女人身上，把女人身上的绿锈冲下去，冲到浴缸里，浴缸的水里立即浮上一层绿色的锈屑，像是绿色的灰尘，在水上荡啊荡的。

但不知道为什么，虽然水不停地冲走女人身上的绿锈，但她身上那厚厚的锈却一点儿也没有少！

女人好像是一块正过度氧化生锈的铜块一般。

小雅有种想吐的感觉，她虽然勉力地忍着，让自己不要发出声响，但那声呕吐的“呃”声，还是不争气地冲口而出，接着小雅的早餐就从胃里喷涌而出。

而这声响，早已惊动了浴缸里的女人。

女人转过身，小雅看见了她的脸，却不是房东俞姐又是谁?

只是，那张脸，还是一张脸吗?而那具赤裸着的身体，又还是一个女人的身体吗?那分明是一个生锈过度的铜雕像！但如果是雕像，她又怎么能动，能发出呻吟呢?她甚至还向小雅笑了一下。

那张原本很漂亮的脸上生着厚厚的绿锈，特别是鼻子上，那鼻子仿佛就是锈屑堆积而成的，稍微动一下，锈屑就往下直掉，随着锈屑的掉落，那张脸上原本高挺的鼻子，慢慢地扁平下去……似乎，像是被什么撞扁了鼻子似的。

还有身体上那原本傲人的双峰，此时正随着锈屑的掉落，而在塌陷下去。

女人的脸已经失去了五官，就好像一张没有鼻子、嘴巴的脸，而整张脸上，唯一还能看得出来的，就是那双眼睛，还在骨碌骨碌地转动。

身体更是前后一样，扁平扁平，仿佛一具正在活动的机器人一般。

“你相信诅咒吗?”女人的眼睛转动着，嘴里还发出声音，她一边说着，一边从浴缸里走出来，“我被诅咒了，生锈了，生锈了……”她说话的时候，眼睛看着小雅，嘴上的锈屑“瑟瑟”地往下掉。

女人赤裸着身体在客厅里走动，完全没有那种美女出浴时的香艳感。

随着女人头上、身上的锈屑“瑟瑟”地往下掉，客厅里的天花板上，也在“瑟瑟”地往下掉着灰尘。

小雅觉得自己像被施了定身术似的，一动也不能动。

女人走到房间里，搬出了那块生锈的金属，放在小雅的面前：“知道这是什么吗?已经看不出原样了吧?其实这是一对铜人，一对情侣铜人。三年前，我和我爱的男人，将血液加入铜汁中，铸了一对情侣铜人，这样铸出来的铜人，就会拥有人的灵魂，让两人生生世世纠结。可是，他却抛弃了我，另结新欢，从那以后，这对情侣铜人就生锈了，怎么也擦不干净……”

女人说着，眼睛里落下泪水来，但那眼泪一滴落到脸上，立即就被锈住了，又变成了绿色的锈屑，“瑟瑟”地掉落下来。

“后来，我也生锈了……和这对铜人一样……”女人说着，慢慢走回了自己的房间，“我生锈了，我被诅咒了，我被这对铜人诅咒了……”

看着房东关上她房间的门，小雅才像从定身术中解脱出来一样。

小雅飞快地跑回房间，只拿了最重要的证件、银行卡等物品，就逃也似的离开了那里。临走时，小雅把门死死地关上，她生怕那个生锈的女人，会追出来……

7

小雅觉得噩梦结束了，她开始了快乐的生活。

程思把泰迪送给了小雅，小雅每天傍晚牵着泰迪，从自己住的地方，走到程思住的地方，和程思一起度过一个温馨的晚上，再由程思送小雅回到自己的住处。

泰迪很可爱，小雅并没有发觉，程思的衣服穿得越来越严实，领口完全扣住，而程思不时地会伸手在身上挠来挠去，然后忽然地焦躁起来。

半个月后的一天，程思忽然请了长假，他没有告诉小雅。

当小雅从同事的口中知道程思请假的时候，小雅打了程思的手机，但无论怎么打，也没人接听，一次一次，直到电话里传来电脑机械的声音：“您所拨打的电话已关机……”

小雅在傍晚牵着泰迪到程思住处的时候，里面黑黑的，任小雅怎么敲门，也没有人回应。不知道为什么，小雅感觉在黑暗中有一双眼睛在盯着她，那仿佛是程思，又仿佛不是，更像是房东俞姐的那双眼睛。

程思失踪了。

小雅失魂落魄地过了一个星期，她几乎每天都拨打程思的手机，但手机一直关机。她每天傍晚都到程思的住处，而程思的住处也总是没有灯，黑魆魆的。小雅总感觉黑暗中有人在窥探她，但窥探她的人在哪里，她又完全不知道。

那天傍晚，小雅决定最后一次去程思的住处看看，如果依旧敲不开门，她就准备以后不再去了。

也许程思已经不喜欢她了，在躲着她呢？

走到离程思的住处不远时，泰迪忽然狂叫了起来，随着泰迪的叫声，一个黑影从程思的住处闪了出来，那个黑影跑得飞快，以致撞到了迎面而来的小雅。

小雅被撞倒在地上，等到小雅爬起来的时候，黑影已经消失不见了。

小雅闻到了一股腥味儿，那不是铜锈的腥味儿，而是一股浓重的血腥味儿，小雅发现自己刚才被黑影撞倒的地方，湿湿黏黏的，似乎是血迹。

小雅有种不祥的感觉。

她跑到程思的门前，门居然开着。

小雅打开灯，她看见客厅的地板上有一摊一摊的血迹，一直从客厅延伸到程思的房间门口。

程思房间的门一样大开着，小雅隐约看见程思躺在床上。

小雅立即奔向程思的房间，打开灯，小雅发出了已经不像是人类发出的尖叫声。

程思躺在床上，全身赤裸，颈部有个裂口，血正从里面不断地喷涌出来，而这不断涌出来的血液，转眼就被程思床上厚厚的床垫和被单全吸了进去。程思的右手抬起放在肩部，手中紧握着一把锋利无比的刀，似乎正是那把刀，割开了程思颈部的血管。

最怪异的是，程思全身是绿色的，生着和房东俞姐身上一样的铜锈。小雅还看见程思的右耳朵和左手的两根手指，因为过度的锈蚀，已经没有了。

而在程思的床上，还有一样东西，那正是一对铜人，铜人是一对男女手拉着手，铜人的表情栩栩如生，虽然离得还比较远，但小雅还是看出来了，那个男铜人，正是程思，而那个女铜人，却是小雅以前的房东——俞姐。

小雅记得，当时这对铜人在俞姐那里，而且上面满是铜锈，但现在铜人干干净净，甚至亮得要泛出光来。

对于程思的死，警察后来给出的结论是自杀，原因是程思得了治不好的怪异皮肤病。

虽然小雅一再说明，当时她曾看见有个黑影从门里蹿出来，而且还撞倒了自己，但警察查了一段时间，却完全没有头绪。

最终程思的死，还是被定为了自杀。

8

这一场噩梦，让小雅差点儿崩溃。

她每天拼命地工作，工作的压力让她忘却了一些关于程思，关于俞姐，以及他们的铜人和他们满身的铜锈。

回家后，泰迪成了小雅唯一的伙伴。

半年后的一个周末，小雅带着泰迪散步，却意外在小区外一间咖啡厅门口碰到了一个熟人——俞姐。

程思的死，小雅一直怀疑与俞姐有关，她向警察提出过怀疑，但据警察的调查，俞姐在那之前，已经回老家看病去了，有许多人可以作证，甚至在俞姐老家某座城市的医院里，还有俞姐的病历记录，俞姐的病症和程思一样，是一种怪异的皮肤病。因此，有个警察还好心提醒小雅，说给俞姐看病的医生认为，这是一种新型的性传播型皮肤病。

不过此时，眼前的俞姐却美丽而妖艳，根本看不出曾经得过什么怪异的皮肤病。

不仅如此，俞姐的皮肤嫩滑得像刚出生的婴儿般，甚至比小雅第一次看见她时还要漂亮万分。

"真巧，居然在这里碰到你。"俞姐热情地和小雅打招呼，"哎，对了，你当时搬走时，有好多东西没拿走哦，还有一只铜铸的小狗呢。"

"不要了。"小雅尴尬地笑了一下。

"别啊，我正巧带着呢。"

小雅的心里嘀咕了一下，铜铸的小狗，那么重，谁没事带着那个东西啊。但小雅没想到的是，俞姐果然从背包里掏出了那只铜铸的小狗。

"来，还给你啦。"俞姐说着，把那只铜铸的小狗塞进了小雅的手里，"你看，这铜铸的小狗和这只小泰迪一样啊，这只泰迪是程思送给你的吧？当初可是他买了送给我的呢，我还特意让做铜人的帮我铸了个铜狗，谁知道那晚你居然打电话给他，从那晚起，我就和他崩掉了。"

小雅瞪大了眼睛，吃惊地看着俞姐，她不知道俞姐怎么会知道这一切的。

"知道我和程思为什么会得怪异的皮肤病吗？"俞姐笑了笑，"是因为诅咒啊，铜

人的诅咒啊，不信守爱情，就会得到诅咒。"

小雅看着俞姐笑颜如花，她一句话也说不上来。

"不过，诅咒也是可以解开的嘛，谁知道程思就这么想不开，自杀了呢。"俞姐说着，把脸凑到了小雅的脸边，声音放小了下来，似乎像是耳语一般，"知道解开诅咒的方法是什么吗？就是用仇恨的血液洗涤，仇恨的血液就会解除诅咒带来的锈迹，而相爱的人不再相爱，就会变得仇恨……所以，仇恨的血液，就是爱人的血液……"

"是你……果然是你……"小雅浑身颤抖起来。

"呵！"俞姐笑起来，"知道那天夜里进入你的房间，割伤你的人是谁吗？就是程思呀，他把你当成我了。你觉得命运是不是很有意思？他用你的血液，当然什么也洗涤不去。"

小雅的牙齿上下撞击着："你跟我说这些，你不怕我报警吗？"

"你不是报过了吗？"俞姐胜利地笑了起来，"杀人的不是我……不过，程思也许真的不是自杀的。"俞姐笑得诡异起来，"杀死程思的，可能是那两个铜人……你知道吗，血液加入铜汁中，铸成的铜人，就会有灵魂。有灵魂的铜人也不愿意生锈，它们也想过要杀掉我，不过我一直防着它们……它们杀不了我，就只能杀了程思，用程思的血液洗涤掉它们身上的铜锈……"

小雅呆住了，她不知道俞姐是不是疯了，或者是小雅自己疯了？小雅的手忽然像是被什么灼疼了一般，她看见自己手里这只铜铸的狗，好像要活过来似的。

俞姐笑了起来，她转身优雅地离开，但走了两步，又停下来："还有，诅咒也是可以传染的，生锈也一样，是可以传染的……"

俞姐说完，穿过马路向前走去，她刻意地不再回头看小雅一眼，但小雅觉得，俞姐似乎正在偷偷地笑。

俞姐不是无意中在这里碰到小雅的，她是特意来找小雅的，她把那只铜铸的小狗送来，其实是要把那个诅咒送来，把那个诅咒送给小雅，她要报复小雅，报复小雅把程思从她那里抢走。

小雅看着俞姐的背影，惊恐万分。

小雅慌忙把手中铜铸的小狗扔进了路边的垃圾桶里，似乎把铜铸的小狗扔掉，就把那个诅咒给扔掉了似的。

带着泰迪回到家里，小雅终于松了一口气，看来还得要搬家，得搬到俞姐找不到的地方去。

小雅坐在沙发里，在心里盘算着。

泰迪在小雅的脚边蹭着，它似乎觉得小雅对它有些不正常的冷淡，于是讨好地在小雅的脚边又翻身打起滚来。而就在这时，小雅看着把肚皮翻向上打滚的泰迪，忽然惊恐地发现，泰迪肚子上的毛完全脱落了，它那白白的肚皮上，有两块绿色的锈斑，还不断有绿色的锈屑，正随着泰迪的滚动，而“瑟瑟”地掉落下来…… 悬疑志

作者的话：

经过了好长时间的折磨，朋友终于离婚了，带着孩子独居。坏掉的爱情，就像精美金属器具上生的锈迹，怎么也清除不干净。随着时间的流逝，这些锈迹就会把原来美丽的痕迹完全掩盖掉……锈迹越深，越是忘不掉，最终会仇恨起来。人生若只如初见……有时候我想，如果每一场美丽的爱情，都保留下最初相见时的美丽，该有多好！可惜，这似乎是不可能的，让美丽爱情生锈的，往往是人身上低劣的本性：自私自利、贪婪求取、喜新厌旧、不思回报……其实，就算用仇恨的血液能洗掉身上的锈蚀，也洗不去心理的锈迹。淡忘，也许就是坏掉的爱情最好的结果了。

Zhong Ren

种人

文/古砾　图/吕则龙

【楔子】

萧微接到武浩电话时，正独自一人漫步在月光照耀下的操场上，围着环形跑道一圈又一圈，漫无目的地走着。

“小微，你知道今天……今天本来要把陆林的尸体火化的，可是……”电话那头，武浩的声音打着结。

“可是什么啊？”萧微意识到肯定是出事儿了。

“可是在运输途中，陆林……陆林的头不见了！”

头不见了？萧微脑袋嗡的一声响：“尸体……一具死尸的头怎么会不见了呢？”

【谁在他的身体里】

淡淡的月光，把萧微脸颊上的泪水照得发亮。在这之前，每当有月之夜，陆林都会陪她一起在月光下散步。

萧微怎么也想不明白，陆林为什么要自杀！

那几天他只是感冒了，吃了很多药也不见好转。在医院打过几天点滴后，陆林居然烧得更厉害了。他向医生要了一些药，决定回宿舍自行调理。

那天课后，萧微从食堂里打了饭，准备给他送去，结果人刚走到男生宿舍楼下，就看到门口拥出一群骚动的人——平日里个个大气勇猛的男生全都面如死灰地冲了出来。

和萧微一样不明情况、正坐在楼前草坪上晒太阳的宿管阿姨大声嚷嚷着：“怎么了，你们都怎么了，这是？”

“有……有人……焚身了！”一个吓得魂不附体的男生，哆嗦着叫道。

话刚说完，四周响起一片女生的尖叫声。

萧微一转头，吓得手里的饭盒直接

掉在了地上。一个蓝色火球从宿舍楼里滚了出来，她一眼便看到被蓝色火焰包裹着的人——正是她的陆林！

火势很快被扑灭了，由于发生在上课期间，并未造成其他人员的伤亡。

陆林全身被烧得黑如焦炭，只有用床头药水打湿了的枕巾包裹着的头还是白的。送到医院的时候，把推床的实习护士吓得脸都绿了。

当时整个宿舍楼都没什么人，楼道里的摄像头也没拍到任何可疑的东西；宿舍里没人有抽烟的习惯，电路电门也都是完好的。由此，警方排除了人为纵火和陆林在昏睡状态下无意引发了火灾的可能，推测陆林是纵火自杀的。

“你为什么要自杀啊？为什么啊？”在送往医院的途中，萧微一直对着床架上的陆林哭喊着。

“我没自杀，我不会自杀的。你相信我，我不会自杀的，我知道是怎么回事了，我知道怎么回事了……”陆林无神的眼睛一直盯着萧微，嘴里吃力地不停念叨着这一句话，“假如我死了，一定要记得，别去照月光！”说完这话，陆林就被推进了手术室。

过了许久，手术室的大门终于开了，主刀医生边拿下口罩，边摇了摇头：“我们已经尽全力了，只是……只是病人的烧伤面积实在太大了，连内脏也受到了不同程度的损伤，所以……”

听到这话的萧微，全身一软，眼前一花，晕了过去。

昏迷中，她做了一个梦：

她梦见昏睡在床的陆林痛苦地翻滚着。

“你出来啊，你倒是出来啊……”他嘴里一边叫喊着，一边不停地撕扯着衣服，他的手指出奇的大，表面呈黑色，似乎有层坚硬的壳，与衣服一摩擦，发出奇怪的声音。

一声大叫后，陆林的衣服被撕开了，露出了他满是汗珠的胸膛。

这时，萧微赫然看到陆林的肚皮里不断地隆起东西，一会儿是圆形的，一会儿又变成方的了。他痛苦地翻滚着，目光死死地盯着自己的身体，手开始不停地撕扯着皮肤，嘴里依旧大叫着：“你出来啊，你出来！”

梦境中的萧微被吓得大气也不敢出，是什么东西在陆林身体里？陆林叫它出来又是怎么回事？

终于，随着对方的一声惨叫，萧微看到陆林把胸前的皮肉给撕开了一个缺口。但奇怪的是，缺口里冒出的不是血，而是一股蓝色的火焰。刚刚那个隆起的东西在火光中闪了一下，萧微还未看清楚，就已经消失了。撕开的裂口慢慢往上蔓延，顺着陆林的脖子朝后裂开了去，将头和身体一下子分开了。

头被分离的陆林似乎不再痛苦了，

呼吸逐渐平缓，那蓝色的火越烧越大，但陆林仿佛被那火越烧越舒服。就在他的身体完全被火焰吞没时，他的头突然扭转了过来，目光投到了萧微身上："亲爱的，记住，别照月光，不然，你也会变成我这样子的。"对方说完，嘴角抽搐了一下，不再动弹了。蓝色火光越来越大，"吱吱"声不绝于耳……

萧微不敢相信陆林已经死去，今夜依旧来到平日约会的操场上。月光还是那般皎洁，照在身上依旧有种莫名的亲切感。

就在她漫无目的瞎走的时候，陆林室友武浩的电话来了。

说陆林的头不见了。

【空壳】

谁会将一具焦尸偷走呢？难道平日里为人和善的陆林跟谁结了仇？对方不仅纵火焚身，死后连一个全尸都不给他。

"我们是真的不知道。尸体是前一晚装上车的，第二天直接送到了殡仪馆的火化室，其间并没作任何停留，不知为什么，头就这样没了。"警长边领着萧微和武浩往停尸房走，边解释道。

三人的脚步声在空旷的楼道里回荡着，楼道尽头的停尸间，像只潜伏的野兽。

在打开停尸房门前，警长再次提醒："你们……还是作好心理准备吧。"

萧微和武浩对视了一眼，点了点头。

对方将他俩领进寒气逼人的房间后，露出一个为难的表情，退到了门口："两位，跟你们说实话吧。我干这行这么多年了，怪事也曾遇到不少，但是从来没有遇到像这样子的！你们这位同学实在有点儿……"说着，对方的声音突然小了下去，"反正联系不到他的家属，你们看完这最后一眼，把字签了，我们还是尽快把尸体处理了好……"

对方说话的时候，萧微已经拉开了白布。没有头、焦黑的尸体突兀地呈现在两人面前。

萧微吸了口气，是陆林没错，但她越看尸体就越觉得奇怪。

"为什么把尸体倒放着？"武浩突然对门口的警长问道。

被他这么一提醒，她这才反应过来，尸体的确是倒放着的——后背朝上。

"这……"门口的警长脸色更绿了，"真要翻过正面来？"

得到两人肯定后，对方叹了口气，走了过来，亲自将尸体翻了个身。

顿时，萧微的脸抽搐了一下，尸体，不！这已经不算是一具尸体了，不仅头部没了，而且从身体正中位置开出了一个裂缝，从胸膛一直延伸到脖子。透过裂缝，她看到陆林空空如也的胸腔。他的内脏也不见了。

梦中陆林撕开身体的那一幕，在萧微脑袋里一闪而过，她不禁全身一阵痉挛，泛起一层鸡皮疙瘩。现在呈现在她眼前的，只不过是一具肉壳。

“这……这……”武浩被吓呆了，虽然他也是学医的，见过不少尸体标本。

警长脸色变得异常严肃：“做我们这行的有个规矩，有些事不能太较真儿，所以，也请两位……”

萧微没有理睬警长的话，只是转过头，和武浩对视了一眼。

从对方的眼神里，萧微知道，他们想到了同一件事。那是一个月前的一次野营，他们也遇到了这么一具无头空壳尸。

【无头尸】

他们野营的地方是远离城市的一处山谷地带。

谷地中央，有一条不宽不窄的小河，看到如此清澈的河水，几个过惯了城市生活的人都兴奋地奔了过去。

“喂，你怎么了？”萧微用水洗了把脸，抬起头来，看到陆林正呆呆地看着水面，于是好奇地问。

“我们……我们之前来过这里吗？”陆林回过神来，语气有些奇怪。

“没有啊。这是武浩用google地图才找到的，平日里，这里基本无人涉足。”萧微摇了摇头，“到底怎么了？”她反问道。

“没……没怎么。”陆林故意对萧微笑了笑，搪塞了过去。

“喂！”就在这气氛尴尬的时候，武浩站在一块石头上冲众人喊道，“你们知道为什么这里如此美丽却少有人来吗？”

“不知道！”众人一致回答。

“嘿嘿……”武浩怪笑了两声，“你们看，我脚下这块石头像不像一把斧头？”

“是有点儿像，怎么了？”

“哈哈……”武浩又怪笑了两声，“因为，据说这里一直以来都是刑场。古时，犯人都在这里砍头；“二战”时，日军在这里进行了惨无人道的细菌实验；建国后，也在这里枪毙犯人，所以……”

“所以怎么？！”萧微很大胆，故意接住武浩话头。

“所以如果今晚有幸，我们可能会中大奖哦。”

“嘁！”武浩一说完，众人都扫兴地叫了一声，“太老套了，能不能换个新鲜的方式吓吓人。”

“他说的是真的！”陆林面如死灰地盯着水面，小声自语了一句，“这里的确死过人，我记得我就是死在这里的。”

“你说什么？”萧微以为是自己听错了。

“没……没什么。”陆林立马换了张脸，又搪塞了过去。

队伍在河边选了个地方扎了营，男的出去捡柴火，女的留在原地收拾，看着陆林的身影逐渐消失在树林中，萧微突然有种不好的预感。虽然在扎营的时候，陆林一直在和她聊天，但她还是觉得他有些心不在焉。

果然，日落时分，出去的陆林没有回来。山谷中所有通信工具都显示没信号。看着萧微焦虑的脸，武浩起初还戏言说才分开多久，就得相思病了。可当夜幕降临时，陆林依然没有出现。众人不免有些焦急了。

但大家不敢乱动，一来是不熟悉这里的地形；二来，这里杂草灌木丛生，出去的话，指不定会遇到什么毒物野兽。

萧微坐在帐篷里，心里那种预感更加强烈了。帐篷外传来各种鸟虫的鸣叫声，叫得她心烦意乱，她终于坐不住，走了出去。

虽然是山谷，月光却能射进来。照在静静的水面上，显得异常的明亮。四周静悄悄的，空气里有股奇异的花香味，小心翼翼的萧微只听到自己心跳的声音。她想起白天武浩的话，忍不住头皮阵阵发麻。

她沿着河岸，不知走了多久，突然看到前面一块大石头旁边有个人影，伏着的身子在不停地颤抖，像个野人似的，在地上啃食着什么东西。

“陆林?！”她试探性地喊了一声。

对方微微抬起了头，却没有回应。

“是你吗，陆林?”等她靠得更近时，她看到了令她全身汗毛竖起来的一幕：那个人没有头。月光里，“它”在不停用手撕扯着自己的身体，仿佛是想把身体里的什么东西放出来。

她被这一幕吓了一跳，下意识地大叫了一声。

尖叫声惊动了石头后面的无头人，对方一转身，扑通一下跳进了河里。

萧微惊呆了，跌坐在沙石上，全身动弹不得，以为自己眼花了。但不远处还荡漾着水波的河面，在清楚地提醒着她——刚刚真的撞鬼了。

她的尖叫声也惊动了其他人，武浩急匆匆地跑过来，问她怎么了。

“我……我真的看到……”她的身体莫名地颤抖着，话还没说清楚就晕了过去。

等萧微醒来的时候，已经是次日的中午了，大家死灰着脸，围在她周围。

“陆林呢？陆林找到了吗?！”她翻起身，急切地问道。

“找到了。”武浩叹了口气，指了指身后的石块。陆林安静地躺在上面，全身都湿透了，水分在阳光照射下，闪闪发光。

“他……他还活着吗?”萧微突然眼眶一热，奔了上去。刚扑到陆林身边，就愣住了：在石头上，还有一具尸体。衣服早已泡烂了，可皮肉却完好无损，呈现出一种奇怪的颜色——更主要的是，尸体没有头。

“这……”萧微怯怯地退了回来。昨晚，在月光中看到的那一幕瞬间涌上脑海。

“昨晚见你晕倒后，我们循着岸上的水印下了河。水不深，污泥却很厚，陆林是自己顺着河水漂下来的。而这具无头尸，是我们从污泥里挖出来的。”

【他早就死了】

“对，对，对！”萧微如梦初醒一般地冲武浩点了点头，“从那回来以后，陆林就生病了。虽然他回忆说是拾柴火时，摔晕后滑到小河里才漂下来的，但现在他尸体上的头没了，意味着什么？”

阳光格外灿烂，两人坐在操场的绿地上，却满脸焦虑。

“你……”武浩顿时瞪大了眼睛，“你也看过网上那个传说?！”

那篇帖子是武浩在百度知道上发出求助时，网友给他的链接。

当时陆林从山谷里回来后，久病不愈，作为室友的他将陆林的症状发到网上，看看有没有人知道什么民间偏方。

求助的贴子发出去不久后，就有人给了解答：撞邪了！

当他看到这三个字时，结合那具无头怪尸，不由得后背一冷。就在这时候，回答者发来临时会话，开门见山地问他们是不是去过那个山谷。

顿时，武浩吓了一跳，因为他只在问题里写了陆林的症状，并没有写其他任何信息。

他怯怯地问了对方一句：“事情严重吗?”

对方回答：“看你朋友的造化了。”

山谷的背景和武浩之前了解的一样，一直以来都是断头处决犯人的地方。而他们那晚的宿营，很可能被恶灵们缠上了。

“难道就没有挽救的办法吗?！”坐在电脑前的武浩急了。

“以前也有学生去过那山谷，回来后没一个活过半年。你还是想想怎么救自己吧，那里恶灵如此之多，你确定你没有被盯上?”说着，对方又发给他一条链接，“我也不多说，你自己去看看吧。”

武浩犹豫了一下，点击打开了链接。

是个繁体字的网页，网页的正中间就是大大的标题：借我一颗头。

传说斩首和砍头死去的人怨气太重，灵魂会因为无首一直游荡在刑场间，直到借到活人的头才能去转世！被借头的生人会产生各种不适感，常常感觉四肢乏力，身心疲惫。更主要的，因为月光会激生阴气，生人照过月光后，会全身发痒。特别是颈处，时间一长，头就会从被烙得发红发肿的脖子上掉落，被恶灵带走，为之还命……而头被借掉之人，因为无首，灵魂就会四处游荡，直到借到新人的头，方可投胎转世，如此循环。

“怪不得……怪不得陆林死前一直对我说——别照月光！”萧微惊恐地望着武浩，“我最近身体也……是不是我也被缠上了？”萧微的语气格外无助，像拉住救命稻草一般，紧紧地抓着武浩的手，“陆林的头一定是被你们挖出来的那具无头尸拿走了，我的头会不会也……”

面对惊恐万状的萧微，武浩的心里更慌了。他真的很想告诉萧微：其实陆林早就已经死在山谷里了。

其实，陆林是武浩独自发现的。

那时候萧微还昏迷着，晨光射进山谷，雾气散开后，他便看到陆林的脚突兀地支出了水面。

大家都出去分头寻找了，现场只有武浩一个人。他很害怕，但作为陆林的室友，又是这次宿营的组织者，他还是鼓起勇气，跳进了水中。

陆林当时的姿势，就像从十米跳台上跳下，然后直接倒插在水中。他的头深陷污泥，必死无疑。武浩费了好大力气才将尸体拔了出来，刚将陆林拖上岸，他突然间愣住了——他的脚在污泥里像踩到了什么东西，柔柔的，软软的。武浩放下陆林后，俯下身体拉起那东西往上一提，那具无头尸就这么被他拖出了水面。

他当时似乎麻木了，没有深究其他，将两具尸体上的泥土洗了个干干净净。可洗着洗着，他就停住了，陆林那已经冰冷僵硬的尸体居然逐渐有了温度，惨白的脸开始恢复红润。

他强忍着心中的恐惧，将尸体洗好后，放在了石头上。陆林经过阳光的照射，居然睁开了眼睛，苏醒了过来。

当时众人已陆续回来了，武浩为了避免恐慌，什么也没说。

回来后，陆林还像往常一样活着，直到那天烧死在了宿舍里。

他现在知道了，既然陆林的头已经没了，他自己的头，想必也顶不了多久了。

他回头望着身旁的萧微，心里涌出一阵酸楚：他爱她，但她的眼里只有陆林。

他伸出手，将颤抖的萧微轻轻揽入怀中，见对方没有拒绝，他的嘴慢慢地靠近了对方的唇。

【其实，他死在更早以前】

“对了！我们似乎都忽略了一个很重要的问题——那具无头空壳死尸哪儿去了？”

接到萧微这条短信的时候，武浩正在赶往警察局的路上，警察局今早来电要他再去一趟，具体干吗电话里没有说。

武浩早就注意到了这点，一切都是

由那具尸体引起，或许找到尸体后还有挽救的余地。当时在断头谷，大家都送陆林去医院了，只留下武浩一个人处理无头尸。他为避免麻烦，当时只是匿名通知了警察局。

“说啊，那东西到底哪儿去了？”萧微见武浩老久不回短信，于是打电话过来追问。

“嗯，可能还在山谷里吧。当时我报了警，警察一听是断头谷，推推搡搡地说人手不够，就……”

他撒了谎！

他只是不想再让萧微感到恐慌，因为医学专业的他，一眼就看到尸体上已经长出了浓密的尸斑，由此，他推测那人应该死了很多年了。

死了多年的尸体，为何还未腐烂？！

他刚在警察局门口下了车，上次接待他和萧微的警长就急急忙忙迎了过来：“小武同学，正说去找你呢。”

“怎么了？”他看到对方焦急的神情，意识到肯定又出事儿了。

警长把他领到办公室，小心地关好门，脸上就露出了严肃之色：“上次接到有人举报，在郊区断头谷发现了一具无头空壳尸，今天尸体分析报告出来了，已经死了六十年之久，而基因图谱显示，他就是陆林！”

“陆林？！”武浩以为自己听错了，“那尸体怎么会是陆林呢？！”

“但基因不可能说谎的。”对方叹了口气，“我们反复鉴定了很多次，连是陆林孪生兄弟的可能都排除了。”

武浩额头已经渗出汗珠，那天早晨，陆林和尸体明明就同时摆在石头上的。

“我……我能再看看陆林吗？”

警长奇怪地看了他一眼，打了个电话，一个小警员将他领到了一间特殊停尸间。

两具无头的尸体同时摆在武浩面前，除了颜色不一样，没有任何区别，而且后背的位置，都有一块黑色胎记——两具尸体真的都是陆林！

武浩的心在瞬间冷到了极点。

难道……难道陆林早在六十年前就死了？

难道同自己住了两年的室友是一只鬼吗？是什么原因让它留在了人间，以这种常人的方式活着？而更大的问题是：已经死掉的陆林，为何又死了一次？！

既然挖出来的空壳尸体也是他，那么关于断头谷的传闻就是假的了。那他的头，又去了何处？！

……

这一连串的疑问瞬间充斥了武浩的脑袋，他晚上回到学校时，才意识到自己忽略了一个问题：早晨，电话里焦急的萧微去了何处？！

【再见死人】

就在武浩刚要翻出手机打电话找萧微的时候，萧微先给他打来了电话。

“我……我看到陆林了，我看到陆林了。”萧微的声音有些颤抖。

“陆林？”武浩连忙追问，“你找到他的头了？”

“不是头，是活生生的人。”萧微喘着粗气，情绪非常激动，“我真的看到他了。”

“你……你在哪儿看到的？！”武浩以为自己听错了，“我马上过来找你。”

“断头谷啊。”萧微听到他要过去，似乎缓过了一口气，“我跑了很久，上了山腰才有信号的，刚刚真的吓死我了。”

武浩挂了电话，二话没说直接打车去了断头谷。出租车在公路上驰骋了一会儿，司机几看几看发现了不对劲，再次确认目的地后，直接将他丢在了半路上。

他顺着环山公路慌忙地跑着，好在今晚是十五，月光异常的皎洁，路上清晰可辨。一路上，他一直不停地拨着萧微的电话，但一次都没有接通。

说来也算走运，在一个弯道处，他竟然撞上了惊慌失措的萧微。

对方一见是他，立马扑进他怀里，抱着他哭了起来：“我看到他了，他活过来了，拿着刀，追着要杀我……”

“没事儿，没事儿，就算真是陆林，他也不会对我们不利的。”武浩松了口气，轻拍着萧微的肩膀安慰道。

“你怎么了？”突然，他感觉萧微的身体猛然抽搐了一下。

“我……我不知道。”萧微抬起头，表情万分痛苦，“好痛，我全身都像被针扎了似的。算了，这个回去再说，我们还是快跑，他追来了。”

武浩看了看月光下长长的环山公路，没有任何异常。此刻的他，并没有什么恐惧，反而有一种想要急切见到陆林的心情，但看着惊慌失措、全身颤抖着的萧微，还是跟着她跑了起来。

可还没奔出几步，一直捏在手中的手机响了。他下意识地瞟了一眼，居然是萧微。

“你的手机呢？”他问。

“手机？”气喘吁吁的萧微这时候才反应过来，“陆林，陆林追着我跑了很久，不知道掉在哪儿了。”

武浩一接通，里面就传来陆林焦急的声音：“快！把萧微带到亭子里，别让月亮照到她，不然她会死的……”

陆林话还没说完，武浩身边的萧微突然打着摆子，紧紧抓着武浩的手：“好痛，什么东西在我肚子里……”

“你……你真的是陆林？”武浩虽然早已作好准备，但是心里还是莫名地颤抖着。

“先照我说的做，以后我再跟你解

释，不然萧微真的没救了。”对方的声音很急切，让武浩不得不四处环顾了一圈，在马路边果然有一个给路人乘凉的亭子。

武浩刚将痛苦的萧微扶进去，一转头，便看到一个身影急匆匆地奔了过来，是陆林！武浩心里涌起一阵激动。有手，有脚，在月光照射下也有影子——他是活人，不是鬼！

【只能活三年】

“快！让萧微把嘴张开。”陆林一冲进亭子，就急切地对他叫道。

“陆……陆林……真的是你，你真的没死?！”武浩此刻的心情，无法用言语表达，不知是遇到“活死人”的恐惧，还是对好友“重生”的欣喜。陆林还穿着第一次在宿舍遇到时的蓝色衬衫，让武浩心里涌起一阵亲切感。

“快，帮帮我。”陆林没理会他的情绪，径直抱住躺在地上痛得死去活来的萧微，“先帮我把她的脚按住。”

武浩这才回过神，这时候的萧微，因为身体的剧烈疼痛，声音早已嘶哑，她体温异常的高，同时，从她的身体里传出吱吱的声音，仿佛有什么东西，想从她的身体里——像蝴蝶那般——破茧而出。

陆林让武浩按住萧微，自己腾出手来，在身上摸出了一把匕首。

“你要干吗?！”武浩吓了一跳，问道。

陆林咬咬牙，分别在萧微和自己的手腕上划了一刀：“都是我，是我害了萧微。”说着，陆林将自己流血的手腕送到萧微嘴边，而萧微，顿时安静了下来，像个饥渴的吸血鬼，不停地吮吸着陆林的血。与此同时，萧微身体里传出来的声音也随之慢慢消失了。

“这……这是……”武浩呆住了，刚刚还滚烫得像火球的萧微，身体在瞬间冷得刺骨。血从她手腕上被切开的伤口里源源不断地涌了出来，奇怪的是，血冒出来的气味，居然不是那种甜腥味，反而散发着一种奇异的香。

“这么下去，她……她会死的。”武浩看着流血不止的萧微，担忧地说。

“这样也只能暂时稳住她，等月亮一落山，你就送她到医院，让医生将她的血液全部换掉。”陆林的话说得有些吃力，他站了起来，给了武浩一个拥抱，“我已经死了，永远不再属于这里，我得走了。”

说完，陆林转身跑出了亭子。

我已经死了，永远不再属于这里——这话久久回荡在武浩脑海里。“不，等等……”他突然反应过来，朝陆林追了上去，“为什么警长说山谷里发现的尸体也是你，这是怎么回事?”

陆林神情严肃地看着他：“你真的想

知道吗？"

武浩点了点头。

"我只能活三年。"

"只能活三年？"武浩呆呆地看着陆林。

"生在十九岁，死在二十二岁。"

"这是……这是什么意思？"武浩被陆林的话惊呆了。

"我只能活三年。莫名地死去，七天后，又会莫名地活过来，容貌和身子回到十九岁的样子。并且丢失掉三年间的所有记忆，像婴儿一样，新生！这样的循环，已经在我身上持续了六十年。"

"你……你怎么会这样？"武浩差点儿跌坐到地上，"那，你那些还躺在警察局里的无头尸是怎么回事？"

陆林张了张口，突然又停住了："这些事，你还是不知道的好。"说完，他转身快步跑出了武浩的视线。

【消失的萧微】

月光照在武浩的身上，让他感到阵阵温暖。他看着空空的马路，觉得刚刚经历的仿佛是场梦。陆林真的回来过？一个死去的人怎么会回来呢？

这时候，突然一声惨叫从亭子里传了过来。

是萧微！

武浩心头一紧，快步奔到亭子里，却只看到流在地上的一摊血——萧微不见了。

萧微就此失踪了。

接连几天的寻找，让武浩异常疲惫，但依旧没有得到萧微任何消息。

半夜里，躺在床上的武浩翻来覆去睡不着。他突然想起陆林的话，萧微为什么不能照到月光？他伸出手，那洁白的光芒里似乎真的蕴涵着某种能量，照得他身体不由得一阵痉挛。

这一夜，格外艰难才睡下的他，在梦里听到一个呼声：武浩，救救我，救救我……

梦里的他，像是受到了牵引，身体随着声音慢慢地飘了出去，飘向了断头谷，飘到了小河边，飘进了污浊的河水里。在一阵恶臭之中，他看到了挣扎着的萧微。因为痛苦，全身不停地扭动着，她身上不停地凸起一个个奇怪的形状，传来"吱吱"的、像什么东西被撕裂的声音。

一声惨叫后，痛苦的萧微将衣服撕开了，武浩看到她的腹部开出一条裂缝，随着撕裂的声音，裂缝迅速往上蔓延开来，越来越大。接着，萧微痛苦的脸突然露出一个笑容，一双手从裂缝里探了出来，像掀窗帘般一拉，萧微的身体像件衣服，被"脱"了下来，露出一个新的女人的身体。

"你想起来了吗？"从萧微身体里蜕出来的女人，顶着萧微的头，问他。

“你是谁？你把萧微……”武浩惊恐万状的声音突然停住了。因为他看到了，萧微的身体慢慢地沉到了水底下，而在河底的污泥上，横七竖八地躺着一堆尸体，居然都没有头，都是从腹部开了道裂缝延伸到脖颈，它们都是一个姿势、一个样子——它们居然都是萧微！

武浩猛然惊醒，大汗淋漓地坐了起来："萧微，萧微，萧微……”他嘴里不停地念叨着，拖着满身汗水的身子奔了出去。

他忘记了此时已经是深夜，他也忘记跑了多久，当他回过神来的时候，双脚已经浸在了冰冷的河水中。

他一个激灵，仿佛才从睡梦里苏醒过来。山谷一片死寂，连流水声也没有。月亮已经缺了口，光芒却依然明亮，照在四周腾起的雾气上，此时山谷里仿佛只有他一个活物。一种前所未有的恐惧感席卷了他的全身，他下意识地挪动了一下，发现双脚已经深深地陷入了污泥里。河水并不深，刚刚没到他的胸前。

等等……他的脚踩到了污泥里的什么东西，柔柔的，软软的，和那次踩到陆林尸体时一模一样。他怯生生地伏下身体，摸索着将下面的东西拉出了水面——真的是尸体，一具正面开了一条宽口子的尸体。

看清尸体模样的那一瞬间，他的心当场一顿，差点儿停止了跳动，那具尸体赫然就是他自己的！刚刚梦里的情景，在脑海里一闪而过，他哆嗦了一下，整个人摔倒在水中。

在他挣扎着想站起来的时候，他发现在他身下的污泥里，全是柔柔的，软软的尸体！他被吓呆了，这条小河，简直就是条尸河。

就在这时候，平静的水面上突然有了动静。一只手探出了水面，然后是一头乌黑的长发，一个背对武浩的裸体女人出现在离他不远处的水面上。

迷雾朦胧中，对方像个仙女，在河中梳洗。武浩像突然着了魔一般，慢慢地靠近她。他看到女人的手里捧着一颗头颅，正用河水仔细地清洗着。

而那个头，正是陆林！

“啊！”他再也忍不住叫了出来。

叫声惊动了女人，对方转过了脸，居然是萧微。

【真相】

武浩不知哪儿来的力气，挣扎着爬上了岸，撒腿跑了起来。可是没跑几步，他一个跟头就摔倒在地，他爬了起来想再跑，却发现自己的腿摔伤了，无奈之下，只好拖着腿，连滚带爬地逃离。

如此走了几米后，就被后面的萧微追了上来。看着对方脸上的笑容异常可怕，手里还捧着陆林的头，武浩更慌了：“不要过来，不要过来，你到底是谁，你想怎么样，为什么你要把陆林……”

“我帮他解脱了。”萧微脸上，浮起一个轻松的笑，“你想起来了吗？当时日军侵略了山庄，将活下来的人全都赶到这断头谷里，在这里建起了‘种人’实验基地。而陆林，他恰好是第一批实验品。医生当时在他身上注入了一种病毒，病变死后，直接将尸体扔到了河床下。这种‘种人’病毒拥有强大的繁殖能力，在他死后的身体里，能诱变体内原始记忆细胞，让它们在短时间里迅速生长，在身体里生长出另一个他。月光照射后，会催化细胞的繁殖，时机一成熟，就会破壳而出，保留原来的头和器官，留下一具无头的空壳尸体。身体生长到二十二岁后，蜕掉那层壳，回到最初的十几岁。这样的方式，令他处于一种永生的状态，但也让他的生活万般痛苦，记忆只有在下一次‘重生’前才会回来。每到这个时候，他都会回到这个山谷里，就像蛇蜕皮前都要找一个绝对安全的地方一样。这里安静，几乎无人涉足。只要将蜕下的壳埋到河床下的污泥里，就不会有人发现这一切。但没有想到，蜕下的身体居然不会腐烂，次数多了以后，那污泥里就堆积了厚厚一层躯壳。这样循环式的永生生活，让他厌倦了，所以，陆林才会在宿舍里点火焚身。但蜕下的壳都不会腐烂，又怎么能烧得死他呢？唯一能让他解脱的方法，就是取下他的头。”说完，萧微还将手中的头颅朝武浩展示了一下。

“你怎么知道这些的？”武浩跌跌撞撞地不停往后退着。脚下突然被什么东西绊了一下，他一低头，发现脚下是一具无头的空壳尸，在他身后，齐齐地放着一堆一模一样的尸体，它们都是萧微。

“你……也和陆林是一样的能蜕壳的人？”

“对啊，不仅有陆林和我，还有你啊。我们都是实验品，血液里都流着永生的血，在月光的照射下都会蜕变重生。”

“我？！”武浩停了下来。

“难道你自己没发现，月光照在身上会有一种奇异的舒服感觉吗？你能想起三年前发生在你身上的事儿吗？更主要的是，你最近是不是感觉全身都奇痒无比，有种想撕开身体的冲动……刚刚那具尸体是你的，如果你把污泥里的尸体全部拖出来，就会发现，一共二十具，你也死了六十年了。你的蜕变周期还没到，不然你会记起这一切的。”

“我……”武浩惊叫了一声，脸上突然抽动了一下。他现在，刚好处于那块斧头石的刀刃下面。萧微的手里捏着一个小小的引爆装置，在石基下，放着几个 TNT 炸药包。武浩感觉天在瞬间塌下来了。只要萧微轻轻一引爆，他整个人都会被垮塌下来的石头压得粉碎。他什么都不知道，他不想死，他不想这么不明不白就死掉了："你凭什么这么做？"

"永生不是一件好事，永远不死的生命，太累，太累。陆林如此，你我也如此……"萧微的话还没说完，就要按下引爆装置。

"等等……"武浩打断道，"我还有救的，还有救的……"

"怎么救？"萧微的眼睛里，重新射出了希望之光。

"就是那颗头。"武浩指了指萧微手里陆林的头，深吸了一口气，"在蜕变期的时候，所有的'种人'病毒都会转移到头部里。只要将他的头部取下来，烧成粉末混血喝下去，就会中和我们身体里原有的病毒作用。以毒攻毒，彻底将其祛除……我们，就能像正常人一样活着了。"

"真的？"萧微激动地看着武浩。

"真的，只是……"武浩站了起来，邪笑着。

"只是什么？"萧微意识到了什么，后退了一步，"你要干吗？"

"只是那病毒在我们身体里根深蒂固，陆林一颗头，还不够我一个人的药剂。"武浩不知从哪里摸出了一把刀，"好在，你也刚刚蜕皮完成，加上你的头，应该够了。"

"你……"萧微看着扑过来的武浩，慌乱之中，按下了引爆装置。

一声轰隆过后，随着大地的剧烈震动，两人都被深深地埋了下去。

整个山谷，慢慢恢复了平静。

不知过了多久，武浩终于恢复了意识。

他睁开眼睛，发现自己整个人都压在石头之中，只有一颗头，突兀地支在外面。

月光照在他身上，像母亲的抚摸那样温暖。

他转动头部，四处望了望，斧头石块是环山的基础。炸塌了它，半面山体都塌了下来，已经将河道堵住。

他听到自己被压制在石块下的身体发出了声音，那种"吱吱……吱吱……"的声音。顺着他的腹部，慢慢往上蔓延，很快，那裂痕爬上了他的胸，裂到了他的脖子……

看着挂在天空又圆了的月亮，他笑了，因为，这一刻，他再一次重生了……又不知道过了多久，他终于恢复了气力，正要挣扎着爬出来的时候，突然一双手抱住了他露在外面的头。

"你？"武浩意识到了什么，眼睛瞪得大大的，因为他看到对方的手里已经拖着萧微和陆林的头，"你，你来这里干什么？"

对方摇了摇头："种人病毒的确在我们身体里根深蒂固，要治好我一个人，得用上你们三个的头。"说着，对方一用力，嘎吱一声，武浩彻底失去了意识。

来人将三颗人头装好，叹了口气："我花这么多时间在你们身上，给你们在网上跟帖，给你们信息，你们是最后三个'种人'的人了，不知道能不能治好我。"

一转身，胸牌在月光下反射出：×××警察局局长。此刻，身体里突然莫名地涌出一阵奇痒，他抬头看了看天空——月亮，真亮…… 悬疑志

作者的话：

小时候就很喜欢听鬼故事，农村的各种传说又多，什么放牛娃摔死后血洒在石头上被太阳照过以后就会成精；下葬时棺木里不能有金属，不然死者会回来找家人……各种各样的。但印象最深的就是这个关于人会蜕皮的故事，具体是怎么样的我记不住了，写稿子的时候想到了这个传说，想到人要真的能蜕皮肯定不是像蛇那样只是一层皮那么简单吧，应该是除了头以外的整个外壳。听说蛇之所以长寿，和它们会蜕皮也有很大关系，蜕掉坏死的细胞，等于新生。于是想到了人，蜕掉壳的人会是什么样呢？是新生的，还是原来的？为什么要蜕壳？会蜕壳的人会不会长生不老呢？长生不老的人生又有什么恐怖、致命的弱点呢？各种各样的疑问在我脑袋里浮现，当解答完这些问题的时候，这篇《种人》也就完成了。主题还是人要长寿，请把自己种在自己身体里吧。

Zhong Guo Xuan Yi Xiao Shuo Fa Zhan Shi Gang

中国悬疑小说发展史纲

文/郑辉

假如用一句话来概括悬疑小说，即“用悬念勾起读者的阅读欲望”。悬疑小说是拥有最广泛读者群的类型文学作品，咱们从斯蒂芬·金和丹·布朗的作品销量便可验证这个说法。在中国古代文学著作里面也能找到悬疑小说的雏形。而到了当代，随着网络文学的涌现、网络传播的快捷和阅读的便利，文学爱好者们纷纷投身创作，其中悬疑小说创作阵营就有着众多优秀的作者。

有人说，悬疑小说不外乎谋杀、闹鬼、吓人等桥段。没错，悬疑小说确实与谋杀、闹鬼甚至吓人等桥段脱离不了干系，但是并不意味着悬疑小说很肤浅、很低俗，因为小说的耐读性在于创作者如何把握。

中国悬疑小说是一盘需要读者慢慢品味的精品菜肴。既然选择品尝这道菜肴，那么我们不妨了解下这道菜肴的前世今生，以便对它有个更深、更全面的认识——

【第一阶段：古代悬疑小说的往事】

中国悬疑小说的前身可以追溯到古代公案小说、志怪小说两大类型。

古代公案小说是指以官员审案、断案为主要内容的类型小说。公案小说的渊源甚早，从先秦两汉诸多文献的案例与史书中的“清官”传记中，能看到公案小说的端倪，可以说是公案小说的先导。到了唐代，一些精彩的公案之作纷纷涌现，较之汉魏六朝时期有很大发展，是公案小说的重要形成期。但公案小说发展成熟并成为一种独立的小说类型却是在宋元时期。

有些读者误以为公案小说与西方侦探小说属于相同类型，甚至认为西方侦探小说源自我们的古代公案小说。事实上，公案小说与西方侦探小说是两类产生于不同国度、不同时代和不同社会背景的类型小说，它们在人物形象塑造、叙写特色、叙写破案方式和篇章结构处理等方面，都有着各自的特点。

公案小说叙写的多为民间纠纷或爱恨情仇、谋财害命，从中可见古代社会之百态。从破案方式的角度，公案小说虽是清官审案、断案，但重点不在于罪犯的寻找，而在于对案件的审理和判决，关注点落在司法的合理公正上，这与相似题材的西方侦探小说有着明显的不同。

近年来，有关宋朝名臣包拯、唐代名臣狄仁杰的影视作品越来越受到欢迎。正史上的包拯、狄仁杰以治理国家留名，之所以被塑造成中国古代的福尔摩斯，完全得益于这些古代公案小说。其实，中国古代的断案奇才确实不少，讲述他们传奇故事的公案小说也是深受读者欢迎。

在众多的公案小说中，最为脍炙人口的，首推《龙图公案》(《包公案》)，其次是《施公案》、《彭公案》。这类作品以《洗冤录》为主，辅以民间传说之冤狱、侠义锄奸而成，所以在民间广为流传。《龙图公案》是以包拯为主，辅以南侠展昭、北侠欧阳春、双侠丁兆兰与丁兆蕙；《施公案》是以施仕纶为主，辅以黄天霸；《彭公案》是以彭鹏（或作彭玉麟）为主，辅以黄三泰、欧阳德。著作者的原意是以侠义之士协助诸公，完成其平反冤狱的壮举。伸张正义、除暴安良的传奇故事正是古往今来读者们所喜欢的。

◎到了清代，文言小说渐趋没落，蒲松龄的《聊斋志异》却异军突起，独树一帜，不仅学士文人交口赞誉，连文化水平不高的劳苦大众也津津乐道。同时期的优秀作品还有纪昀的《阅微草堂笔记》，这些作品多托狐鬼以抒己见，发人深省。

还有《海公案》、《鹿州公案》等，也是古代公案小说颇具代表性的作品。

志怪小说起源时间亦早，这类小说以记叙神异鬼怪故事传说为主要内容，产生和流行于魏晋南北朝，其间以《搜神记》、《世说新语》为代表作品。到了清代，志怪小说到了一个更高水准的时期，最著名的作品莫过于《聊斋志异》、《阅微草堂笔记》。《聊斋志异》是一部"写鬼写妖高人一等，刺贪刺虐入骨三分"的传世之作，该书文笔简练，描写细腻，故事选材非常广泛，人物形象鲜明生动，情节曲折离奇，结构布局严谨巧妙，反映了17世纪的中国社会面貌，堪称中国古典短篇小说之巅峰——即使放在世界文学殿堂，与契诃夫、博尔赫斯等西方文豪论艺术成就之高低，蒲松龄亦不遑多让；《阅微草堂笔记》为清朝文言短篇志怪小说，以各种狐鬼神仙、因果报应、劝善惩恶等奇情逸事，折射出当时世道黑暗、官场腐朽之百态，并且对社会下层百姓的悲惨境遇与生活，表达出深刻的同情与悲悯。如此看来，《聊斋志异》、《阅微草堂笔记》两大志怪小说巅峰之作确实相似，托狐鬼以抒己见，发人深省。

【第二阶段：从民国到"文革"】

中国现代悬疑小说的起源可以追溯到"中国现代侦探小说之父"程小青。程小青被誉为"东方的柯南·道尔"，以《霍桑探案集》享誉文坛，其笔下的侦探霍桑，是中国版的福尔摩斯。他的作品均以侦探故事为题材，内容丰富，故事情节曲折，人物刻画生动，艺术成就颇高。在案件的取材上，程小青着重描写旧中国社会弊病引发的凶杀案，注重人物的心理分析，把凶杀与现实生活的投影结合起来，形成了自己的特点与风格。这种以写实为主的侦探故事，与日本的社会派推理小说有着异曲同工之妙，均注重案情发生的动机而不是杀人手法，善于对人性进行剖析，包括人物情感，在寻找案件发生的社会原因的同时又对社会进行批判，其创作难度、艺术价值甚高。

这时期正是中国侦探小说创作真正的成熟阶段，程小青、孙了红、俞天愤、陆澹安都是这个阶段的代表作家。但专门从事侦探小说创作的作家并不多，相比较言情、武侠小说确实微不足道。直到"文革"时期，《一只绣花鞋》等手抄本的出现，进而将中国的悬念侦探文学作品推向一个新的高度。

手抄本文学现象是中国文学史上一种特殊的文化现象，因为它诞生于"文革"

时期这一特殊的历史环境。在“文革”中流传最广的故事和手抄本就是《一只绣花鞋》，这部小说讲述1948年国民党政府崩溃前的惊魂事件，以共产党、国民党之间的特工斗争为背景——说这部小说是中国谍战小说的开山鼻祖也不为过。1971年，大众文艺出版社推出这部小说，顿时轰动文坛，影响甚大。

◎“文革”时期比较流行的手抄本有《一只绣花鞋》、《绿色尸体》、《火葬场的秘密》、《梅花党》、《地下堡垒的覆灭》等。其中以《一只绣花鞋》流行最广，知名度最高。

而这时期除了《一只绣花鞋》，诸如《林海雪原》、《夜幕下的哈尔滨》也是有名的谍战小说。但“文革”时期很多地下情报人员由于工作需要，不可避免与敌方人员接触，因此被怀疑和迫害，所以谍战方面的文学作品逐渐减少。

从民国时期的侦探小说到“文革”时期的悬疑故事手抄本、谍战小说，中国悬念侦探文学作品经过了一个较大的转变，前者重在凶案的侦破推理，后者分别重在悬疑惊奇事件的描述、军队情报人员地下斗争，但相对而言，《一只绣花鞋》等富有悬疑惊悚色彩的手抄本作品，对后来的悬疑小说作者影响更大些。

【第三阶段：悬疑小说热潮的崛起】

（一）悬疑小说年的出现

1999年榕树下文学网站的横空出世，蔡骏、宁财神、燕垒生等新锐网络作家纷纷投身于悬疑惊悚小说的创作，这是当代悬疑小说的第一轮风波。这时候的悬疑惊悚小说更多的是鬼怪故事、网络黑段子。渐渐地，这些新锐网络作家陆续走向出版领域，蔡骏、周德东、李西闽、魏晓霞等人的悬疑惊悚小说受到出版社青睐，也受到读者们的一致好评。

中央人民广播电台、北京人民广播电台、辽宁电台等电台对悬疑惊悚小说的发展也起到至关重要的作用。尤其是“张震讲鬼故事”的节目，在年轻人群体中有着很

◎美国作家丹·布朗的《达·芬奇密码》被引介到中国，在读者中引起巨大反响。

高的认知率和知名度，是迄今国内唯一的悬疑惊悚有声作品的品牌，媒体报纸曾经以大篇幅报道张震，称“张震讲鬼故事掀起了中国悬疑惊悚小说的小高潮”。

但悬疑惊悚小说热潮真正的崛起，是2005年美国作家丹·布朗的《达·芬奇密码》掀起的悬疑小说年——悬疑小说的受关注度、出版数量、影响力均达到有史以来的最高峰，甚至赶超了当时流行的言情、玄幻、武侠小说，因此2005年被称为“悬疑小说年”。如果说1999—2004年中国悬疑小说还只是萌芽期，那么2005年就是雨后春笋般蜂拥出版的热潮期，这时期最畅销、最出类拔萃的就是蔡骏的《地狱的第19层》、鬼古女的《碎脸》。红娘子、庄秦、麦洁、七根胡、TINA都是这时期的人气作者。

天涯社区莲蓬鬼话论坛的出现，促使了悬疑小说网络阵地的转移，众多作者齐聚莲蓬鬼话论坛，场面之盛大令人赞叹。2005年年底，莲蓬鬼话论坛首席版主莲蓬联手庄秦、麦洁、七根胡、成刚等志同道合的悬疑作家，建立起“黑猫悬疑创作社”（现改名为莲蓬黑猫社），是国内第一个以悬疑小说为创作特色的原创文学社团。黑猫社成员均是实力派悬疑作家，活跃于杂志、网络平台，创作风格各有不同。值得一提的是，麦洁、李异的怪谈小说在当时独树一帜，这些小说是古代志怪小说的继承，以“现代聊斋”的形式、以繁华都市的背景，描述各种各样奇怪的事件，诡异的想象、匪夷所思的情节、现实与幻觉的交错，揭示人性的某些本质和近在身旁的一些不安全事物，触动人内心深层的恐惧感，并令恐怖在想象中不断放大。麦洁、李异的怪谈小说深受读者喜爱，他们秉承“怪谈中有真义、朴实里见奇诡”的创作理念，写出了《迷幻香薰》、《十二颤栗》等作品，后来者甚难超越。然而，怪谈小说纵然有着深刻的文本价值，却因篇幅短小，缺乏与长篇小说抗衡的市场竞争力，于是，早期从事怪谈小说创作的作家渐渐转向了长篇

小说领域。

◎台湾作家九把刀的作品《楼下的房客》，这是他最著名的悬疑小说。

台湾作家九把刀的作品也是在这时期进入大陆出版的，《楼下的房客》就是他最著名的悬疑小说。这部小说将都市人的病态、阴暗面毫无掩饰地展现在读者面前：一栋出租公寓犹如一个小世界，住着各行各业、各式各样的人，每个人都是一个“符号”，每个人都有着种种潜在可能性，使读者无法推测到他们背后的秘密。这部小说即使放在今日也是一部风格独特、才华横溢的作品。台湾作家九把刀、既晴、柚臻以及香港作家毕名都是很有才思的悬疑惊悚作家，但由于港台作家叙事文风、语言特色的问题，与内地读者的阅读习惯不兼容，所以他们的作品在内地出版市场未能取得良好的反响，或难以出版。

（二）盗墓探险小说横空出世

悬疑小说年虽然让众多活跃于网站、杂志上的悬疑作家们的作品获得出版，让悬疑小说这个类型文学作品正式进入图书出版领域，但这股疯狂的出版热潮在无节制、粗制滥造、鱼龙混杂的出版行为中，几近全面崩盘。而“《死亡笔记》风波”竟成为这股热潮的转折点，《死亡笔记》及其周边产品被禁，直接波及了悬疑小说的出版，受到整顿、提高出版门槛的悬疑小说市场，因祸得福，避免了这类图书的泛滥成灾。

2007 年，天下霸唱的《鬼吹灯》、南派三叔的《盗墓笔记》横空出世，一时间“洛阳纸贵”，从精绝古城到昆仑神宫，从七星鲁王宫到阴山古楼，摸金校尉、搬山道人等盗墓高手各显身手，促使这种题材新颖、内容精彩的盗墓探险小说一夜之间红遍大江南北，成为图书市场的宠儿。

从广义上说，盗墓探险小说属于悬疑小说的范畴。2007—2008 年是盗墓探险小说的出版高峰期，许多出版商跟风投机，直接导致了这类小说陷入窘境，然而读者们只认可天下霸唱、南派三叔两大品牌，其他跟风之作难以分得一杯羹，销量有限。

有人说，盗墓探险小说的一路盛行，多亏了中国领土广阔，从西藏、新疆到

◎《鬼吹灯》开创了盗墓小说的先河，其实之前也有一些民间的盗墓类小小说，但不成规模，那时候还没有形成一派。

云南、东北、内蒙古……每个地方在这些作者天马行空般地想象中，都有着神秘莫测的诡异事情。这个说法确实没错。

2008年，一部叫做《藏地密码》的探险小说席卷全国，掀起了一阵探索西藏、探索知识悬疑的热潮。这部小说无论从作品卖点还是从内容噱头方面，均是出类拔萃的，堪称《鬼吹灯》、《盗墓笔记》之后最优秀的探险小说，作者何马也在一夜之间跻身超级畅销书作家的行列。

这股盗墓探险小说的热潮也影响到台湾地区。天下霸唱、南派三叔、何马等人的作品在台湾大受欢迎，纷纷跃居图书排行榜前列。就这样，集探险、悬念、神秘、知识悬疑等元素于一身的盗墓探险小说给读者们展现了一个匪夷所思的世界，满足读者们一个猎奇的欲望，这类小说的迅速走红源于现代人心灵孤寂、寻求刺激以及对财富、传奇经历的痴迷与向往。

（三）百家争鸣时期

2008年以后，悬疑小说的发展渐趋平和，各种类型、各种创作风格的悬疑小说呈百家争鸣之势。譬如雷米的犯罪侦破小说（代表作《心理罪》）、王雨辰的灵异小说（代表作《每晚一个离奇故事》）、那多的科幻悬疑小说（代表作“那多灵异手记系列”）、上官午夜的社会派悬疑小说（代表作“古小烟悬疑系列”）、早安夏天的校园悬疑小说（代表作《推理笔记》）……还有庄秦、鬼马星、求无欲、风雨如书、蜘蛛、君天，他们都是风格独树一帜的实力派悬疑作家，而且保持着较稳定的创作产量与较好的市场口碑。

而谍战小说的崛起，为中国悬疑小说增添了一道亮丽的风景线。著名作家麦家以《暗算》、《风声》、《风语》等作品席卷书市，还有龙一的《潜伏》，一时间谍战小说成为最受欢迎的类型小说。各家出版单位陆续推出谍战小说，均得到较不错的反响，其中以李异的《中央警卫》最具代表性，这部小说向我们揭开了中央警卫这个特殊的机构、神秘的队伍的真实面纱，让我们感受到十面埋伏的杀机诡谲。不过谍战题材的作品主要得益于影视的带动，尤其麦家、龙一的作品，好评如潮。

这期间，东野圭吾、岛田庄司、京极夏彦、帕特丽夏·康薇尔、哈兰·科本等国外名家著作纷纷引入中国，受到国内读者一致好评。这些外国名著在一定程度上刺激了中国悬疑小说市场，提高了读者们对悬疑、推理小说的认识与阅读需求，也推动了作者进一步探索创作方向、寻求自身定位。

悬疑杂志也在这期间有着显著发展。《胆小鬼》、《男生女生（金版）》、《百花悬念故事》、《吹灯录》、《怖客》、《悬疑志》、《漫客·悬疑世界》等杂志市场反馈良好。蔡骏主编《漫客·悬疑世界》，天下霸唱主编《吹灯录》，南派三叔主编《超好看》，中国悬疑小说界三大畅销天王先后成为杂志主编，共同推动悬疑小说的前进步伐，着实是件很有意义的事情。

从 1999 年网络悬疑小说的萌芽，到 2005 年悬疑小说年的出现，2008 年盗墓探险小说的横空出世，再到 2008 年以后悬疑小说的百家争鸣，可以说中国当代悬疑小说已经有了质的飞跃，从最初的鬼怪网络段子到今日的创作风格多样化，确实是可喜可贺。

当然，悬疑小说的发展还有着种种潜在问题，譬如跟风投机、急功近利等现象，曾刘买不质量受到读者质疑。但绝大多数作者还是挺上进的，能够不断突破自我。

大浪淘沙，终究有人从中脱颖而出的，像蔡骏、那多等作家均是坚持了十年以上，因此我们完全有理由相信，在这片曾经出现过蒲松龄、程小青等前辈作家的土地上，只要我们坚持不懈地创作，大师级的悬疑作家必将涌现，而富有中国本色的悬疑小说，与欧美悬疑侦探小说、日本推理小说三足鼎立，也并非不可能。悬疑志

诡谲趣事

Zhou Dian

周颠

文/张佳竹

明太祖朱元璋那时候还没拿下天下，有一次要去火并陈友谅，船开到九江岸边的时候，忽然看见岸上有个蓬头垢面的家伙名叫周颠的跪在路旁边。朱老大那时候其实只是个二线小明星，名头比不上陈友谅和另外一个大明星张士诚，但是人家也是个有虚荣心的人，俗话说，不想当花匠的屠夫不是个好明星，陈老大这时看见有个家伙对自己顶礼膜拜，很高兴，连忙对左右道："快把这位知音带上船来，哎呀妈呀，好不容易见到一个 fans（粉丝），这心情，老激动了。"

周颠被带上船来，见了朱老大，就这么直勾勾地看着，看得朱老大很不好意思，朱老大心里说，讨厌，人家要害羞啦。周颠观赏了半天朱老大的尊容，忽然神经质地一哆嗦，两腿抖如筛糠，朱老大顿时蒙了，心说这什么毛病，怎么着，这是要卖拐啊？

朱老大很疑惑，问左右曰："这丫什么毛病啊？"

左右观察半晌，回禀朱老大："启禀老大，这丫确实有毛病，这正抽风呢！"

朱老大听了觉得很扫兴，好不容易来了个 fans（粉丝），居然还是个羊痫风患者。正想着，忽然那羊痫风患者开口道："其实哥哥我不是羊痫风患者。"

朱老大道："哦。"

羊痫风患者叹口气，道："这满船的人，难道没一个看出来哥哥刚才那跳的是 MJ（迈克尔·杰克逊）的太空舞步吗？太失望了。"

朱老大道："别说了。说说你到这来有啥企图吧，劫财还是劫色？"

周颠道："你这是让我说呢还是不让我说啊？我被你搞得很迷糊。"

朱老大说："哦，这样啊？那你还是说吧。"

周颠深沉地望着朱老大，眼中充满了柔情，道："为什么我的眼中饱含热泪？"

朱老大身边有个不解风情的家伙道："你丫不刚睡醒吗？眼角还有眼屎呢，妈呀，老恶心了。”

周颠摇摇头，轻声道：“因为我对这片土地爱得深沉！”

朱老大感动道：“被你打动了，说吧，你要什么，什么都行。”

周颠轻启朱唇，道：“俩字。天下太平！”

朱老大一惊，纠结了半天，才道：“你哪个老师教的？我怎么觉得天下太平是四个字？”

周颠道：“是四个字吗？你再好好想想，真是四个字吗？”

朱老大沉默半晌，才道：“其实是两个字。仙师真乃高人，所见未必为真，所闻更是虚幻，这天下太平，说是俩字亦可，说是四字亦可，说是无字更可。”

周颠庄严地点点头，偷偷地擦了擦汗，暗自想道：“这当老大的智力也不怎么样嘛，这样都能让我蒙过去。”

朱老大恭敬地道：“敢问仙师，我这次去找陈友谅打群架，你说结果会怎么样？”

周仙师看了看江，说了一句莫名其妙的话：“这时节下水会不会感冒呢？”

朱老大道：“仙师说的话太深奥，不知作何解？”

周仙师道：“哦，那句话是我自言自语的，不是跟你说的。你这次找陈友谅啊，会中途翻船。”

朱老大闻言大怒：“丫这不是触我霉头吗？左右，丢下去！丢下去！”

左右上来，顿时将仙师丢了个四脚朝天，仙师叹口气，道：“这时节进水，感冒了怎么办？”于是一个鲤鱼打挺，从水中跳起来，在水面上行走，朱老大一看，坏了，丫真是得道仙人，快请上来！快请上来！

周颠上了船，也不气恼。船开到一半的时候，果然被水下一只王八咬了一口，船翻了。周颠这时拿出一包感冒药，大声兜售：“新鲜出炉的感冒药啊，走过路过千万不要错过，一碗喉吻润、两碗破孤闷、三碗搜枯肠……六碗通仙灵、七碗吃不得也，唯觉两腋习习清风生。”

朱老大一时气闷，道：“你丫这是感冒药还是致幻剂啊？”

周颠认真地道：“感冒药，请问客官要几帖？”

朱老大是个精明人，道：“一帖多少钱？”

周颠道：“不多。”

朱老大道：“不多是多少钱？”

周颠伸出一根手指：“一两。”

朱老大道："请问这是落井下石吗？"

周颠道："其实我更愿意把它看成趁火打劫，小本生意，客官多担待。请问要几帖？"

朱老大摆平了陈友谅之后，把周颠安置在灵谷寺中。周颠偷偷抗议道："我不喜欢安置这个词，感觉像小蜜。"朱老大没听他说完，一溜烟走了。周颠当然感觉无聊，于是就和寺里的和尚整天说长道短，他问和尚道："贵庚？"

和尚道："年方二八。"

周颠道："贵姓？"

和尚道："男性。"

周颠表示怀疑，和尚大怒，向朱老大告状。朱老大也生气了，命人将周颠用缸盖住，周围围上火大烧特烧。烧了一天一夜，把缸翻起来，周颠道："该出关了吗？"

朱老大看他没事，很惊讶，沉思道："再烧个三天三夜看看。"

三天三夜过后，掀开缸一看，周颠擦擦额头的汗，朱老大问他感觉怎么样？周颠想了想，对朱老大说："以后烧烤的时候搞点椒盐来。"

朱老大大惊，说："大哥，我服了。"

周颠道："你服了？我不高兴了。老子一不高兴就不吃饭。"

寺里的和尚听了很高兴，你不吃正好，老子正长身体呢，半大小子，吃死老子，以前的饭就老不够吃。

周颠饿了一个月，和尚看不下去了，对他说："差不多就可以了哈，减肥也不是这么个减法啊。"周颠不听，和尚只好又去告诉朱老大。朱老大道："啊？！还没饿死呢？再饿丫十天看看。"

又十天，周颠在朱老大面前转了个圈，说："减肥一个多月，看看，我变漂亮了吗？"

朱老大道："我对男的没感觉。"

周颠道："既然这样，那我走了，要去庐山隐居了。"

临走的时候，朱老大问他："兄弟，你觉得这世界上什么事最让人 happy（快乐）？"

周颠弱弱地问道："哥哥，我能说实话吗？"

朱老大手一摊："讲。"

周颠咽了口口水，道："老子现在觉得吃饭最 happy（快乐）！"说完一溜烟去找饭馆了。

周颠走后，有一天朱老大忽然便秘，用锤子都砸不下一段来。此时周颠在庐山上忽然惊醒，妈的，朱老大有难，又得老子出山。于是给了一个光脚和尚一块小石头，还写了一句诗："什么什么和什么，然后什么又什么。"看后自己觉得很满意，对那光脚和尚说，你把这两样东西给朱老大，保证丫药到病除。

和尚到了京师，把东西给了朱老大。朱老大见周颠给了他一块石头，看了半晌，才请教和尚道："大师，我患的是便秘，仙师怎么给了我一块石头？这东西是内服呢，还是外敷？"

和尚道："别问我，我也不知道，姓周的给你写了首诗，你看看吧。"

朱老大看了那诗，找到灵感，用水去磨石头，异香扑鼻，朱老大大喜，连忙一饮而尽，随即就听见肚子咕咕响，连忙奔入茅厕。没多久，就一脸舒坦地出来，吟咏道："一泻那个千里啊，寡人那个舒坦啊。"

和尚盯着他的手看了半天，问道："你丫知道姓周的干吗给你首诗吗？"

朱老大不好意思地说："其实我没看懂那首诗。"

和尚道："哦，周颠的目的其实只是想给你一张纸，让你肠胃通了之后用的。怎么这张纸还在你手上，你刚才上茅厕都用什么了？"

朱老大半天没说话，良久，才道："寡人，浪费仙师的一番好意了。"

朱老大毛病好了之后，就命人去庐山找周颠，却哪里也找不到。朱老大很思念周颠，就给他写了传记，命人在庐山上立碑，将传记写在了上面。

出自明代都穆《都公谭纂·卷上》，原文如下：

高皇帝征陈友谅，舟次九江。有周颠仙者，伏谒道左。上命登舟，其人若风颠之状，一语不发。上曰："汝何为者？"对曰："欲太平耳。"曰："我伐陈友谅何如？"曰："中涂舟覆。"上怒，令推坠水中。不溺，行水上如履平地。遂与同载至中途，舟果覆，上惊，得免。陈氏既平，上至南京，置颠仙于灵谷寺。颠仙日与主持僧聒恼。僧衔之，一日，以闻。上命以缸覆颠仙，焚之。一昼夜，启缸如故。复命焚三昼夜，缸内结如蚕网之状，颠仙但额有微汗。僧复奏，上怪之。然颠仙自是不说，终日不食。僧亦不与。几阅月，上知之，命仍饿十日，而颜色自若。上始大惊，亲幸寺中见之。既而颠仙求归庐山，许之。临行，上问："世间何事最乐？"曰："吃饭去便最乐。"颠仙归，上一日忽大便不通，百方不效。颠仙已预知，密令庐山赤脚僧献药阙下，并侑一诗。适是日至，上见药，乃一小石。问其僧，曰："清凉石。"心颇疑之。见诗，乃颠仙手迹，用水磨之，异香袭人，久之不散。服已，大便随通，上感其意，令人随僧入山求之，杳不可得。人还，乃亲撰碑文，命詹孟举书，立于庐山之上。悬疑志

最短的短篇之一 寿命

我们院里有个贾老头前不久刚去世，他是个老寿星，刚好活到一百岁，很多人都羡慕他长寿。有关他长寿的秘诀，谁也不曾知道。如果你听我说完这一段，肯定心里会打憷。

据说贾老头有三个亲兄弟，不过都死了，而且是在同一年死的。贾老头二十岁的时候，也就是八十年前，得了不治之症，那时候的医学根本治不好，只能在床上等死。也就是在那一年，他的老家发生了一场瘟疫，他那三个兄弟都死了，只有他一个人活了下来。

瘟疫过后，他的病奇迹般地痊愈了，用贾老头的话说就是命硬，挺过去了。

也许你会觉得这件事并不吓人，但如果说，贾老头是几个兄弟当中排行最小的呢?

贾老头的三个兄弟是在同一年因瘟疫去世的，老大死的时候三十岁，老二死的时候二十六岁，老三死的时候二十四岁。你可以算算，他们三个去世时的年龄，加上当时贾老头的岁数，一共多少岁。

你觉得，这只是一种巧合吗?

（文/孙健）

周禾早就听说，附近山上的一家寺院里，有位相面大师。因为他的存在，这座寺院一直香火鼎盛。

这天，屡遭霉运的周禾心血来潮，决定去试一试。一切

相面

最短的短篇之二

必经的程序都经过之后，他如愿以偿地见到了大师。

更准确地说，是见到了大师面前的帘子。隔着帘子，怎么能相面呢？周禾很大众化地寻思着。

很快，大师就解开了他心底的疑惑："施主是第一次来吧？"

"你怎么知道？"周禾在惊讶之余，问了一句很潦草的话。

面对他的直率，大师波澜不惊："不是第一次来，施主为什么不把照片给我呢？"

"照片？"

"是的。贫僧向来只相照片，不相人，这是规矩。"

这规矩倒是挺稀奇的！尽管觉得奇怪，可他并没有把这个想法表达出来，取而代之的是一阵忙碌——忙着在身上找照片。

功夫不负临时抱佛脚的人，终于，他在皮夹里找到了一张。

递给大师后，大师让他耐心等待，少安毋躁。他还没来得及急躁，照片就已经物归原主。随着照片一起递回来的，还有一张字条。然后，大师跟他说了最后一句话："出门后再看。"

他忐忑不安地出了门，又小心翼翼地打开，扑面而来的几个字，霎时让他心惊肉跳。

上面的话再简单不过：两年后的今天，死于蹦极。

震惊过后，他又有了一丝庆幸：既然知道死法，那我一定能够避免。大不了从此之后，不去蹦极，再说，以前也从来没蹦过。

打定主意后，他驱车下山，盘山公路蜿蜒曲折，风景宜人。他在心里打着小算盘，越来越觉得自己聪明。

就在他禁不住为自己叫好的时候，右前方的山腰上陡然传来一声轰隆隆的巨响，就像石头在拍手。

"咚"，一块奇大无比的落石从头而降，砸在他的车顶上。生猛的冲力掀翻了车子，带着他一起向悬崖的方向滚。

车子垂直跌落的瞬间，周禾疯狂地想：为什么会这样？为什么会这样？突然，他在手忙脚乱中摸到了自己的皮夹。一个绝望的念头倏地掠过脑海。

他想起来了，那张照片，不早不晚，恰好是两年前照的……

（文／王秋声）

最短的短篇之三

魔鬼

今天，派出所来了一位客人，是一个举止怪异的男子。

该男子一进派出所，做的第一件事就是攀住民警的胳膊，大喊救命。

他挣扎着形容，外面有一个人威胁他，说三天之内，要把他干掉。

民警带着疑惑，向他询问更多的情况，可惜，这个时候的他，已经迫不及待地钻到了桌子底下。

他瑟缩在下面，像一条待宰的狗。

这种状态一直持续了六小时。

不过，民警并不是一无所获，这个吓疯了的男人在自言自语的时候，无意间说出了那个人的名字。

民警对照了一下资料库，赫然发现，叫这个名字的人，竟然是被通缉的逃犯！

更不可思议的是，他的照片和眼前的男人简直一模一样。

六小时后，他清醒了。

铁证如山，他要为自己所做的一切付出代价。

他被关进了看守所。

当然，这个结果并不是整个故事的关键所在。关键的地方有两个．第一，男人被关进看守所的第三天，他就死了。

手腕上一道疤，鲜血流尽。

第二，自始至终，牢房里只有他一个人。

——如果你身体里隐藏着一个杀人的魔鬼，它终有一天也会把你杀掉。

（文 / 王秋声）

习惯

最短的短篇之四

楼上住着一位妙龄女孩，昼伏夜出。每天早上六点，她归宿的声音都会把我吵醒。长此以往，令我着实疲惫不堪。没想到，后来的我居然慢慢适应了，不仅如此，索性还苦中作乐，一被吵醒，即从床上爬起来，开始工作。可惜，这种良好的状态未能持续太久。随着工作量的增多，我变得越来越忙碌，晚上渐渐睡得迟了，这就让我有点吃不消了。

于是，我鼓起勇气去楼上交涉。敲开门之后，映入眼帘的一幕，却让我大为吃惊。开门的，居然是一位中年妇女。表明身份后，我问她是不是一个人住。她说是的，还补充说自己刚搬来一个星期。

我犹豫了一下，还是把心里的想法说了出来："奇怪，为什么每天早上还会有那么大的动静？"

没想到，这句近似于自言自语的话，她居然听懂了。顿时，她脸上流露出一种如获知音的表情。接着，她说了一句话，这句话就像朝我喉咙里猛灌了一口冷水，差一点儿呛死我。

"我也不知道是怎么回事，以前我的睡眠质量真的很好，可是自从搬到这儿来之后，一到早上六点，就再也睡不着了……好像有一件要紧的事，催着我去做似的。"

（文 / 牛萌）

最短的短篇之五

死的代价

秦甲生了怪病，全身上下剧痛难当。

对他而言，似乎多活一秒，都是一种巨大的折磨。百般无奈之下，他想，与其这样熬着，不如自杀，求一痛快。

于是，他拿定主意，从病房所在的十楼跳下去，把自己摔得粉碎。

可是，就在他实施自杀计划的前一晚，他梦到一个全身带着光环的人。

这个人告诫他说，这些痛苦，是他此生必须要承受的，逃也逃不掉，如果非逃不可，只会适得其反，使痛苦加倍。

这段话，让他陷入短暂的犹豫。但犹豫过后，他还是决定坚持自己的选择。

天亮时分，对面楼里有人看到，一个义无反顾的身影，从十楼一跃而下，直挺挺地摔在水泥路上。

那就是秦甲。

秦甲醒来的时候，发现自己缩身在襁褓中。

他还在哇哇啼哭，从生下来的那一刻起，他就没有停止哭泣。

旁边的医生，对着他的妈妈摇了摇头，"对不起，你的孩子生了怪病，会一直疼下去。"

这还不是全部。

秦甲跳楼之后，被火速救了起来。

经过抢救，他保住了一部分生命。

于是，这一部分生命，留在原来的世界里，承受着另一种变本加厉的痛苦。

——现在，他是一个植物人。

（文 / 王秋声）

最短的短篇之六

迟到

他做了一个短暂的梦。

梦里，重现了一小时之前的情景。

当时，他正在长途车站门口犹豫，是坐晚点的班车回去，还是干脆打的回去呢？这一趟出差，反正赚了不少钱。再说，明天是老婆的生日，说什么也不能迟到。

最后，他打定主意，向对面的一辆出租车招了招手。

谈好价钱之后，他嘱咐了一句：“麻烦开快点。”

于是，出租车开始向高速公路冲刺。

驶进高速公路之后，车速开始一点点加快。

突然，背后响起一片呼啸的警铃声。原来，是警车在追击歹徒。

歹徒的车在后面横冲直撞，路况混乱不堪。

最后，骇人的一幕发生了，出租车因为来不及躲避，被狠狠地追尾。轮胎摩擦着路面，撞向右侧的护栏。

恰在这时，背后有一辆失控的油罐车兜头而降。

出租车在鲜血四溅的同时，陷身于一片火海。

意识慢慢恢复，他睡醒了。

在梦的结尾，他笑出了声：幸亏自己当初是选择坐客车回来的，此刻已经安全到家了。这个预感如果不迟到，很可能会派上用场。

眼睛睁开的刹那，他霍地全身一震。

因为他发现，自己竟然在一辆高速行驶的出租车的后座上。

背后响起警车的声音。

——预感没有迟到，刚才，他只是在出租车上打了个盹而已。

（文／王秋声）

藏镜罗刹③

《诡案组4》之卷十四

文/求无欲　图/花葬

上期回顾：慕申羽和蓁蓁奉命调查蔡少萌离奇自杀案，随着案情的进一步推进，此案与传闻中的藏镜鬼有莫大的关系，经过调查，慕申羽发现藏镜鬼确实存在，并且就躲藏在王村小学后面一个荒废多年的防空洞里，慕申羽和蓁蓁于是前往王村小学作深入的调查，不料真的遇上了藏镜鬼！好在他们及时打破了藏镜鬼躲藏的玻璃窗，侥幸脱逃。听到动静过来的卢老师了解情况后，随即开始向慕申羽和蓁蓁讲述他的伤感过去——

第九章　妄虚罗刹

我曾经拥有一个完满的家庭：有一间小房子，有一个贤惠的妻子，还有一个可爱的女儿。不过，这一切在七年前的一夜间全都消失了。

我的房子建在果园里，房子虽小，但果园的占地面积挺大的。当时我在村里的小学教书，而妻子则在家里打理果园和照顾女儿，夫妻俩各司其职，收入虽然不多，但日子过得很开心。

后来，县政府的人过来跟我要土地证，说要做登记。果园是由祖辈留下来的，我们这些乡下人不懂得跟政府打交道，所以一直都没有办任何土地证明。县政府的

人说："没办就赶紧去办吧，我们先帮你测量面积，回头就给你办土地证。"

我们对这些事一窍不通，他们说要测量就让他们去量，本以为测量过后，他们就会给我们办土地证，但没想到他们根本没有这个打算。

大概过了个把月，县政府又派了另一帮人过来。我以为他们是过来送土地证的，可实际上并不是。他们一到就给我看一份通知书，上面写着为改善区内群众的生活，需要对我们村进行旧区改造，所以要征收我们的土地，还让我签一份征地同意书。

我仔细地看过同意书，上面有我家房子的测量面积，并按这个面积计算征地补偿。可是，他们只给我算房子的面积，果园的面积却没算上，要知道果园的面积要比房子大十多倍。而且如果只按房子的面积计算，我们的补偿少得可怜，别说买房子，就连买个猪圈也不够。

这样的同意书，我当然不能签了，但是县政府的人说："你不签也得签，你这块地没有土地证，有钱给你就已经算你走运。你要是不识时务，我们就直接把你的房子铲平，到时你连一毛钱也拿不到。"

我相信世上有公义，相信这个社会有王法，所以没有理会他们的恐吓，直接把他们赶出门外。我本以为只要不给他们签同意书，他们就不敢动我的房子。然而，我万万没想到，自己竟然会为此落得家破人亡的下场。

大概过了两个多月，学校的领导突然让我到县城学习讲课经验。虽然觉得有些突然，但这种事对教师来说也挺平常，所以我并没有在意，跟妻子交代一声就出发了。

我在县城听了一整天的课，回来的时候已经很晚了。在车站下车后，我碰见好几个村里的兄弟，大家都是刚从外面回来。我们平时都是极少外出的人，一起在车站碰面，自然会觉得奇怪。聊起来才发现大家都是突然被领导派去外面办事，而且都是些无关痛痒的事情。我们觉得很不对劲，于是便一起跑回家。

回到村里的时候，我们都呆住了。

早上我们出门时，村里还一切如常，但此刻放眼皆颓垣断壁，入耳均哭天喊地声。村里有不少房子倒塌了，老弱妇孺都在废墟中放声啼哭。眼前的景象给我的第一反应是——鬼子进村了！但是，这年头哪还会有鬼子呢？

我问一个在废墟中号哭的嫂子，到底发生什么事了？她说今天早上，县政府派出来好几百人，有警察、城管和治安员，还开来几台推土机、挖土机，浩浩荡荡地进村。还没说清楚是怎么回事，就开始拆房子。他们人多势众，而且村里的男人大多都外出办事，根本没有能力反抗，只能眼睁睁地看着他们把房子拆毁。

听她这么说，我的心马上就凉了，下意识地往家里跑。

当我跑到果园时，发现家已经不在了，在我眼前的只是一堆瓦砾，以及遍地的残枝断树。我跪在瓦砾前仰头痛哭，诅咒那些拆我房子的土匪不得好死，越骂就越觉得不忿，恨不得操家伙去跟他们拼命。

突然，我觉得有点儿不对劲——妻子跟女儿怎么不在这里?

我立刻跑去问村里的人，知不知道我妻子跟女儿在哪儿? 得到答案那一刻犹如晴天霹雳——妻子跟女儿都死了!

妻子无力反抗县政府的暴行，但又不甘心眼睁睁看着家园被毁，一时想不开，竟然跟女儿一起喝农药自杀了。

我的家庭在一夜之间完全崩塌，妻子死了，女儿也死了，就连房子也被拆毁。你们能想象我当时是怎样的心情吗? 我在一瞬间崩溃，不知道从哪里找来一把菜刀，盲目地冲进无人的村委会，然后又朝治安队冲过去，最后当然是被治安队的人暴打一顿。

后来，我跟其他房子被强拆的村民一起上访。两年间，除了首都之外，几乎能去的部门，我们都跑过了，但这事最终还是不了了之。

虽然我很想为妻子和女儿讨回公道，但接连不断的挫败令我感到十分疲倦，而且当初一起上访的村民，大多都已经放弃了，我也不想再坚持下去。毕竟人活着就要吃饭，在耗尽积蓄之前，我必须找到新工作。因为在县政府的施压下，我任教的小学早已把我辞退。

这两年间，我一直在跟县政府对着干，想继续留在家乡混口饭吃并不容易。反正妻女都已经死了，房子也没了，留下来也只会徒添悲伤。于是，我便远走他乡，来到这里当教师，就当避开家乡那帮瘟神……

对于卢老师的不幸遭遇，蓁蓁打抱不平，痛骂卢老师家乡的地方官员不作为。看她义愤填膺的模样，似乎恨不得立刻蒙面，当一回女黑侠木兰花，去教训那些地方官员。而我对此却只能沉默，毕竟以我们有限的能力，不足以为卢老师讨这个公道。

为打破令人不愉快的气氛，我立刻转换话题，对卢老师说："你在这里任教了五年，应该跟学校里每一个教职工都很熟识吧？”

他点了点头，苦中作乐般笑道：“我平时很少外出，这五年来几乎每天都待在学校里，别说这里的老师，就连花圃里的每一棵花草，我都非常熟悉。这里可以说是我另一个家。”

他提及“家”这个字眼，让我担心又会回到刚才的话题，便立刻发问：“那你跟王希熟识吗？”

“他呀……”他突然皱起眉头，迟疑片刻才答道，“在学校里，我跟谁都熟识，唯独跟他没说过几句话。”

“为什么？他这人很坏吗？”蓁蓁问。

他摇头道：“也不能说坏，只是不太愿意跟我们交流而已。”

“何出此言？”我问。

“可能因为他之前在县城的中学里当过教师吧，所以不太愿意跟我们这些乡下的教师待在一块儿，说不好听点就是看不起我们。他每天到学校后，就会在隔壁的资料室里练书法，一放学便立刻离开，不会在学校多待一分钟。有时候在走廊上碰见，他充其量也就跟我们点一下头。他来学校都已经两年多了，我跟他说过的话也不超过十句。”

“听说他参加过书法比赛，而且还拿过奖。他应该很喜欢书法吧？”我又问。

“虽然他一到学校就练书法，但也不见得喜欢。其实是校长见他整天待在学校里闷得发愣，才叫他练书法，好让他怡情养性，他便借此打发时间。我想你们应该听说过他之前闯了不少祸吧！我想他来学校后没怎么惹事，当中有校长的一份功劳。”他顿了顿又说，“至于奖状嘛，其实是他为了哄父亲开心，自己花钱买回来的。他的书法练得不怎么样，只能算初学者的水平，如果他给别人写挥春，我想大概没有谁会愿意贴在自家门口。”

这些事吴威之前已经跟我说过，而且对调查的帮助不大，所以我便问了些更深入的问题，譬如他是否知道，王希在王梁二村七名儿童失踪及遇溺期间的行程，那几天王希是否如常地待在学校里练书法。

“那时候学校还在放春假呢，他肯定不会来学校。”他的回答没有丝毫犹豫。

这也是当然的，王希本来就把上班当做坐牢，节假日又怎么会特地跑回来呢？

《诡案组 4》之卷十四

藏镜罗刹③

虽然在同一所小学里工作，但卢老师却对王希所知甚少，继续交谈似乎也不会得到更多信息。因此我便打算告辞，毕竟现在已经是深夜，他明天还得上课，不便打扰他休息。

然而，当我们准备离开时，他却轻声叹息："唉，这几个小孩死得这么突然，真是可惜啊！他们出事之前，还蹦蹦跳跳地跑来跟我借足球呢，没想到再见到他们时，竟然已经阴阳相隔。"

蓁蓁多嘴问道："他们七个放假也经常回学校玩吗？"

卢老师先点头，随即又摇头："不是，梁村那对姐妹不会，王村五姐弟倒是经常过来玩，尤其是他们的老四，非常调皮，老是把我气个半死。可现在人已经不在了，我却想念他调皮捣蛋的模样。"

随后，他告诉我们，春假期间，王村五姐弟几乎天天都会来学校玩。他们当中大都曾经是他的学生，每次看见他，都会跟他借足球玩。本来他们可以在篮球场上玩，可是老四实在太调皮了，足球在他脚下不长眼睛，要不踢到花圃里，要不就是踢向教学楼。他怕老四打破教学楼的窗户，就让他们到学校后面的空地玩。还特别交代他们，别靠近防空洞和附近的鱼塘。

"他们失踪那天，也有跟我借足球，我已经一再交代他们别靠近防空洞和鱼塘，可他们还是……" 卢老师又摇头叹息。

"为什么不能靠近防空洞呢？"

正所谓"欺山莫欺水"，在鱼塘附近嬉戏容易失足，引致遇溺，一再交代学生不能靠近鱼塘属情理之中。但刚才卢老师说过，自己并不相信藏镜鬼的传说，那又为何不让王村五姐弟靠近防空洞呢?

"这防空洞是解放前挖的，据说主要是用来存放炮弹。解放后就一直都没人用过，没人知道里面有多深，也没人知道是否还有炸弹之类的危险物品遗留在里面，所以学校一向都不准学生到里面玩。" 卢老师回答完问题后，给我们说了一件关于防空洞的事情——

大概是去年端午节前半个月吧，有三个六年级学生，相约一起进防空洞探险。其中一个姓梁的学生因害怕而失约，另外两个不知天高地厚的调皮鬼，竟然真的往洞里跑。

第二天，这两个学生都没有来学校。我当时是他们的班主任，见他们没来就给他们的父母打电话。两人的父母都说，他们昨天跑出去玩，到现在还没回，正敲锣打鼓地找他们呢！还让我帮忙问班上的同学，是否知道他们跑哪里去了？

我连忙问班上的学生，谁知道他们的去向？这时姓梁的学生就胆怯地跟我说，他们曾相约到防空洞探险的事情。我问清楚事情的经过后，就立刻给他们的父母打电话，还把这件事告诉校长了。

校长知道后很紧张，怕这两个学生会出意外，马上就找来治安队帮忙。校长带着我跟另外三名老师和四个治安员，陪同学生的父母一起来到防空洞外。可是看着漆黑的洞口，谁也不敢进去，怕进去后会迷路。后来还是校长想出办法来，找来一根很长的绳子，让两名治安员系在腰上，然后才进去找人。

绳子应该有三百米左右吧，但治安员进去没多久，我们就发现绳子不够长。另外两名治安员赶紧给进去的伙计打电话，想叫他们先出来，可手机在防空洞里没信号，怎么打也打不通。无奈之下，只好把绳子往回拉，提醒他们出来。

还好这两个队员也不笨，我们一拉绳子，他们就出来了。后来，我们又找来一大堆绳子互相系上，系成一条长绳子，总长就算没一千米，起码也有八百米，这才再次进去找人。

我们本来想，绳子这么长，肯定够用了吧！可是过了一阵子，绳子还是放尽了，只好再次把他们拉出来。他们出来之后，说在洞里越往深处走就越昏暗，而且岔路多得像个迷宫似的，如果不是系上绳子，肯定找不到出路。

后来，我们把所有能找到的绳子都拿过来，全系在一起，有多长我也说不清楚，至少有两千米以上吧！

这回绳子总算够长了，但我们在洞外等了老半天也没看见他们出来。正商量着是不是该沿着绳子进去找他们的时候，便看见他们带着两个孩子出来了。不过这俩孩子出来后，却有些不对劲。

其中一个孩子的母亲，看见自己的孩子被救出来，就哭着走上前想抱着他。可他看见自己母亲，竟然惊恐地后退，并大叫“不要杀我，不要吃我”之类的话。另一个孩子也不见得比他好多少，稍微有些风吹草动，就双手抱头蹲下不住地颤抖。

休息几天之后，他们俩的情况才好一点儿，但始终没告诉大家，在防空洞里发生了什么事。每当有人问起时，他们都会非常惊慌地说："不能说，不能说，说出来就没命了。"

经过此事之后，校长一再强调，不能让学生靠近防空洞，以免再次发生相同的意外……

听完卢老师的叙述后，蓁蓁怯弱地问道："这两个学生在防空洞里遇到了藏镜鬼吗？"

"不好说。"卢老师摇了摇头，"虽然有不少人认为他们中邪了，但他们始终不肯说出在洞里的遭遇。我个人认为世上根本不存在鬼神，如果真的有鬼，我妻儿的鬼魂早就找县政府那些浑蛋报仇了，可那帮浑蛋现在还不照样吃香喝辣？"

"既然之前有学生跑到防空洞里面去，那王村五姐弟失踪时，为何不进去找呢？"我问。

"知道他们失踪后，我第一时间想到的就是防空洞。"卢老师摇头叹息，"他们失踪之前，还跟我借足球到学校后面的空地玩，所以我想他们可能把足球踢进防空洞，为找回足球才走进去的。我把这事告诉他们的父亲蔡全，让他到派出所报案，可他跑了几趟对方也没派人过来。"

"为什么不找治安队帮忙呢？"蓁蓁问。

"找过了。"卢老师苦笑道，"当时春节刚过，治安队的人都不想进这种晦气的地方，说了一大堆借口来推托。就是因为他们不肯帮忙，蔡全才会跑到县派出所，没想到还是没人肯来帮忙。"

"就算没人来帮忙，你们也可以自己进去找啊！怎么说也是自己的孩子，蔡全不可能放任不管吧？"蓁蓁怒气冲冲地说。

"蔡全对藏镜鬼的传说深信不疑，连洞口也不敢靠近，哪还敢进去呢？"卢老师再轻声叹息，"其实，在知道县派出所不受理后，我就给校长打了电话。校长对这件事很紧张，到治安队闹了一场，非要他们派人进防空洞找人。说养兵千日，用兵一时。他们每个月都拿村委会发的工资，可在这种关键的时刻却袖手旁观，实在太不像话了。治安队的队长说他们也有难处，说县派出所给他打过电话，跟他说到哪里找人都可以，就是不能到防空洞里找。还说如果因此而出意外，就要他负全部责任。"

"太可恶了，自己不受理，还不让别人进防空洞找人，县派出所的人都是饭桶吗？"

在蓁蓁义愤填膺地大骂县派出所不作为的同时，我则思考着一个问题——县派出所为何阻挠治安队进防空洞找人呢？

首先，不管治安队能否在防空洞里找到王村五姐弟，甚至是否会在防空洞里出意外，似乎都不会给县派出所带来损失；其次，治安队曾经进洞救人，且队员丝毫无损，再次进洞应该也不会出大问题；最后，倘若治安员真的在洞里找到王村五姐弟，事情也就得到了解决，蔡全便不会一而再、再而三地到县派出所报案，增加他们的工作量。

由此推断，县派出所完全没有阻挠治安队的理由，除非他们早已知道这五名孩子被禁锢在防空洞里，并且不想让大家找到他们。如果真的是这样，县派出所不就成了帮凶？

我突然想起庆生叔所说的邪教。

虽然不能排除有邪教教徒混进县派出所，但这个可能性似乎并不高。或许，防空洞里有某些县派出所不想让民众知道的秘密。

虽然我很想立刻进防空洞一探究竟，但此时已经是深夜，而且蓁蓁又受了伤，也只好作罢。因此，向卢老师道别后，我便跟蓁蓁各自回家休息。

翌日，我大清早爬起来，连蒙带骗地把蓁蓁拐到法医处找流年。虽然八名蔡姓儿童的尸体已经火化，但我找流年的目的并非为了看死尸，而是找他给蓁蓁“验伤”。

蓁蓁昨夜受到藏镜鬼袭击，手臂被对方的利爪刺伤。虽然有卢老师帮忙处理伤口，但他并非医生，只能作简单的处理，不能保证不出问题。而且天晓得藏镜鬼的爪子是否有毒，还是找个“医生”检验一下比较安全。

流年虽然是专门跟尸体打交道的法医，感冒咳嗽或许不会治，但对于外科损伤，他还挺专业的。拆开蓁蓁手臂上的绷带，仔细地检查藏镜鬼留下的可怕血洞后，他便一脸严肃地说：“可能会留下疤痕。”

我没好气地说：“你就不能说些有建设性的话吗？”

他边认真地给蓁蓁消毒，边严肃地对她说：“一个害你留下疤痕也不感到愧疚的男人，是靠不住的。”

蓁蓁白了我一眼，不屑地说：“我早就知道他靠不住。”

“好吧，我承认自己贪生怕死，且没绅士风度，反应也不够敏捷。看见同伴有危险没有立刻挺身而出，替她挡住这一下。”我举起双手做投降状。

流年道貌岸然地说："嗯，很好，既然你能承认错误，那就更应该主动承担后果，好歹也得请蓁蓁吃顿饭谢罪。"

蓁蓁没有说话，只是有意无意地瞥了我一眼。我正想开口时，流年又幽幽地说："听者有份。"

"哎呀！"蓁蓁突然大叫一声，不知道因为消毒水弄痛了伤口，还是其他原因。

玩闹过后，流年开始正经八百地跟我说正事："蓁蓁的伤口没有大问题，给她包扎的教师处理得不错，伤口没有发炎的迹象。至于她受伤时的剧痛，我觉得应该是由于爪子上的非致命性神经毒素引起。毕竟她现在没有中毒的症状，伤口也没发黑。如果你们还是不放心，就让我抽点血去化验好了。"随后，他叫助手给蓁蓁抽血化验。

在等待化验结果期间，我们一起讨论昨夜受藏镜鬼袭击的经历。

"鬼魅有可能给人物理上的伤害吗？"我向流年问道。

"一般来说不会，但世事无绝对，凡事也不能一概而论……"他沉默片刻后又道，"或许，我该告诉你们一个关于妄虚罗刹的传说。"

第十章　纨绔子弟

相传，曾有一位高僧为钻研成佛的法门而穷极一生，可惜当他领悟出佛门真谛时，却已经油尽灯枯。仅一步之遥便能成圣成佛，对为此而奋斗一生的僧侣而言，当然心有不甘。为了能如愿以偿，他动了歪念，妄图不入轮回，逆天续命。

他于弥留之际吩咐门下弟子，待他圆寂后为其注塑金身，放置于佛坛上供奉。他之所以要这么做，是为保护自己的魂魄于死后不会因尸身消亡而魂飞魄散。说白了，就是给魂魄一个藏身之所。

金身铸成，他的魂魄也就保住了，不过这只是计划的第一步。随后，他的魂魄寄宿于金身之内，每天吸取佛坛上香火供奉以会聚灵气，经过数十年的积累，他的魂魄已由虚化实，倘若继续吸取香火，再过百年便能化作精怪。届时，他就可以再次修行，经历百劫之后，仍有成圣成佛的可能。

从精怪入道过程凶险艰巨，而且他也不愿再等百年之久。因此，他选择了一条邪恶的捷径——吸取活人的精血！寺院内有上百名僧侣，只要吸尽他们的精血，便可重塑肉身，再生为人。

他是半虚半实的鬼魅之躯，能于寺院内自由穿梭而不为僧侣所察觉。而且他行事小心谨慎，只在夜阑人静之时，挑选熟睡的僧侣下手。因此在刚开始的时候，完全没有人察觉到他的存在。可是，僧侣被他吸尽精血之后，轻则大病不起，重则当场猝死，不管他行事如何谨小慎微，事情总会有败露的一天。

寺内僧侣一一倒下，且非死即重病不起，众僧侣大为紧张，大家都知道肯定出了问题，但又不知道问题出在哪里？幸好，寺院的住持也非泛泛之辈，当寺内僧侣倒下过半时，他终于找出问题所在，并把高僧的金身摧毁。

可惜，此刻为时已晚，高僧凭借连日来吸取的精血，已能化作人形，不再需要依赖金身安魂定魄。

眼见事情已经败露，高僧也不再藏头露尾，于众人眼前显露半虚半实之躯，并大开杀戒，妄图一举吸尽全寺僧侣的精血，重塑肉身，再生为人。

为拯救全院僧侣，住持甘愿献出自己的性命，求天神众佛下凡解困。他的举动感动了观世音菩萨，于众人眼前显灵，将高僧降伏。

观世音慈悲为怀，念在高僧本是诚心向佛，只是一念之差才误入魔道，不忍打散他的魂魄。然而，高僧此时已是半人半鬼的状态，不为六道所容，三界之内亦无他的去处，菩萨便将他收为座下，赐名“妄虚罗刹”，圆他成圣成佛的夙愿……

听完流年讲述的传说后，蓁蓁便问道：“你的意思是，藏镜鬼是‘妄虚罗刹’？”

流年摇头说：“相传妄虚罗刹是观世音菩萨座下使者，虽然曾犯下滔天罪行，但已经洗心革面，重新皈依正教，严守清规戒律，绝对不会袭击你们。我想说的是，像藏镜鬼这种若虚若实，介乎于人与鬼之间的个体是有可能存在的。”

据吴威说，藏镜鬼每隔一段时间就会抓人去给她做丫鬟，或许被她害死的人，并非做了她的丫鬟，而是被她吸光精血。如果事实真的如此，那么她就有可能像妄虚罗刹那样，拥有半虚半实之躯。这就能解释，她为何身为虚无缥缈的鬼魅，却又能给我和蓁蓁有形的伤害。

倘若事实果真如此，杀害八名蔡姓儿童的凶手就是藏镜鬼，那么这案子也够悬了。先不论我们要怎样才能把她抓住，就算我们把她抓回警局去，又能给她怎样的惩罚呢？她至少杀死了八人，若按照正常的法律裁决，怎样也得判个死刑。但她本来就已经死了，还怎样才能把她再弄死一次呀？

然而，我这些顾虑似乎言之过甚。

虽然藏镜鬼曾说自己前不久“收了几个小鬼头”，但并不代表她就是杀害八名蔡姓儿童的凶手。王梁二村的七名儿童还不好说，但至少蔡少萌不会是她杀的。毕竟蔡少萌住在县城，跟王村有些距离，如果藏镜鬼的活动范围能有这么大，恐怕早就闹得满城风雨了。

虽然藏镜鬼有可能不是凶手，但也不能放任她继续肆虐。单凭昨晚的交手就能判断，她是个性情暴躁且攻击性极高的危险“人物”。得想个办法把她制伏才行，不然早晚会闹出更大的乱子。可是，我们要怎样才能对付她这种若虚若实的缥缈鬼魅呢？

就在我为此快要挠破脑袋时，流年的助手已经把蓁蓁的血液化验报告递给流年。流年接过报告后仔细地查看，脸上的表情越来越严肃，眉头也越皱越紧。我感觉有些不妙，连忙问他是否出了状况？

“哦，有心了。其实也没什么，只是最近比较上火，痔疮又犯了，现在菊花有点儿痒。”他极其淡定地给了我这个恶心的回答。

我差点儿没摔倒在地，忍不住冲他叫骂：“靠，谁会关心你的痔疮啊！我问的是蓁蓁的验血报告！”

他恶心地挠了挠屁股才回答：“没问题，一切正常，蓁蓁的身体比你好五倍。”

听到他说“一切正常”时，我突然有种放下心头大石的感觉，也不再在乎他随后的嘲讽，心中只是在想，我是不是对蓁蓁越来越在意了呢？

在法医处瞎忙了一个早上，我跟蓁蓁再次来到王村小学时已是下午。通过卢老师，我们找到独自在资料室练书法的王希。我们表面上是为昨晚打破玻璃的事情来给教务主任一个交代，但实际上当然是为了套他的口风。

卢老师简单地介绍了我们的名字，并告诉王希昨晚不小心打破窗户玻璃的人就是我们，随即匆忙赶去给学生上课，似乎不愿在此多作逗留。他离开后，王希仿佛当我们不存在，继续练他的书法，连看也没看我们一眼。

一般人练习书法，通常会用清水在厚纸上写字，又或者用竹竿在沙面上写，这样可以重复练习，不会造成浪费。就算奢侈一些，充其量也就是用旧报纸，甚至是普通的白纸。然而，王希用来练习的纸张，竟然是昂贵的宣纸！

纸是上好的宣纸，毛笔和砚台相当精致，想必价值不菲。可惜的是，以昂贵的笔墨纸砚写出来的字却不上档次，大概随便找一个书法的初学者，也不见得会比他逊色。看来卢老师并没有撒谎，他在书法比赛中的奖状肯定是买回来的。

我没兴趣欣赏他蹩脚的书法，于是便从赔偿入手展开话题，询问他该怎么解决我们打破学校玻璃一事。

他继续练着书法，头也不抬便说道："我早上已经叫了人把玻璃重新装上，待会儿他们过来后，你们再去跟他们谈价钱吧！没别的事就别再来烦我，我可忙着呢。"

怪不得吴威对他的评价那么差，卢老师也不愿跟他有过多的接触，他这种脾性实在不招人喜欢。无奈的是，我们得在他口中套取口供，不管他的脾性有多坏，我也得先忍着。毕竟以目前所得的证据，并不足以证明他跟蔡少萌的死有任何直接关联，王梁二村的七名儿童就更别说了。虽然我们能直接带他回警局问话，但如此一来他必定会对我们起戒心，届时要套他的话就难多了。

虽然他已下达逐客令，但死皮赖脸是我的看家本领，当然不会这么容易就被他赶走。"反正安装玻璃的工人还没来，我们就在这里等一会儿好了。"我以此为借口，继续待下去。

"随便你们吧，别妨碍我就是了。"他依旧看也没看我们一眼，这种态度着实让人厌恶，我发现蓁蓁拳头紧握，似乎恨不得冲上前踹他一脚。

我给蓁蓁使了个眼色，示意她少安毋躁，随即对王希说："这些宣纸质量不错，一定很贵吧？"

"不用最好的宣纸，怎能衬托出我笔下的铁画银钩呢！"

听见他这话，我差点儿没吐出来，不过还是强撑着继续跟他搭讪："我有个朋友也喜欢书法，但不知道在哪里才能买到上好的宣纸。"

"我这些宣纸都是专程托县实验中学对面那间文具店的老板娘帮我买的，一小沓就要上百块，你朋友用得起吗？"他终于瞥了我一眼。从他的眼神中，我看到一种充满优越感的炫耀目光。

“他当然不能像你这样，连练习也用昂贵的宣纸。”我佯装尴尬地笑着，随即又道，“前不久，县实验中学对面死了个小孩，你经常去那里，应该有听说过吧？”

他突然停下练字的动作，正眼看着我，语气较刚才略有改变：“岂止听说，当晚我刚好到文具店买宣纸，还是我首先发现那女孩自杀的。”

我见这个话题已引起他的注意，便顺着此事继续说：“自杀？不可能吧，才几岁的小孩，怎么可能会自杀呢？”

“林子大了，自然啥鸟都有，没啥事不可能。这事我可是亲眼目睹，她就是自杀死的。”他似乎怕我们不相信，立刻又给我们详细讲述当时的情况——

当晚我开着悍马进城，就是停在操场外面那一辆，你们应该有看见吧！县实验中学门口那段路不让停车，而且我的悍马车身又比较大，好不容易才在另一条街上找到位置停车。

把车停好后我就直接走过去，拐进县实验中学那条街时，就看见那个小女孩在电话亭里玩耍。她当时正一个劲儿地往上爬，似乎想把话筒摘下来。

当时整条街冷清清的，就只有我跟她两个人，我好奇她怎么会一个人在街上玩耍，身旁连个大人也没有。你们也知道，现在这年头人贩子不比菜贩子少，那些穷人家的父母只要稍不留神，下半辈子就得穿州过省贴寻人启事。我们学校隔三差五就组织家长来听防拐讲座，我都听得耳朵长茧，可还是有人这么大意，孩子被拐了也是活该。

不过，这也不关我事，反正她又不是我什么人，管她呢！

之后，我进了一间小店买烟，出来的时候就看见那个小女孩一动不动地站在电话亭里。我本来也没怎么在意，但直到我走到文具店门前她也没动一下，我才觉得奇怪，于是便告诉老板娘。谁知道，老板娘跑过去一看就叫起来。原来女孩的脖子套在电话线上，吊死了……

“你撒谎！”蓁蓁大概对王希的态度极其不满，突然杏眼圆睁指着他大骂，“你当晚根本没在文具店里买过任何东西，你去那里的目的只是为了杀死蔡少萌！”

王希被她这一举动吓了一大跳，一改之前傲慢的态度，怯弱地回答：“你、你说什么，那个叫蔡什么的是谁啊？我就去了一趟文具店，怎么可能把她给杀了？”

蓁蓁突然发飙，虽然乱了我的计划，但同时亦挫了王希的傲气。我示意她先别说话，然后对王希说："蔡少萌就是当晚吊死在电话亭里的小女孩。如果你不是为了杀她而去那里，那你去那里又是为了什么？"

"买宣纸啊！"他虽然把话说得理直气壮，但不知是否因为刚才被蓁蓁的气势压倒，暂时还没平复过来，显得有些底气不足。

"但你当晚在文具店什么也没买。"我已经取得话语的主导权，没有必要继续装模作样，坐在他对面点了根烟，以严厉的眼神凝视他脸上每一个表情变化。

他大概被我看得心里发毛，恼羞成怒地冲我大喊："怎么了，你以为你是谁啊！把我当犯人呀，我干吗要跟你们说这么多废话！"

"我们就是当你是犯人，准确地来说是怀疑你杀害了蔡少萌。"我悠然地向他展示警员证，"你可以不跟我们废话，但我们也能抓你进看守所，先关半个月再跟你慢慢聊。别以为你父亲有钱就什么事都能解决，杀头的罪名可不是小官小吏说放人就能放的。"

他被我将了一军后，气焰立刻消失，态度也变得合作，无力地回答："当时可是出了人命啊，老板娘哪还有心情做生意，等了好一会儿她也没返回店里，我当然就先走喽。"

他的回答在我意料之中，而且也不是问题的重点，因为我从他刚才的叙述中，发现一个重要的疑点："你刚才说进小店买烟之前，还看见蔡少萌在电话亭内攀爬，也就是说她当时还活着。但你出小店时，却又说她已经纹丝不动。人被吊死不是一瞬间的事情，而是有一定过程，在这个过程中，她会本能地挣扎，甚至会失禁。从脖子挂在电话线上到完全失去活动能力，两至三分钟是少不了的，我倒想问你，买一包烟需要这么长时间吗？还是……"我突然加重语气，"还是你根本就在撒谎！"

"冤枉啊！"他刚才的高傲已消失得无影无踪，取而代之的是不知所措的惊惶，"我当时在小店里用一百块买了一包中华，那臭婆娘给我的找零中，竟然有一张五十块的假币。虽然我发现后，她立刻给我换过来，但我一时来气骂了她一顿，耽误了可能有三四分钟吧！你们要是不信，可以去问一下她，我当时还把一箱放在地上的方便面踢翻了，她肯定会有印象。"

他言之凿凿，且能提供证人，并不像撒谎。然而，如果他说的是真话，在他进入小店买烟期间，整条街道就只有蔡少萌一个人，那她后脑勺的肿块又是怎么来的？

我突然想起藏镜鬼，如果她就是凶手，要神不知鬼不觉地杀蔡少萌实在太容易了。她只要在蔡少萌准备摘下话筒时，看准角度用力一敲，就能使对方的脖子卡进电话线圈中，使其像自缢身亡。

难道，凶手并非眼前这个败家子王希?

为了确定我的推论，我又问了王希一个关键性的问题，就是王梁二村的七名蔡姓儿童，失踪及遇溺的那几天，他身在何方?

“那几天我在日本泡温泉，我的护照有出入境记录，旅行社也能给我作证。”

蔡少萌的死不能证明跟他有关系，其他七名蔡姓儿童出事时，他又有不在场的证据，也就是说他的嫌疑一下子便消除了。

既然不能证明他跟八名蔡姓儿童的命案有关，继续留下来问话也只是浪费时间。我给他一张名片，叫他等装好玻璃后，把账单寄过来，我会给他汇款。

随后，我打算跟蓁蓁到防空洞调查，以查证藏镜鬼一事。

“你们要去防空洞找藏镜鬼? 哈哈哈……”王希听见我们的对话，竟然大笑起来。

蓁蓁瞪着他，喝道：“笑什么！”

他立刻止住笑声，但语气仍带有嘲笑意味：“藏镜鬼根本不会在防空洞里出现，你们就算把防空洞翻个底朝天也找不到她。”

十一章　难以接受

正当我们想去防空洞调查时，王希竟然说藏镜鬼不在防空洞，我不禁问道：“为什么? ”

他又忍不住笑起来：“哈哈哈……因为最初说藏镜鬼躲在防空洞里的人就是我。”

他随即告诉我们，防空洞是他年少时的“炮房”，他经常会勾引一些无知少女跟他到那里鬼混。因为不想被别人骚扰，尤其是那些不知好歹的小鬼头，所以就编造藏镜鬼藏身于防空洞的谣言，以吓阻他人进入防空洞坏他的“好事”。

“没想到，我小时候撒的一个谎，过了十多年竟然还会有人相信。哈哈哈……”他肆无忌惮地放声大笑，刚才被蓁蓁灭掉的气焰，一瞬间又回来了。

“十多年？当时你几岁？”我问。

他骄傲地回答：“老子十一岁破处，至今从不缺女人。”

“你别逗我笑了，哪会有女生理睬你这种一无是处的浑蛋。”蓁蓁不屑地白了他一眼。

他似乎被蓁蓁一语刺中要害，眼见就要发作，但却忍住了，并以鄙夷的眼神看着蓁蓁，轻蔑地说：“我的确是个一无是处的浑蛋，可我有个钱多得十辈子都花不完的父亲。只要有钱，还用得着为女人犯愁吗？第一个主动让我开苞的骚货，图的就是我家有吃不完的进口巧克力。你们这些女人，全都是贪慕虚荣的，表面上故作清高，但还不是见钱就把两腿张开！”

虽然蓁蓁对他出言不逊，但他这话也太过分了。我正想给他一点儿教训时，蓁蓁已怒吼前冲，狠狠地踢往他胯下，踢得他立刻蹲下来。

“你、你这个臭婊子，竟然敢踢我……”

“踢你又怎么样！”蓁蓁说着又是一脚。

我怕继续让蓁蓁闹下去，会惹出大麻烦，于是便上前把她拉住，并扯着她往门外走。当我们走到门口时，正倒卧在地上呻吟的王希突然叫道：“你们一定会后悔的，我绝对不会放过你们！”

我回头对他说：“如果我告诉你父亲，你的书法奖状是买回来的，他才不会放过你呢！”我这一说，他本来就不太好的脸色便变得更加难看。

我拉着蓁蓁走出资料室时，发现有一个七八岁的小孩躲在一根柱子后面，正鬼鬼祟祟地探头出来窥视我们。我走到他跟前，友善地说：“小朋友，你叫什么名字啊，怎么待在这里不回教室呢？”

“我叫王剑钦。”他小声地说，“你们是警察吗？”

“是啊，你怎么知道？”我友善地笑道。

“我刚才听见你们跟王主任说的话，还看见你们打他。”他模仿蓁蓁踢王希的姿势。

“打他又怎么样？他这种人就该打！”蓁蓁怒意未消，凶巴巴地叫道。剑钦被她吓了一跳，身子立刻往后缩，脸上尽是惊惶之色。

“小剑钦别怕，警察姐姐不会打你。但是，躲在柱子后面偷看别人是不礼貌的哦！”我怕蓁蓁会继续发飙，稍微安慰一下受惊的剑钦后，便想拉蓁蓁离开。

藏镜罗刹③

然而，剑钦似乎有话想跟我说，但又因为胆怯而不敢开口。我的直觉告诉我他或许能给我们提供某些线索，但要获得线索，必须先消除他的恐惧。每当遇到这种情况，我的小魔术就能派上用场，我伸手到他衣领后说："小剑钦，你在衣服里藏着些什么呢？"说话间便翻出一枚糖果，交到他手上，又说，"你调皮了，竟然把糖果藏到衣领后面。"

"哇，警察叔叔会魔术呢！"他兴奋地看着手中的糖果，之前的畏惧瞬间一扫而空。

我微笑道："小剑钦，有话要跟会魔术的警察叔叔说吗？"

他点了下头，随即往四周张望，然后拉着我的手说："跟我来，到外面再告诉你。"

他把我们带到学校后面，看清楚周围没有人之后，才神秘地跟我说："老四他们是在防空洞里被藏镜鬼勾走魂魄，然后再被她推进鱼塘的。"

本以为他会告诉我们一些有利调查的线索，没想到又是老调重弹。虽然他没能给我什么帮助，但我可不想熄灭他的热情，于是便跟他说："小剑钦，谢谢你告诉警察叔叔！不过，刚才你应该有听见王主任的话吧，他说藏镜鬼根本不在防空洞里。"

"他撒谎！"他的语气非常坚定，"我亲眼看见老四他们进去的。"

"你亲眼看见？"我惊愕地看着眼前这个孩子，"能把详细情况告诉我吗？"

他点了下头，随即向我们讲述王村五姐弟失踪当日的情况——

我跟老四一起上二年级，平时经常会跟他一块玩。

那天，他向卢老师借来足球，跟我还有他家的姐弟一起在这里玩。平时我们也经常会在这里踢足球，但那天我们玩得特别起劲，一边追逐一边踢球，跑到防空洞前也没注意到。后来，我一时用力，就把球踢进了防空洞。

足球是老四向卢老师借来的，要是弄丢可就麻烦了。别看卢老师平时好像挺好人的样子，可一旦凶起来比藏镜鬼还可怕，动辄就会罚我们抄课本。

老四要我进防空洞把足球找回来，不然卢老师不会放过他。我可不敢进防空洞，里面黑魆魆的，光在洞口往里面看就已经够吓人了，而且还有藏镜鬼躲在里面。

我妈经常跟我说，要是我不听话，就把我丢进洞里。她还说被丢进去的小孩，没一个能活着出来，都会被藏镜鬼勾走魂魄。

我因为害怕，就说要回家帮我妈做事，没管老四他们就跑掉了。我当时想，反正足球是老四借回来的，就算卢老师要罚，也只会罚他一个，我用不着陪他遭殃。

虽然我心里是这么想，但我又害怕他们真的会跑进防空洞，被藏镜鬼勾掉魂魄。所以我没有跑多远就悄悄溜回来，躲在一棵大树后面偷看他们，想知道他们会怎么办。

他们五姐弟围在一起吵了老半天，最后老四还是说要进防空洞把足球找回来，之后他们就一起进去。他们进去后，过了很久都没有动静，我当时很害怕，不知道他们是不是已经被藏镜鬼杀掉了，也不知道该怎么办。

我正想着是该立刻跑回家，还是继续躲在树后多等一会儿，突然听见老四的声音从洞里面传出来。他似乎很害怕，不断大叫救命，但没叫多久，声音就消失了。

这可把我吓死了，他们肯定已经被藏镜鬼杀掉了。

我非常害怕，怕藏镜鬼杀掉他们还不够，还会跑出来把我也抓回洞里，便想立刻跑回家。可就在这时候，我看见洞里有个人影走出来，我还以为是老四他们，但当他走出来时才看清楚，并不是老四他们，而是藏镜鬼……

剑钦说到这里时，蓁蓁忍不住插话："藏镜鬼不是只会出现在镜子里吗？"

"才不是呢，他是直接从洞里走出来的，根本不用镜子。"

"藏镜鬼长什么样子，你还记得吗？"我急切地问。

剑钦认真地说："他个子跟警察叔叔差不多高，但脸色很白，手里还拿着一小截铁棒。"

"他是男的？"蓁蓁问。

剑钦点了下头："嗯，是个男人，应该也跟叔叔差不多大吧！"

看来剑钦把另一个人当成藏镜鬼了。虽然他的表达能力有限，不能清楚地描述从洞里走出来的人长什么样子，但我们所见的藏镜鬼，不管怎么看也不像个男人。而且此人在白天走出防空洞，也不见得会跟鬼魅扯上关系。

虽然此人并非藏镜鬼，但他在防空洞传出呼救声后出现，肯定跟王村五姐弟的死有关，说不定他就是凶手。可惜剑钦未能清晰地描述他的相貌，要不然接下来就好办了。或许，我该带剑钦回警局，找人给他做一幅疑犯相貌的拼图。

就在我思索着是否该立刻带剑钦回警局做拼图时，蓁蓁不停地向他询问神秘男人的相貌特征，他所给的回答跟刚才差不多，都是些比较模糊的特征。我想就算带他回警局，也不见得能拼出嫌犯的相貌。

“难道是他……”蓁蓁眉头紧锁地自言自语，我问她是不是想到些什么，她不但没有回答我，反而把手伸进我的裤袋里。

我连忙叫道：“你也太猖狂了吧，剑钦可是个小孩啊！你就不能在他面前收敛一点儿吗？”

“你发什么神经呀！”她没有管我，从我裤袋里掏出我的手机，并翻查相册。

她不停地翻阅相册，我还没弄明白她想干什么时，她便拿着手机向剑钦展示：“找到了，你看是不是这个男人？”

剑钦认真地看着手机的屏幕，片刻便叫道：“是他，就是他！他就是杀死老四他们的藏镜鬼！”

我没保存犯人照片的习惯，储存在手机相册里的都是一些亲友及同僚的照片，而且他们大多都在城区生活，怎么可能跑到王村的防空洞里去？

我带着疑惑，粗鲁地从蓁蓁手中把手机抢回来，查看剑钦口中的藏镜鬼到底是谁。当目光落在屏幕上那一刻，我立刻就呆住了，因为屏幕上显示的是小相的照片。

“怎么可能是他？”我呆滞地对着手机喃喃自语，随即用力地抓住剑钦单薄的肩膀，以咆哮般的语气冲其大吼，“你那天见到的人真的是他？他现在在哪里？快告诉我，他现在在哪里？”

剑钦哇一声哭出来，显然是被我吓到了。蓁蓁连忙把我推开，抱起剑钦背朝着我，转过头来冲我骂道：“你知不知道自己在干什么？他只是个小孩，他只见过小相一面，他不可能知道小相现在在哪里！”

她说得没错，剑钦只见过小相一面而已，不可能知道他现在身在何处。我强行让自己冷静下来，但很快思绪又再度混乱，因为根据剑钦的描述，小相很可能是杀害王村五姐弟的凶手。

我一时间接受不了这个事实，如失去理智般上前想抓住剑钦，不过被蓁蓁挡住。虽然她不让我接近剑钦，但我仍然以带有敌意的语气冲他叫道：“你撒谎，你刚才所说的一切都是谎话！如果你知道老四他们就在防空洞，为什么在他们失踪的几天里也不告诉别人！”

剑钦在我的怒吼中，紧紧地抱着蓁蓁大哭，蓁蓁突然转过身来，狠狠地甩了我一巴掌，并骂道："冷静点儿，他只是个小孩，看你把他吓成什么样？"

虽然被蓁蓁掴得眼冒金星，但却能让我稍微冷静下来。思绪虽仍十分混乱，不过至少已意识到愤怒不能解决问题。我无力地坐在地上，跟蓁蓁说："他是时候要上课了，送他回去吧！"

蓁蓁一言不发地抱着剑钦离开，过一会儿便独自回来，并跟我说："刚才剑钦跟我说，他很害怕，因为足球是他踢进防空洞的，他害怕大家会把所有责任归咎于他，所以一直都不敢把这件事说出来。今天，他把这件事告诉我们，是因为他觉得自己对不起老四，对不起老四的姐弟。其实，他在资料室外面犹豫了很久，不知道该不该把这件事跟我们说，如果不是你先跟他搭讪，他大概鼓不起勇气说出来。"

我静默地坐在地上，没有回答她，她也没有继续说话，而是在我身旁坐下，跟我一起沉默。我们并排而坐，良久也未发一言，直到天色渐黑，她才开口问我："痛吗？"

我指着大概印有五道指痕的脸颊说："你说呢，脸都肿了。"

"谁叫你那么冲动，一点儿也不像平时的你。"她轻柔地抚摸着我红肿的脸颊，平日的强悍不见影踪，展露于我眼前的只有温柔与妩媚。

在这一瞬间，我把一切烦恼皆抛诸脑后，紧紧地抱着她，一亲她的朱唇。她虽然有些许的惊惧，但却没有任何反抗。片刻的迟疑后，她的双手便轻柔地落在我的背上，回应我的拥抱……

见利可忘义，见色亦可忘友。与蓁蓁美妙的拥吻使我重拾心情，暂时把小相的事情放下，站起来对她说："走，我们进防空洞瞧瞧。"

"现在进去吗？天都已经黑了。"她稍微潮红的脸色，渐渐变得苍白。

"王希不是说了，藏镜鬼不会在防空洞里出现，我想洞里也不会无缘无故地摆着一大堆镜子吧！而且洞里黑魆魆的，白天进去跟现在进去也一样。"我紧紧地握住她的手，温柔地说，"如果她真的出现了，我也会保护你。"

"切，从来就只有我保护你。"她不屑地白了我一眼。

十二章　洞内对决

日落西山，夜风微寒。

漆黑的防空洞犹如通往冥府炼狱的黄泉路，我站在洞口前，仿佛听见从地狱深渊传出的凄厉号叫。

虽然王希声称藏镜鬼不会在防空洞内出现，但县派出所刻意阻挠村民进洞搜索，可能因为洞里有某些不可告人的秘密。而且小剑钦目睹小相从洞内出来，或许在防空洞某处能找到跟他下落有关的线索。因此，有必要进去调查一下。

当然，我并不希望在洞里找到小相跟八名蔡姓儿童死亡有任何关联的证据。

为进洞搜索，我们返回学校向卢老师借绳子，他给我们找来一大扎奇怪的绳子。绳子是棉质的，稍为纤细，有点儿像织毛衣用的毛线，但要比毛线粗糙一些。之所以说奇怪，是因为这扎绳子被缠绕成了球状，大小跟篮球差不多，而且带有一股食用油的气味。

卢老师说这扎绳子是去年搜索防空洞时，校长从家里拿来的，本来是用来裹粽子的。校长担心再有学生走进防空洞，就把绳子放在学校以防万一。虽然那次搜索，除了这扎绳子外，还拼接了不少别的绳子，但光这一扎就有近千米，应该够我们搜索很大范围。

至于绳子上的异味，他的解释是学校没有仓库，只能把绳子放在宿舍的小厨房里。刚才他拿绳子的时候，不小心打翻了一瓶食用油，整瓶洒落在绳子上。绳子是棉质的，吸附性极高，油都被吸进绳子里，自然就会有异味了。

虽然这根绳子略为纤细，总让人觉得随时会断开，而且感觉有点儿脏，但有总比没有好。毕竟我们在附近认识的人并不多，要找一根足够长的绳子可不是容易的事情。

蓁蓁把绳子的一端绑在防空洞外的一棵树上，使劲地扯了几下，以确定绳结是否结实。本来，我还对这根绳子挺不放心，但见她这么使劲也没把绳子扯断，才发现绳子比我想象的要坚韧得多。

她把绳子的另一端系在我腰间后，便说："成了，我们进去吧！"

"你怎么不把绳子也系到自己身上？"我问。

她白了我一眼说："你跑得那么慢，要是真的遇到藏镜鬼，我跟你系在一起不就跑不掉了？”

“你还真没良心。”虽然我这么说，但心里知道，她这么做是怕遇到危险时会束手束脚，不能全力保护我。当然，我也不排除她其实是嫌绳子沾有油。

我用从警车上取来的强力手电筒，照亮前方漆黑的洞穴，装作若无其事地牵着她的手，缓步走进令人不安的防空洞。她没有任何抗拒的举动，低着头默默地跟在我身后。我想，此刻她娇羞的脸颊大概又红润起来了。

进入防空洞后，前几米尚能看清楚周围的事物，再深入一些就完全置身于黑暗之中。无边的黑暗如潮水般将我们包围，充满危机的压迫感使我感到呼吸不畅，仿佛吸入鼻腔的并非空气，而是漆黑的血液。

蓁蓁紧紧地握住我的手，我能感觉到她的身体微微颤抖。虽然有手电筒照明，但此刻却犹如一根水管，我们只能通过它窥探管口以内的情况。管口以外是否隐藏着致命的危险，我们全然不知。在这个充斥着未知危险的洞穴里，唯一能依靠的就只有对方。

我紧握着蓁蓁的手，一步一惊心地走向防空洞深处，其间并无可疑的发现。防空洞比我想象的还要大，也比我想象中要干燥，而且通道纵横交错。我想倘若一旦起火，火势必定一发不可收拾，而在迷宫般的防空洞内遇到猛火，可说是必死无疑。

还好，洞内并没有多少可燃物品，我们只是在部分洞穴发现少量战争时期遗留下来的物资。这些物资虽然经过岁月的洗礼，已经破旧不堪，但天晓得这些破铜烂铁里是否有仍能引爆的炸弹。所以，我们并没有冒险去检查这些物资，反正在这些破烂中也不会找到我们想要的线索。

继续往深处走，竟然发现其中一条通道的尽头有灯光。防空洞荒弃多年，按理不可能仍有灯光，除非近期有人在这里活动。不管对方出于何种目的到这里溜达，也有必要查探一下。当然，我最期望的是能看见小相的身影。

我压抑心中那份兴奋与期待，熄灭手电筒，跟蓁蓁谨慎地走进通道。突然，蓁蓁拉住我小声说：“你不觉得奇怪吗？”

我心里只想着小相的事情，便随意答道：“在这种地方有灯光，傻子都知道有古怪。”

“我不是说这个。”她摇了摇头，“我们应该已经走得很深了，绳子有这么长吗？”

经她这一说我才想起，我们已走了一段不短的路途，绳子应该没这么长才对。

难道，她刚才没把绳子绑好？我道出心中所想，得到的却是她的白眼。她瞪眼怒道："你让我绑一次试试看？我用鞋带也能把你像粽子一样扎起来。"

她是武警出身，肯定学习过捆绑技巧，所以她系的绳子应该不会轻易松脱。但是倘若绳子没有松脱，以绳子的长度，我们又不可能走这么远。

"绳子会不会断了？"她脸上露出不安的神色。

我心里也有些担心，毕竟绳子如此纤细，总让人觉得不可靠。但是我又不想增添蓁蓁不安的情绪，只好强作镇定地说："你刚才不是试过绳子的韧度吗？哪会这么轻易就断掉呢！"

为了消除蓁蓁的不安，也为了解除我心中的疑虑，我缓缓地拉动绳子。绳子的另一端并不受力，我毫不费劲便拉了一大段，且绳子仍然软弱地躺在地上。再拉，情况也一样。当我拉第三次时，便发现了问题所在——在我们刚才经过的通道尽头，有一点微弱的火光。我迅速地拉动绳子，火光随着我的动作而向我们靠近，当这点火光出现在我们身前时，我便傻眼了。

"靠，绳子竟然着火了！"

绳子是棉质的，而且吸附了食用油，一旦遇火就会迅速燃烧起来。要是平时我才不管它怎么烧，但现在它可是我们离开防空洞的唯一方法。

"绳子怎么会无缘无故地着火呢？"蓁蓁也傻眼了，但她很快就反应过来，立刻把系在我腰间的绳子解开。

我把绳子丢到地上，抬脚用力将火苗踩灭，气愤地说："绳子当然不会无缘无故着火，肯定是有人故意将绳子点燃的。"

"谁会这么做呢？"蓁蓁疑惑问道。

"除了王希还会有谁！他肯定因为下午的事，对我们怀恨在心……"我突然想起卢老师描述王希时所说的话，"他每天到学校就会到隔壁的资料室里练书法，一到放学便立刻离开，不会在学校多待一分钟。"

我决定进防空洞时已经天黑，王希应该早就离开学校了，也就是说他应该不知道我们要进防空洞，当然也不可能待在洞外，等我们进洞后点燃绳子。知道我们要进防空洞的人，就只有借我们绳子的卢老师，那么说点燃绳子的人极有可能是他。

可是，卢老师为何要这么做呢？我们跟他没有任何过节，也不存在任何利益冲突，他害我们不见得能获得好处。而且身为教师，他应该不会做这种损人不利己的无聊事。

“他会不会受王希指使呢？”蓁蓁说。

“不可能。”我摇了摇头，“下午时你也看到了，他跟王希关系只属一般，甚至不愿意跟王希有过多接触，肯定不会替王希做这种事。”

虽然我很想知道是哪个王八蛋断了我们的后路，但现在的当务之急是怎样活着离开。必须在这个迷宫般的防空洞里找到出路，才能整治那个该死的王八蛋。

手机在洞穴里跟砖头没两样，我跟蓁蓁各自尝试过拨打手机，但都因接收不到信号而无法拨出。当下唯一能离开这里的办法，就只有仔细回忆刚才走过的路。

在我绞尽脑汁回忆刚才走过的每一条通道时，蓁蓁指着前方的灯火说："我们不走过去看看吗？或许能找到离开这里的办法。”

女人有时候很奇怪，虽然明知前方有危险，但她们往往会愿意朝着已知的危险前进，却为黑暗中的未知而感到恐惧。蓁蓁就是这样，她之所以提议继续往前走，大概是因为前方灯火让她感到安全。虽然在这种地方出现的灯火，显然是个危险信号。

反正已经走到这里，再往前走一段也不见得会有什么损失，但现在离开注定会空手而回。因此，我同意她的提议，紧握着她的手缓步走向通道尽头。

我们小心翼翼地前进，时刻注意着随时可能出现的危险，但走到通道的尽头，一直担心的危险仍未出现。灯光源自一盏挂在洞壁上的煤油灯，这盏灯非常陈旧，可能跟这个洞穴是同一时期的产物。不过，以煤油灯的容量，不可能点燃了大半个世纪仍未熄灭，必定是近期有人将其点燃。

煤油灯挂在一个丁字路口，右侧有一条向下倾斜的通道，能看见尽头有非常微弱的光线，但不像是另一盏煤油灯。

手电筒的光柱在黑暗中极其耀眼，如果有人躲藏在这里，很容易就能发现我们。因此，我没开启手电筒，继续借助微弱的灯光，跟蓁蓁走进右侧的通道，缓慢而谨慎地往前走。

通道尽头似乎是个偌大的空间，因为只能看见前方的微弱光线，绝大部分空间都被黑暗吞噬，所以不能确定实际大小。能确定的是这里的温度，明显要比我们刚才经过的地方低，而且还有一股似曾相识的怪异香味。

《诡案组 4》之卷十四

藏镜罗刹③

我没花时间去回忆这股香味在哪里闻过，因为我发现前方光源竟然是来自一面镜子！

这是一面普通的方形镜子，比人面略大一些，如果出现在其他地方根本不会引人注意。但当我发现这面镜子时，立刻头皮发麻，脑海随即浮现藏镜鬼的可怕模样。蓁蓁也好不到哪去，身体不自觉地颤抖，并缓缓后退。

王希肯定向我们撒谎了，事实或许正如吴威所言，防空洞是藏镜鬼的藏身之所。可是现在才发现已经太迟了，因为当我们准备往回跑的时候，阴冷的笑声已于漆黑的洞穴中回荡："嘻嘻嘻……昨天让你们跑了，没想到今天竟然主动送上门来。既然你们这么想当本大小姐的奴仆，我又怎能不成全你们呢！"随着这可怕声音的响起，藏镜鬼狰狞的脸庞亦随之出现在方镜子之中。

"跑！"

蓁蓁果断地拉着我往回跑，可我刚踏出第一步，破风之声便传入耳际，小腿随即传来一阵冰冷的麻痹感觉，一时失去平衡便整个人趴在地上。我想，小腿大概被藏镜鬼的"鬼爪功"刺伤了。

"这里是我的地盘，想跑可没那么容易，嘻嘻嘻……"

藏镜鬼阴冷的笑声于漆黑的洞穴内回荡，宛若来自地狱深渊。她那双可怕的无形鬼爪，仿佛随时会在某个黑暗的角落里冒出来，刺穿我们脆弱的躯体。

蓁蓁把我扶起来，并挡在我前面，小声地跟我说："还能走吗？能走就快跑，我只能挡一会儿。"

我知道她只是在逞强，因为她扶起我的时候，我能感觉到她在颤抖。她虽然是散打冠军，但在无形鬼魅面前，她只能像三岁孩童般任由对方鱼肉。

她愿意牺牲自己来救我，让我很感动。若以理性思量，我应该接受她这份恩情立刻逃走。毕竟我就算留下来也帮不上忙，甚至可能扯她的后腿。但是，感性思维令我做不出这种贪生怕死、离弃同伴的可耻行为。

然而，正当我准备义薄云天地跟蓁蓁说"不能共生，那就同死吧！"的时候，小腿突然传来剧痛。这是一种令人痛得死去活来的剧痛，来得非常剧烈，使我恨不得立刻把整条腿砍下来。

剧痛使我倒地打滚，心想应该是流年所说的神经毒素发挥作用。蓁蓁连忙护在

我身前，并小声说道："忍住，这痛来得快也去得快，过一会儿就不痛了。待会儿你能跑的时候，就立刻逃走。"

我痛得眼泪都快掉下来，大概一时半刻也站不起来，更别说逃跑。藏镜鬼肯定不会安静地等待我复原，在我能跑之前，她不给我多刺几下才怪。

抛下蓁蓁独自逃跑，不管在感情上，还是客观条件上都不可行。既然走不掉，就只能留下来跟藏镜鬼拼个你死我活。

"你们小两口就只管唧唧喳喳，都不把我这个主人放在眼里是吧！看来我得给你们一点儿颜色看看……"随着藏镜鬼阴冷的声音，破风声再次传来。

蓁蓁条件反射般张开双臂挡在我前面，但她的速度远不及藏镜鬼，我的肩膀又挨了一下。就像刚才那样，刚被藏镜鬼的利爪刺中时不会很痛，只觉得有一股冰冷刺骨的寒气从伤口向附近扩散，并伴随着少许麻痹的感觉。但当这股寒气渐渐消失，随之而来的便是足以让人死去活来的剧痛。

我强忍剧痛，拉着蓁蓁小声说："别管我，你先逃，我有办法对付她。"

"你连跑也跑不动，有个屁办法！"蓁蓁突然聪明起来，但却聪明得不是时候。她不肯先逃，我又跑不动，两个人继续待在这里就只能等死。

"好了，你们小两口也吵够了，是时候来伺候本大小姐。以后我会让你们好好地相处，嘻嘻嘻……"

阴冷的笑声于黑暗中回荡的同时，破风之声三度响起，我猛然把蓁蓁推到一旁，挺身以手臂承受可怕的"鬼爪功"。藏镜鬼的速度极快，出手只在弹指之间，幸亏我事先已有心理准备，在她开口时就已经动手推蓁蓁，要不然这一爪肯定落在蓁蓁身上。

"你干吗？！"蓁蓁扶起我，在责怪的同时，关切之情溢于言表。

小腿的痛楚已经开始消失了，但肩膀及手臂传来的痛楚仍非常强烈。我强忍剧痛，把蓁蓁推到身后，大义凛然地说："保护自己的女人，不是每个男人都该做的事吗？"

虽然我经常道貌岸然，但却很少会说这种肉麻的话，在蓁蓁面前更是从来没说过。或许这句话把她感动了，她的坚强于瞬间消失，如同寻常女生般柔弱地依偎在我背后。

其实，我之所以会挺身抵挡藏镜鬼的利爪，并不是为了在她面前逞英雄。我已经受伤了，就算再多挨几下，情况也不见得会更糟糕，但如果她也受伤，那麻烦就更大了。而且，我已经想到逃走的办法，但成败的关键全在于蓁蓁。

“小子，没想到你也挺有男子汉气概，我喜欢。就让你做我的管家吧！”

藏镜鬼阴冷的声音于黑暗中回荡，我知道她马上又要用她的无形利爪袭击我们。我把一块刚才在地上捡起的石头，悄悄递给身后的蓁蓁，就在破风声响起的同时，开启手电筒并对准前方的镜子。

镜子在手电筒的强光照射下，反射出耀眼的光芒，虽然照亮了洞穴内部分地方，但也使我看不清楚周围的情况。眼睛虽然看不清楚，但身体的痛楚却十分明显，藏镜鬼这一爪刺在我大腿上。

在我被刺中的同时，蓁蓁从我身后探身，使劲地向镜子掷出石头。“砰”一声响起，镜子应声碎裂，反射的强光也随之消失。我迅速将手电筒关闭，黑暗立刻将我们包围。虽然通道入口有灯光照过来，但跟刚才的强光相比微不足道。

我需要的就是刹那间的“黑暗”。

在这个关键时刻，我跟蓁蓁已不再需要言语上的沟通，任何一个肢体上的接触，都能让我们知道对方的心意。此刻，在我们脑海中就只有一个字——逃！

蓁蓁扶着我拼命往回走，身后传来藏镜鬼可怕的狞叫：“你们竟然敢逃，我绝不会放过你们的！”

破风之声于身后一再响起，但可怕的利爪并没有刺在我或者蓁蓁身上。因为通道向上倾斜，所以藏镜鬼的鬼爪只是胡乱地刺在我们身后的地面上。

我们逃到挂着煤油灯的丁字路口前，正想着从哪条通道进来的时候，破风之声再度响起。虽然这一爪没落到我们身上，但却刺中了挂在洞壁的煤油灯。

煤油灯被打翻，微弱的灯火随之熄灭，通道内立刻漆黑一团。

虽然我有手电筒，但在这个时候使用无异于告诉藏镜鬼我们的准确位置。可是，现在这种漆黑环境，对于不熟识这里地形的我们来说，情况非常恶劣。毕竟这里是藏镜鬼的地盘，她就算摸黑也能找到我们，而我们却连跑快一点儿也怕会摔倒，甚至撞到洞壁上。

藏镜鬼骇人的狞叫已经在身后响起，正不知该如何是好时，一个熟识的声音传入耳际："阿慕，这边来！"

这是一个久违的声音，虽然这两年多来也未曾听过，但我还是立刻认出声音的主人，并冲声音来源方向叫道："小相，是你吗？"

"是我，快过来，我带你们离开。"

虽然还没有看见小相，但能听见他的声音已令我感到欣喜若狂，立刻示意蓁蓁一同往小相的方向走。

藏镜鬼并没有因为小相的出现而消失，相反还变得更加狂暴，暴躁的怒吼充斥着通道的每一个角落："相溪望，你这个不知廉耻的小偷！我没惹你，可你不仅偷走我的圣剑，还一而再再而三地坏我好事，今天我绝不会放过你！"

我不知道小相这两年间到底在做些什么，也不知道他跟藏镜鬼之间有什么恩怨。我只知道他绝对不会加害于我，其他事情等离开防空洞后再慢慢问他好了。

可是，现在最大的问题是，在这漆黑的防空洞里，我们能逃得过藏镜鬼的追击吗？ **悬疑志**

>> 未完待续

编辑会客厅 Letters to the Editor

XingLuoPan 星罗盘

回音壁

（作者）夜先生0914：收到《悬疑志》编辑部寄来的样刊，翻了几眼悬疑志，发现青小丘同志在结尾吐槽时居然写了我倒数第一的光辉业绩，我一直想试试什么叫躺着中枪……如今，我发现，我已经倒在血泊里了……

编辑吐槽：哈哈哈！

（读者）九点伯爵：看了青丘《鬼话连篇》的某一篇番外。我是不会承认买《悬疑志》就是为了看那篇小说的！其实以前《悬疑志》连载青丘的《鬼话连篇》都会稍微修改一下内容。现在不仅一个字都不改还自带配图！你们赢了，真心的觉得。老子是不会给你们捡节操的！

编辑吐槽：节操这种东西，自从做了杂志编辑就再也不复存在了……青小丘同学，交稿！再不交稿我就在杂志上刊登你玩COS的照片，并配上一行字：此作者拖稿到令编辑吐血的地步！

青丘留言板

青丘：亲爱的读者，因为连续发生事件，从年前到目前都一直在奔波忙碌，加上新书《七人环》要出版，需要我认真修改，因此这期的《悬疑志》我没能交稿，在编辑小雅的压迫下，我只能透露一点儿下期预告，谢谢大家对白翌和安踪这对“黄金搭档”的支持哦！

下期预告：《不存在的门》

文／青丘

在黑暗中，他跑了不知道多久，已经看不清楚四周围的景象，只能靠着模糊的记忆来分辨这到底是哪个区域，每一个房间都是一模一样，但是无论他打开哪一扇门，都无法找到出口，而身后那诡异的脚步声却越来越靠近，无论他跑得多快多急，那声音就像鬼魅一般地跟着，仿佛是在戏谑着他一般，然而却始终看不到有人……

忽然一声碎裂声，终于让这种诡异的气氛瞬间崩裂，而就在此时，他终于看到了出口……

Liao Tian Shi

聊天室

正所谓一千个读者心中就有一千个哈姆雷特，在你的心目中，你觉得侦探是什么样子的，福尔摩斯那种的，嘴里叼着个烟斗，披着个黑色风衣，还是狄仁杰那样子的，大腹便便，每次抓到凶手的时候，往往会来那么一句很牛叉的对白：“一开始，我并不怀疑你……”大家都说道说道啦！

精品快乐：侦探啊！一定要帅啊！原谅我，我颜控病又发作了！说到侦探好像大都会先想到福尔摩斯吧，因为他基本就是侦探的代言了，但我还是比较喜欢BBC（英国广播公司）最新的迷你剧《神探夏洛克》里的新福尔摩斯，就是头发卷卷的卷福！其实性格，我比较喜欢金田一耕助那样的，表面看起来散漫一点儿，但是其实深藏不露！

Sayouly：一定要是侦探吗？因为比起那些虚幻的人物，我还是喜欢贴近现实的罗飞！不认识他的人请翻看周皓辉的《刑警罗飞系列之死亡通知单三部曲》，严密的逻辑思维，乃至周围暗藏的杀机他都能通过推理一一化解，和Eumendies之间的较量，让我看到了高智商案件中最顶尖的对决。要是中国的刑警能有罗飞一半的认真、一半的头脑就好了！

黑桃小隐：其实不用对所有事情都那么认真和专注，也不用很聪明，懒 点儿吊儿郎当 点儿才有feel（感觉），但是事情发生的时候一定不能糊弄，眼神啊思维啊神马的会立即改变。重要的是要和平时完全不一样！侦探最重要的就是这个different（与众不同）！

605424287：最好是像金田一那样看起来有点不正经但是头脑敏锐的人，很重要的是要有判断力和洞察力！

蓝橙：侦探也可以是平常人也可以是当官的，我觉得品爷说的还是靠谱，一定要长得帅滴。好吧，长得帅是我自己想的——长相可以不突出，经济可以衰败，生活质量可以木有要求，个子可以不高，什么都能将就，但是反应啊思维啊一定要快！其实我特喜欢那种功夫好的侦探，存活率会更高！

尘纶DD：我这个外貌协会会员，说到侦探，第一个想起的一定是名侦探柯南！里面的工藤新一、服部平次和白马探全是一流帅哥，并且都有高人一等的智商和过人的本领！其中以工藤新一为最！这才是我心中最棒的侦探呢！其次才会想起福尔摩斯，而在我心中福尔摩斯应该也是一个中青年帅哥，戴着贝雷帽，叼着烟斗，穿着风衣，身边一定会站着华生与之形影不离！

照片

她生前很喜欢拍照片，拍自己，拍别人。她生前把每一张照片都贴在墙上，满满的一屋子。和她提出分手是在前天，昨天她就死了。

她的房东只认得她的妈妈和作为前男友的我，因为她妈还不知道我们分手的消息，所以我现在还必须再回到她的房间，收拾她的遗物。

打开门，一阵污浊的空气扑来，我吓了一跳，这里好像很久没有人住过的样子，什么东西都是灰色的，只有她生前的照相机还明亮如新，这不由得让我怀疑我前天来的地方是这里吗?

我不敢多想，因为厕所传来的恶臭——她腐朽的血味，让我恶心无比。我端了一盆水，用抹布蘸水擦掉照片上的灰尘，令我更加害怕的是，每一张照片应该有我的地方都没有了我的身影。

一开始我还以为自己记错了，可是接下去的每一张都有一个空掉的人形背影，特别是只有我和她在小山丘的照片——本来只有我和她的脸，现在只剩下她的脸和本来被遮住的背景。

我吓得手脚发冷，接着擦，想擦完后赶紧走，没想到，墙壁上居然留下一个照片的空位，而且还用血写了一句话：这是你背叛我的死照!

一开始我没有明白，只是觉得浑身发冷，总觉得有谁在监视我！我一回头，照相机自己按下了快门——

照片掉了下来，弥补了那个空位!

（文/1911）

达人秀

心

他和她是三年的情侣，昨天她却提出了分手。

他沉默了下，只说了一句："那让我再为你做最后一顿饭吧。"

第二天男人做了满满一桌菜，都是她最爱吃的。

最后男人端出了一碗汤。情侣三年，她从未见过这道菜。她问他，他笑笑没有回答。

那顿饭，他和她都喝了很多酒。那碗汤都是她喝的，这是她喝过的最好喝的汤。最终酒量不怎么样的她醉了。

他把早以写好的信放在桌子上，然后默默地从她的世界中消失。

"亲爱的，自从爱上你的那一刻，我的心就早已属于你了，只有将我的心还给你，我才能转身离开。祝你永远幸福！"

（文／血夜花魅）

母老虎

千年古木林中，一母虎成精，以朽木化为衣衫、真菌转为头冠、柳枝幻作薄纱掩面，黄昏时分卧于路边巨石之上，时恰有一村姑经过，母虎问明少妇将要所往何处、家中有几许人也，然遂将之吞食，母虎摇身变为妇人模样，着上妇人衣装，沿妇人来时之路婀娜而去。

母老虎来到村姑家门前的时候，已是夜深人静，她又整理了一遍身上的衣物，清了清嗓子，然后敲起门来，"大聪、小聪，妈妈回来了，快给妈妈开门。"

轻盈的脚步声从屋内传出，可止于门后。

"大聪乖，给妈妈开门。"母虎焦急地说着。

小姑娘隔着木门说："东来风，西来风，我听你不像我妈的声。"

"我是、我是，不信你摸摸妈妈的鞋子。"随即母虎将一只脚由门下空隙伸进屋内。

小姑娘蹲下摸了摸，的确是妈妈的鞋子，她双手正要向上摸去，可母虎却迅速地把脚抽回。

母虎的小腿上仍旧是一层厚厚的虎毛。

“是妈妈吧，开门吧。”

木门被打开了，屋内很黑，勉强能看到一个不满十岁的小姑娘站在门口，另一个四五岁模样的小女孩坐在炕中。

“大聪，爸爸上哪儿去了？”母虎摸摸大女儿的头，问道。

“爸爸去山上打柴，还未归来。”

小女儿这时在炕上伸着双臂，哭闹地叫嚷：“妈妈抱，妈妈抱，今晚我要和妈妈睡。”

“好……好……”母虎笑得合不拢嘴。

夜半时分，屋内回荡着咯嘣咯嘣的声音。

大聪一夜并未合眼，问道：“妈妈，你在吃什么呀？”

母虎嘴里没停，继续咀嚼，她含糊地回答：“妈妈今天去姥姥家，姥姥拿来了给妈妈止咳的萝卜。”

“妈妈，我也要吃。”

母虎递给大聪一根，大聪拿在手里仔细辨认，原来是根柔嫩的手指头。

“妈妈，妈妈，我要去屋外撒尿。”

“女儿，就在炕上尿吧。”

“不，炕上有炕神。”

“那就去厨房尿吧。”

“不，厨房有灶神。”

母虎没有办法，只好说：“那就去屋外尿，外面寒冷，尿完就快些回来。”说话时她的嘴里还在不停地吃着小女孩的手指。

大聪来到厨房快速捡起一条麻绳，然后向屋外跑去。

没一会儿工夫，小女孩的身子就全被吃光了，只剩下一节节小小的骨头，散落在被子上。

母虎这时才想起大聪出去了许久还没回来。

她来到屋外，叫喊着：“大聪，大聪，你在哪儿？”

大聪其实早就爬到了屋前一棵大树之上：“妈妈，我在树上呢。”

母虎抬头望望，大聪竟然在极高的树顶：“女儿，你怎么爬到树上了啊，快点下来。”

“妈妈，我下不去，妈妈上来救我。”

母虎并不会爬树，所以向上喊道："妈妈上不去啊。"

"妈妈，你抓住绳子，我拉你上来。"

大聪从树上扔下长绳，绳头正好落在母虎面前。

母虎抓住绳子，对大聪说："女儿，你拉住，一定不要松手啊。"

大聪开始向上拉绳子，母虎身子边向上移边说："一会儿妈妈用绳子送你下来，然后把绳子拴到树上，我再顺着绳子爬下来。"

大聪一边拉，一边答应着："好、好。"

母虎马上就要来到树顶，这时大聪突然松开了绳子，母虎双手一松，整个身体坠落到地上，死了。

树上的大聪身子缓缓变长，化作一条巨蟒，缠绕住树干向地面滑去。

这只笨老虎将是她这天的第三道美餐。

（文/chou712）

图书在版编目（CIP）数据

悬疑志．踮起脚尖就成鬼 / 柳易，戚小双主编．—长沙：湖南文艺出版社，2012.5
ISBN 978-7-5404-5477-7

Ⅰ．①悬… Ⅱ．①柳…②戚… Ⅲ．①中篇小说—小说集—中国—当代Ⅳ．① I247.7

中国版本图书馆 CIP 数据核字 (2012) 第 060535 号

©中南博集天卷文化传媒有限公司。本书版权受法律保护。未经权利人许可，任何人不得以任何方式使用本书包括正文、插图、封面、版式等任何部分内容，违者将受到法律制裁。

上架建议：文学·悬疑推理

悬疑志·踮起脚尖就成鬼

主　　编：柳　易　戚小双
出 版 人：刘清华
责任编辑：丁丽丹　刘诗哲
监　　制：蔡明菲　潘　良
封面设计：八牛书装
出版发行：湖南文艺出版社
（长沙市雨花区东二环一段508号邮编：410014）
网　　址：www.hnwy.net
印　　刷：三河市鑫金马印装有限公司
经　　销：新华书店
开　　本：787mm × 1092mm　1/16
字　　数：240千字
印　　张：14
版　　次：2012年5月第1版
印　　次：2012年5月第1次印刷
书　　号：ISBN 978-7-5404-5477-7
定　　价：15.00元

（若有质量问题，请致电质量监督电话：010-84409925）

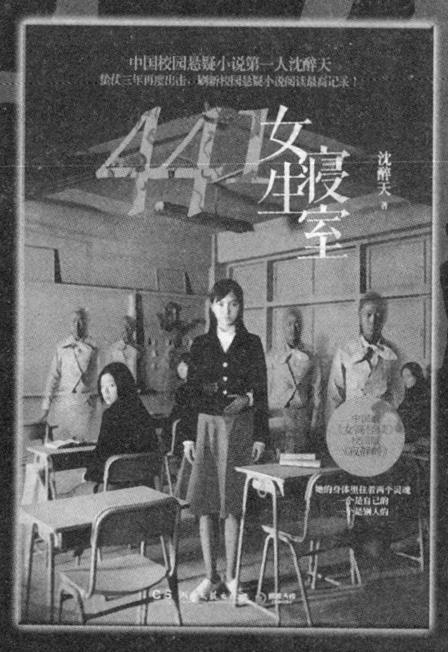

《441女生寝室》

中国版《女高怪谈》
校园版《寂静岭》

中国校园悬疑小说第一人
沈醉天

蛰伏三年再度出击，挑战你的心理极限！

主要内容：

441女生寝室再起灵异风暴：死而复生的奇怪女生，不时在深夜低声细语；陈旧的彩色电视机，频频传来鬼魂的讯号；谁都逃不出去的死亡循环；传染怪病引发恐怖的瘟疫灾难；再入月神地下宫殿，惊现诡异惊悚的人体变异，还有阴魂不散的嗜血恶灵……经历种种生死考验，揭开441女生寝室的最终谜底——**原来，所有的一切，都只是为了她……**

作者简介：

沈醉天，知名悬疑小说家，出生于七十年代末。职业为国家公务员，业余时间着迷于小说的创作。长期活跃于各大文学网站。其作品以思维缜密、情节多变、扣人心弦见长。《女生寝室》系列出版后，上百万读者追捧阅读，被誉为校园女生寝室话题的代言人。

《每晚一个离奇故事》作者
王雨辰最新惊悚小说

你的肮脏，唯有用鲜血才能洗涤干净
视角诡异另类，寒意浸透骨髓
智商越高，读着越害怕

异闻录
每晚一个离奇故事

因创作《异闻录——每晚一个离奇故事》被称为“当代蒲松龄”的王雨辰，有着天马行空一般的想象力和离奇不拘的构思技巧，本书是他继《每晚一个离奇故事之惊悚夜》之后的第二部中短篇小说集，共二十一篇悬念故事，黑暗压抑的人性，透过带着血腥气息的文字散发出来，突然的转折不时地绷紧你的神经，然而，直到最后一刻，所有谜底揭开，你才知道这一切不过是个骗局。在阅读王雨辰的过程中，你除了会叹服他的故事安排，更会被内心深处那个阴暗的“我”所触动，而这正是王雨辰作品的一大魅力所在。